赵焰文集卷一：徽州文化散文精编

千年徽州梦·老徽州

QIANNIAN HUIZHOU MENG
LAO HUIZHOU

QIANNIAN HUIZHOU MENG
LAO HUIZHOU

赵焰文集卷一：徽州文化散文精编

千年徽州梦·老徽州

赵 焰◎著

时代出版传媒股份有限公司
安徽文艺出版社

图书在版编目（CIP）数据

千年徽州梦·老徽州/赵焰著.—合肥：安徽文艺出版社,2017.4
（2021.5重印）
（赵焰文集卷一：徽州文化散文精编）
ISBN 978-7-5396-6028-8

Ⅰ．①千… Ⅱ．①赵… Ⅲ．①散文集－中国－当代
Ⅳ．①I267

中国版本图书馆CIP数据核字(2017)第044787号

出 版 人：段晓静	策　 划：朱寒冬
特邀编辑：温　溪	图片摄影：张建平
责任编辑：张妍妍	装帧设计：张诚鑫

出版发行：时代出版传媒股份有限公司　www.press-mart.com
　　　　　安徽文艺出版社　www.awpub.com
地　　址：合肥市翡翠路1118号　邮政编码：230071
营 销 部：(0551)63533889
印　　制：安徽新华印刷股份有限公司　　(0551)65859551

开本：880×1230　1/32　印张：14.125　字数：280千字
版次：2017年4月第1版
印次：2021年5月第2次印刷
定价：65.00元(精装)

（如发现印装质量问题，影响阅读，请与出版社联系调换）
版权所有，侵权必究

总　序

　　一直以为自己是一个性情浮躁之人,定力较弱,喜新厌旧。自己的写作也是,虽然笔耕不辍,不过文字却五花八门、难成系统,既涉及徽州,也涉及晚清、民国历史;有散文、传记,也有长篇小说、中短篇小说、中国文化随笔什么的。文字全是信马由缰,兴趣所致,写得快活和欢乐,却没想到如何深入,更不考虑流芳人间什么的。回头看自己的写作之路,就像一只笨手笨脚的狗熊一路掰着玉米,掰了就咬,咬了就扔,散了一地。

　　写作幸运之事,是难逃时代的烙印:文明古国数十年,相当于西方历史数百年——我们的少年,尚在农耕时代;青年时代,千年未遇的社会转型光怪陆离;中年之后,电子信息时代五光十色……童年时,我们只有小人书相伴;中年后,手机在手,应有尽有。少年时,我们赤着脚在田埂上滚着铁环;中年后,我们在高速公路上开起了汽车。少年时,喜爱的姑娘浓眉大眼大圆脸;中年后,美人变成了小脸尖下巴……世界变化如此之快,除了惊奇、欣喜,就是无所适从。

人生一世,各种酸甜苦辣麻缠身。写作呢,就是一个人挤出来的茶歇,泡上一杯好茶,呷上一口,放空自己,不去想一些烦心事。现在看来,这样的活法,使我的内心丰富而坚强,虽然不能"治国、平天下",却可以"正心、诚意、修身、齐家"。我经常戏言:哪里是勤奋,只是做不了大事,也是把别人打牌喝酒的时间,拿去在纸上胡涂乱抹罢了。这话一半是戏谑,一半也是大实话。世界如此精彩,风光各有人在,有得就有失,有失就有得。不是谁都有机会成为弄潮儿的,做不了传奇,做一个时代的观察者和记录者,或者做一个历史深海的潜水员,都是一件很好的事情。

一路前行中,也有好心人给我掌声,也为我喝彩——写徽州,有人说我是"坐天观井":坐中国文化的井,去观徽州文化的天;写晚清,有人说我将历史写作和新闻写作结合得恰到好处;写小说,有人说我是虚实结合,以人性的视角去觉察历史人物的内心……这都是高看我了。对这些话,我都听在耳里,记在心里,视为鼓励。我也不知道哪对哪,只是兴之所至,耽于梦幻罢了。写作人都是蜘蛛,吐了一辈子丝,网住的,只是自己;也是蚕,吐出的丝,是为自己筑一厢情愿的化蝶之梦。对于写作,常识告诉我,目的是为了自己的内心,不是发财,也不是成名,而是写出真正的好文字;要说真话,必须说实话——花言巧语不是写作,自欺欺人不是写作,装腔作势不是写作。真话不一定是真理,不过假话一定不是真理。在这个世界上,说真话和说实话并不容易,很多人不知道什么是真话,很多人不敢说真话。怎么办?借助于文字,直达心灵。灵魂深处的声音,肯定是真话。

自青年时代开始写作,写写停停,停停写写,不知不觉地,就到了知天命之年,不知不觉,也写了三十多本书了。庆幸的是,我的书一直有人在读,即使是十几年前写的书,还有不少人在读在转。想起张潮的一句话:少年读书,如隙中窥月;中年读书,如庭中望月;老年读书,如台上玩月。其实写作也一样:少年写作,充满期望;中年写作,惯性使然;老年写作,不得不写,因为已无事可做。的确是这样,天下没有不散的筵席,可以对话的人会越来越少。写作,是对自己的低语,也是对世界的呓语。

写作没有让我升官发财,却让我学到了很多,得到了很多,也明白了很多。我明白最基本的道理是"我思故我在",明白最高妙的境界是"无"。通过写作,我不再惧怕无聊,也不再惧怕"无"。我这样说,并不玄虚,是大实话,也是心里话。

感谢安徽文艺出版社,将我一路掰下的"玉米棒子"收集起来,出成文集。文集如家,能让流浪的文字和书籍,像游子般回归。不管它们是流浪狗、流浪猫也好,还是不记得路的鸽子、断了线的风筝也好,家都会善待它们,让它们排排坐、分果果,靠在大院的墙上晒太阳。晒着晒着,就成了葳蕤蓬勃的太阳花了。改一句张爱玲的话:人生,其实是一袭华美的锦袍,绣满太阳花,也爬了一些虱子。当人生的秋天来临的时候,晒着太阳,展示锦袍,也捉着虱子,应有一种阿Q般的美好。人活一世,本质上都得敝帚自珍,充满自怜和自恋的乐观主义精神,否则哪里活得下去呢?虽然文字和所有东西一样,终究是落花流水,不过能心存想念、心存安慰,又何尝不是一件美好的事情呢?

文集又如大门关上的声音,让人心存忐忑,仿佛身后有追兵,一路嗷嗷叫着举着刀剑砍来。面对此状,我更得如狗熊一样奔跑,得拼命向前,拼命跑到自己的最高点,然后像西西弗斯一样摔下来。

感谢缘分,感谢相关助缘之人,为我半生的写作,作一个总结和了断。这是一部秋天奏鸣曲,畅达之中,有平静的惬意和欢喜。

是为序。

赵焰
2017年3月8日

本卷序　苍白的乡愁

| 一幅图 |

在我的印象里,外公和外婆一直端坐在老屋堂前八仙桌的两旁,静穆无声,就像是一幅巨大立体的古代容像。

他们似乎一直是老人:外公长得白白净净的,有着稀稀拉拉的胡须,说话慢条斯理,永远是慈眉善目的;而外婆呢,似乎总是有倾诉不完的怨气,只要一开口,便用一口难懂的歙县话大声地数落。平日里,很少看到他们走出那个黑漆漆的大门,一有空闲,他们总是喜欢端坐在那里,一动不动,就像土地庙里的一对菩萨。

老了,也许只剩下沉默和思想了。外婆的心思是好揣摩的,无非家庭,无非生计;而外公呢,这个十来岁就开始"下新安",后来又壮志未酬的"老徽商",对于自己的人生,会不会有着失意的懊恼?或者,有着对宿命的怀疑?——总而言之,他们应该是在反刍吧,人与牛一样,在很多时候,是需要反刍的。当所有的事情都已经做完,无须再做的时候,他必定会选择沉默和端坐,反刍岁月,内心忧伤。

| 一物件 |

20世纪70年代,外公、外婆的家已近一贫如洗了。我小时候只见过几枚老银圆,很漂亮,沿着边猛一吹气,侧耳聆听,便能听到风铃似的清脆响声。后来,银圆不见了,拿去换钱了,一枚银圆,当时能换八元人民币。我能得到的,只是一些铜板。铜板很漂亮,上面有一些字,"光绪""咸丰"什么的。铜板是我们用来"打币"的:把一分、两分的人民币硬币放在青砖上,用铜板去打,打下来的,就归自己了。铜板是无孔的,铜钱则是有孔的。铜钱我们都瞧不上眼,在一些角落和路边,经常会看到一些生锈的铜钱。铜钱,就像历史的弃儿。

那一年夏天,我忽然迷上了斗蟋蟀。有一天,在老宅的旮旯里逮到了一只蟋蟀,顺手就放进了一只玻璃瓶子。泥菩萨似的外公忽然开口,他对舅舅说:你找几只蟋蟀罐给他,让他放蛐蛐。于是,舅舅不知从哪个角落拖来一个脏兮兮的大木橱子,里面竟然有数十个蟋蟀罐子!有的是陶砂制的,有的是青石刻的,看得出,是有些岁月的了。我挑了一个最漂亮的:似乎是用龙尾石雕刻的,比一般的蟋蟀罐要小,因为小,根本就不能放蟋蟀,一放进去,就跳出来了。但我喜欢这只罐子,它小巧、精致、漂亮,盖子上刻有一个人物,身着明代官袍,线条流畅;罐底下,有着篆刻印,大约是制作者的图章。

这个蟋蟀罐至今还留在我的身边,放在我的柜子里。前些年有一次拿出来赏玩,盖子落在地上,打碎了,随后又用胶水粘上,算是破相了。有时候偶然瞥到这个物件,我会突然想:当年这个蟋蟀罐到底是谁的呢?它比外公的年纪大,甚至要比外公的外公年纪都大。这个罐子那样精致,那样漂亮,当年的主人一定对它爱不释手吧?但爱不释手又能怎么样呢?物还在,人已去。两厢渺渺,物我两忘。

人真苦,童年如白纸,命终复空旷。我们生而支离破碎,只能依靠各种各样的物件来修修补补。

| 一本书 |

如果说"心想事成"的确有的话,那么我与《歙事闲谭》这本书的结缘,还真是心想事成。

2004年左右,正是我对徽州有着浓厚兴趣的时候,我阅读了很多有关徽州的资料,发现很多资料都出自许承尧所编撰的《歙事闲谭》,但我一直没找到这本书。那一天,我们去了徽州,把车停在屯溪老街边的延安路上买东西,顺便就进了旁边一个小书店,就在书架上看到了上下两本《歙事闲谭》——这样的感觉,不是"心想事成",又是什么?

《歙事闲谭》其实就是怀旧。怀旧的心思,除了追溯尘封的人物和事件,还得触摸一些过去的品质:清洁、专注、端庄、认真、静美、自然和真实。那些不怀旧的人,总是显得肆无忌惮、无所畏惧。他们都是没有故乡的游子,是漂泊在这个世界上的萤火虫。在《歙事闲谭·自序》中,许承尧这样阐述他编撰的初衷:"垂老观书,苦难记忆,因消闲披吾县载籍,偶事副墨,以备遗忘。"他所说的"以备遗忘",不是针对个人,更像是对未来。也因此,这本书更像是回忆,是一个老人对前世徽州的回忆和总结。眼中有大美者,内心必有敬畏和惜缘。

许承尧是老徽州最后的"三昧真火"。当老徽州注定逝去,新的世界携着锋利、快速和浮躁扑面而来的时候,也许,最佳的选择,就是躲进书斋,用一种温润的回忆来消解这个世界的寒冷。

回忆,是怀念,是留存,更是确立一种根基。许承尧的用意,我想就在于此。

| 一段话 |

现在回忆某些久远的事件和场景,我会不由自主地眩晕,像跌入空蒙,飘荡于云雾之中——从 2000 年开始,我陆续写了一些有关徽州的书,比如 2004 年的《思想徽州》、2006 年的《千年徽州梦》、2007 年的《行走新安江》以及穿插其间所写的《发现徽州建筑》(与张扬合作);然后,又因为喜欢徽州老照片的缘故,在2010年写作了《老徽州》。写这些书的初衷,是想以自己自以为是的思想,撞击一下徽州,然后去触摸徽州文化的内里。这样的感觉,就像一个妄自尊大的年轻人,以吃奶的气力,试图晃动千年古寺边上硕大古老的银杏树——然后喘着粗气,听头顶上叶子窸窣的响声——值得庆幸的是,这些书出版之后,大约是切合现代人的阅读口味和思维方式吧,不时地会听到一些肯定,引发一些共鸣。有点小得意的同时,也会让我诚惶诚恐、羞赧生怯。

感谢安徽文艺出版社,是他们给这一套书穿上了新装。沉静的包装风格,对于文字和思想来说,是一个非常好的结局;尤其是对于我淡淡的乡愁来说,这是一种很好的"小团圆"。

徽州就是一个人、一幅图、一物件、一本书、一杯茶、一朵花……当安静地看,用心地品,用思想去解剖,用体温去摩挲,用禅意去赏玩,当所有的一切都不可避免地商业化,带着他们的人、事以及心思时,一个人,如果能独守空灵,借助于某种神明,用内在的纽带试图去连接那一片安谧的气场,就该是一种幸事吧?这样的感觉,与其说是思念的流露,不如说是乡愁的排遣。一种坠落于时空变幻中复杂情感的宣泄。

徽州从未消逝,它只是和流逝的时光在一起。

目录 MU LU

总　　序／001

本卷序　苍白的乡愁／005

千年徽州梦

代　　序／003

壹如梦:春花秋月／015

山印象／016

水印象／023

民居印象／029

贰如幻:阴晴圆缺／037

历史就是记忆／038

虚幻的影像／043

家族的背影／051

叁如泡:阴历阳历／057

桃花源梦／058

风水宝地／066

金鳌山下／075

肆如影：八千里路 / 084

  渔梁送别 / 085

  徽商的故事 / 089

  山外的世界 / 101

  千年一觉扬州梦 / 107

伍如露：遍地风流 / 115

  高人即仙 / 116

  文房四宝的宿命 / 127

  戏如人生，人生如戏 / 135

  孤傲的渐江 / 142

  天生一个黄宾虹 / 150

  大爱陶行知 / 157

陆如电：镜花水月 / 164

  徽州旧事 / 165

  徽州出了个"老愤青" / 169

  风情茶馆 / 174

  外婆的天井 / 179

尾　声 / 183

跋　语 / 189

老 徽 州

前言　那时花开 / 197

第一章　那些山川 / 203

　　　　叶挺的照片 / 210

　　　　旧时的黄山 / 214

　　　　立马空东海，登高望太平 / 218

　　　　黄山与名人 / 222

第二章　那些城镇 / 228

　　　　郁达夫笔下的屯溪 / 235

　　　　屯溪老街 / 244

　　　　徽州府歙县 / 255

　　　　最佳之处是水口 / 261

　　　　旺川村史 / 270

　　　　江　村 / 274

第三章　那些事儿 / 279

　　　　抗战时的徽州 / 283

　　　　营救美国飞行员 / 290

　　　　雄村中美合作所 / 295

　　　　婺源"回皖运动" / 304

第四章　那些徽商 / 309

　　　　扬州的汪氏家族 / 313

　　　　无徽不成镇 / 321

祁红屯绿走天下 / 328

汪裕泰与汪惕予 / 334

传奇徽商胡雪岩 / 339

小上海的繁荣 / 344

黄山旅社 / 349

第五章　那些桃李 / 354

陶行知 / 364

徽州师范 / 368

第六章　那些人物 / 372

吕碧城 / 377

胡　适 / 383

汪孟邹 / 387

最后的翰林许承尧 / 392

第七章　那些志异 / 397

赛金花 / 402

李苹香 / 407

第一长人詹世钗 / 413

第八章　那些徽菜 / 416

我的徽菜 / 419

徽　菜 / 423

徽菜走天下 / 425

后　记 / 433

千年徽州梦

代　序

　　我一直想描绘一下真正的徽州,那个曾经存在于这个世界上,有过辉煌历史,今天却些许沉寂的徽州。历史上的徽州,它曾经孤独地存在于这个世界上,又孤独地弃我们而去。它就像我们眼前的河流,当我们看到时,它早已不是原先的流水了。世界在任何时候留给我们的,都只是它的背影。没有现实,现实只是过去和未来之间拦腰截断的一瞬间。当然,这样的感觉是哲学意义上的,也是最本质的。徽州的历史,从普通意义上说是公共的历史,是那种写在纸上、口口相传的历史;但就我个人而言,我更愿意把它当作是个人的历史,一种具有私密性的历史,这样的历史才会有血有肉、有滋有味。

　　关于徽州,我的记忆是大片大片的,就像黄昏时分天西边卷卷的鱼斑云一样。这样大片大片的记忆在经过岁月的搅拌之后又变得残缺不全,像一张破旧的古画一样斑驳破损。我的母亲是歙县人,而我自小在旌德长大,那个时候,旌德还算是徽州地区,所以我熟悉徽州的建筑、民风、方言、人物以及很多蛛丝马迹。我呼吸着徽州的气息长大,徽州的光与影便悄无声息地潜入我的身体,洇开,变成我生命中不可缺少的一部分。"一个人与一个地方的关系总是让人难以释怀",这样的说法是指一个地方给予人的,不仅仅是美好、亲切,还会有巨大的悲伤、忧郁、伤感、宿命、抱怨、疏离等等。当一个地方给人以复杂而不可言说的情感时,他才算是真正地与这个地方拥抱并且合而为一。这样的东西,绝不是那种单纯在知识范畴内进进出出所能替代的。

徽州位于安徽省的南部,从历史行政区划上来看,徽州所辖的一府六县相对稳定,它一直领着歙、休宁、黟、祁门、绩溪以及婺源六县。虽然徽州算是一个地理概念,但在广泛的意义上来说,徽州更应该是一种文化概念,这样的文化划分,使得徽州不仅仅包括现在黄山市的一些地方,而且包括皖南,也就是旌德、太平、泾县、青阳、石台等地。在这些地方,我们可以看到文化的同族与同根,看到徽州文化的延伸,看到一片云彩之下一模一样的文化和人。

如果从严格的意义上来说,徽州文化并不算是一种很独立的文化,它应该是中国古代东南文化的一个支脉,只不过是由于地理位置等方面的原因,现在的它保存得比较完整,遗留得整齐一些。徽州文化与附近江浙的很多地方以前是紧密相连的,只不过外面的世界改变太多,而徽州又相对偏僻,所以在更多程度上能够提供一个比较完整的面貌。当年徽州文化很长时间的停滞曾经让徽州"自卑",而现在相对的完整性又让徽州引以为傲。不过从更广的视角看,还是应该更客观地认识徽州历史和今天的价值,自始至终保持一个清醒的姿态。

从本质上来说,徽州一直建立在一种罕见的自然美与社会美的交汇之上。它在漫长的历史阶段中一直对文明持有一种敏感和积极的态度,如果把徽州已有的历史分为幼年、壮年和老年的话,那么,在徽州的幼年,它一直处于一种纯朴的农耕时期,充分沐浴着自然美的阴晴圆缺,日出而作,日落而息,也尽享生命的真谛。而它的壮年时期,外界开始无形地渗透,一方面,人们的头顶升腾起文化的光芒,另一方面,财富开始进入,人们涌动着对于财富的欲望,也处处留下了财富的痕迹。而它的晚年,当现代化在山外的世界激荡喧嚣的时候,徽州开始破落,破落得像悬挂于天宇上的一弯残月,冷清、孤独,它已发不出光来,只能寂寥地与世界保持着距离,反刍着昔日的时间和荣光。

我一直以为,在研究任何一种地方文化之前,应该具有的是一种客观的参照物,是弄清观察对象在整个世界坐标系上所处的位置。实际上不懂得中国文化,就谈不上对地方文化的理解;不懂得西方文化,就谈不上对中国文化的真正理解;不懂得人类,就谈不上对民族的理解;不懂得宇宙,就谈不上对地球的理解。对一个细小东西的判断,必须先确定它的坐标系,确定它的时间位置和空间位置,明白它的前后左右……因为所有的东西都不是孤立存在的,它们总是互为犄角,彼此相倚。这样的说法,通俗的解释是"不识庐山真面目,只缘身在此山中"。从整体意义上来说,人类文化是一棵参天大树,东西方文化分别只是其中的主要枝干,而地方文化只是这棵参天大树上的枝梢。只有对最本质的东西有着清晰的感觉,才能将这种感觉传递到细小的末梢上。

  对于徽州文化来说,只有对中国文化整体上有着一种准确的把握,才不容易跌入偏颇、狭隘以及自以为是。徽州的特点是朴素、简单,这样的特点,又是由自得、自享和自闭所造成的。这种朴素、简单、自得、自享和自闭从整体的意义上说,不应该单单指生产力的状态,与之同步的还有人们的认识程度。当徽州在明清时代得益于徽商的发达、资金回流富甲天下时,他们在行为和思想上都坠入了一个巨大的误区。在行为上,他们脱不了"小国寡民"的桎梏,将所有财富都用来精心构筑自己的"桃花源"。在思想上,他们自以为参透了人类的最高智慧,圆觉了所有的人情世故,所以就想着在一个山清水秀的地方完成与山水的共融,从而完成人生的意义。这样的想法,从更高的精神程度上看,未免有点幼稚和天真,有点自欺欺人。撇开生产以及社会进步的狭隘之处不提,单就精神上来说,徽州人与很多地方的中国人一样,由于缺乏宗教精神,所以并没有在精神上完成一次真正的远行,而是在向前走过一段路程之后,便不由自主地画了一个小圆,自以为圆融了——这样的状态,很像是化蝶为蛹的感觉。蝴蝶虽然飞得不高,却以为遍知世界,然后自我成蛹,继而自我幻变。

关于这一点,可以说,任何地域文化都是有缺陷的,中国文化同样也是如此。就徽州文化而言,它自然是离不开中国文化及思想这一块大土壤的,而我认为,中国文化的根本局限和弱点就是缺乏真正的本土宗教精神。这样的宗教精神可以在更广的意义上开掘和维持人类的高贵品质,协调人与宇宙之间的和谐,并可以推动人类灿烂的艺术文化。虽然中国文化在宽泛程度上避免了因宗教愚昧所带来的很多磨难,比如说肉体的摧残、精神的折磨,甚至抛弃此岸世界被淹没的危险,但在思维的周密性、思想的广阔以及心胸和境界上却缺乏拓展。它表现在缺少抽象思辨的深刻力量以及深邃精致,缺少人类创新所应具有的不惑精神和忧郁深沉的超越要求,继而缺乏那种"一览众山小"的悲悯情怀。中国文化中闲散的生产态度和生活方式极容易走向疲惫、慵懒和木然,也很容易造成精神上的贫血和失重,结果很难形成一种坚定的张力……这样的整体缺陷当然是客观的,也决定了徽州文化的局限性,决定了徽州本身的局限——当年在外的徽商纷纷迁移回乡,购田置业,没有扩大再生产,除了当时社会限制之外,一个重要的原因在于中国文化在精神上缺乏对财富的足够支撑。如果一个民族在精神上无法支撑财富的重量,那么经济的发展必然会是一句空话。这当然是一个很大的话题了。

自得圆满是可以的,但"天人合一"绝不可能。中国文化的很大一个误区就是将这两种在精神上距离相差十万八千里的东西混为一谈,人怎么可以跟"天"相提并论呢!这样的自以为是极容易把人的行为导入一种歧途,那就是精神上的不再拓展。

　　这样的想法一直是我思索的,也是我想探讨的。现在很多对于徽州的理解似乎有意无意地陷入了一个误区——我们把一些过去的东西想象得过于美好,在肯定它历史价值和审美价值的同时也高估了它的人文价值。实际上不仅仅是徽州,对于中国文化来说也是这样。如果把徽州文化放在世界文明的大平台上看,就能看出它的很多软肋和弱点:比如它精神高度上的相对低微;它过于强调稳定、和谐以及人际关系而导致的呆滞和刻板;它模糊而直观的把握所缺乏的领悟力;它的中庸心理、不狂暴不玄想所导致的自以为是以及徽州人封闭和内敛所形成的小气和促狭……从很小的时候起,我就不喜欢住徽州的那种古民居,当时,我的外公、外婆家在歙县斗山街,几乎每年我都要在那里住上很长一段时间。徽州的老房子让我感到压抑,那种刻意的做作和修饰,那种暗藏着的狭隘心理,那种居住在里面的局促和压抑,还有那种在局促和压抑表面之上的华彩和自得……徽州的老房子有太多违背人本的东西,它一点也不阳光、不健康,像一个古怪的老人。当然,用现代文化当中优秀的东西去否定历史上文化当中的劣根性是不太成熟的表现,因为所有的文化都不是完美的,彼此之间甚至是不能完全替代的。但我觉得一种优秀的文化以及一个优秀的民族应该以一种放松的态度来对待世界上的万事万物:宽容、诚恳、好学,然后自我完善。也正是在这样的指导思想之下,我觉得对于徽州文化,对于中国传统文化,包括我们身边的一切,我们都应该站在更高的角度,去重新审视和认识,因为它们都是人类的文化,是人类进步和升华的阶梯。

徽州越来越热了。沉寂静谧的徽州已成为一块炙手可热的地方,每天,有无数游客以及文人骚客拥向徽州,几乎每一个到过徽州的人都会着迷于当地的颓垣碎瓦、荒草冷月,叹服那里博大精深的文化,向往当地人那种悠然自得的生活方式,他们搜寻着古代徽州的古迹,一知半解地诠释着徽州,说着一些陈词滥调。他们哪里懂得徽州呢?他们多浮躁啊!他们的浮躁,还会给徽州带来浮躁。这样的浮躁使得现在的徽州越来越虚假,越来越生涩,甚至越来越虚荣。徽州变得越来越脸谱化,越来越戏剧化,甚至越来越时尚化。在急功近利的解说词中,我们见到了太多的臆想和水分,见到了太多的杜撰和粉饰。真正的徽州正变得模糊,接踵而至的,只是图片徽州、文字徽州以及电视徽州。在浮躁和虚荣中,是见不到真正的徽州的,也见不到真正的徽州精神。徽州正在飞扬的尘土中慢慢变得远去。这样的变化使我每一次到徽州都有一种新的茫然,也由此有一种越来越浓重的陌生感。

2002年底一个最严寒的日子,大雪纷飞,滴水成冰,我从合肥赶到歙县,去给我的外公奔丧。外公去世的时候已89岁了,他曾经是一个徽商,很小的时候,就跟很多徽州男性一样,下新安江到了浙江,先是在兰溪给人打工,后来又到了金华,帮当地人经营布店。那时正是我们家族从峰顶跌到谷底之时。我曾经在我的大舅那里看到过一个厚厚的黄皮账册,上面记载着外公的祖上到浙江湖州开钱庄时的收支,从账本上看,当时汪家在湖州相当兴旺。但汪家后来缘何从峰顶跌入谷底?这对于我们来说始终是一个谜,一直到后来,我算是部分了解了这个谜。外公一直是个不太爱说话的人,对于自己的身世,他似乎知之并不多,也没有多大兴致去谈论这件事。徽州人对于自己的家世,都有点讳莫如深的感觉。到了新中国成立后,因为子女众多、生活艰难,又要求割裂历史,所以对这样的话题就更没兴趣了。就这样,时光荏苒,我们的家族史,便与绝大多数的徽州家族史一样,成为永远的断章。

外公死的那一天天气极冷。在皖南,这样滴水成冰的日子可以说是百年罕遇。母亲说外公是想故意折腾一下我们。这个一辈子谦恭少语、在徽城镇很有名的县政协委员"汪老好"也许对一生的落寞心有不甘,越是心有不甘,就越要折腾一下他最亲密的人,以便让他们留下一个刻骨铭心的记忆。在我的记忆里,外公从不对任何事情表示出过多的兴趣,甚至自己的家务事以及儿女的成长,他也从不过问。他总是埋头喝他的酒,一天两顿。即使是1960年我的父亲和母亲结婚的那一天,40岁出头的外公骑车数十公里赶到现场,他也没有一句勉励的话,只是进了屋,然后像一尊石像一样,坐在那兀自喝他的酒。这样的行为,是由于生理依赖还是精神依赖,我们一直不得而知,也可能二者皆有吧。反正,外公在他半个多世纪的生活中,总是习惯于在一种恍惚中将时光忘却。外公去世那几天,汪姓大族济济一堂。因为是善终,倒没有什么特别哀伤的成分,大家只是在静穆中把一切程序走完。丧事请了县里几位"乡绅"般的人物来主持,他们对徽州民俗非常熟稔。外公在敦实的棺材里躺着,在他的身旁,拥拥挤挤地塞了各种各样的白酒。我们依次排列,每人手里托着一小杯白酒,然后把手指伸进杯中,蘸点酒,洒在外公的嘴唇上。由于紧张,轮到我时,我的手指一下子碰到了外公的嘴唇。外公的嘴唇是那样的冰冷,我心里一惊,那似乎是另外一个世界的感觉。我这才意识到,他真的是属于另外一个世界的人了,连体温都不一样了。这样的老徽州真的走了。

外公的墓地在歙县慈姑边的一座小山坡上。在慈姑一带,似乎这座小山坡最高了,山坡上长满了松树以及杂木。在半山腰,并排躺着的,还有外公几个兄弟的坟墓。离外公墓不远,有块荆棘丛生的隆地,矗了一个石碑,上面镌刻着"汪氏祖墓"几个字。很奇怪的是,在坟墓上还长着一棵粗壮的叫作"百鸟朝凤"的树。我不知道这棵树的真正学名是什么。后来深入地了解了家族史,我才知道自己家族这一脉是作为徽州"土地神"汪华的守墓人而繁衍的,并且一直以慈姑为轴心运转。一千多年来,这个家族一直生活在这个穷僻的地方。想想真是有意思,一个家族,在担当了守墓人之后,就迁徙于此,繁衍于此,终老于此,这需要多大的韧性和忍耐力呀,或者说需要巨大的麻木。这完全是一个徽州版的"千年孤独"!想起来似乎还真是这样,在慈姑这块地方的很多人,在骨子里都带有这样的成分:自尊、无聊、倔强、目光短浅、甘于平庸。他们一辈子的生活太狭窄,也太隐蔽。这样的情况,似乎是带有某种残留的。现在我明白了,这的确是一种守墓人的习性啊,是一种远古的记忆。这种守墓的意识,一开始是某种外部信号,是义务、是责任,而随着时间的延续,慢慢地就变成了一种习惯,变成了一种传统,变成了性格的组成部分,而最终幻变成了潜在的深层意识,变成了一种原始的回忆,变成了血液里的血清或者微量元素。

罗西尼 12 岁时所创作的《弦乐奏鸣曲集》可以算作是他艺术上的一个高峰,这样的高峰早早地就在他年轻的时候到来了。那种与生俱来的优美来自他对世界的一种准确的通感,源自他对这个世界的一种充满活力的感受和情谊。因为罗西尼拥有的是一颗俊美而优雅的心灵,那种与自然相通的气韵铸就了一个人的精神实质。最初的纯朴和混沌养足了,慢慢地变得博大了,便有东西涓涓地流淌出来,便有一种智慧的光晕和精神上的高度,也有着一种澄明的亲切。然后这种东西便变得圣明而不可颠覆,就如同清晨最初的阳光一样,新鲜而不炽热,有着一种无上的温暖和亲切。

同样,在徽州与我的关系上,似乎也是如此。我是从 2000 年之后开始关注徽州的,在此之前,我一直有意无意地忽视身边的土地,而将视野投入到远方。直到 21 世纪来临,我 35 岁,开始步入中年。我开始了对徽州的回望。在这样的年纪里与徽州相约,可以说是一件非常幸运的事情,因为只有中年情结,才算是真正的人生滋味。而且那是一种深度的味道,不仅仅是酸甜苦辣麻,而且还是"欲说还休,却道天凉好个秋"。我算是真正地体味到了这一点。从绝对意义上来说,也许我现在对徽州的探究和写作,也是一种血液里的宿命,是一种前世的回光返照。我想我与徽州的关系,不仅仅是从文字上去描绘,从颓瓦残石的纹理中去揣摩,从我的眼睛中去观察,我更愿意在冥冥中去倾听,在记忆中去发掘,在内心当中去搜索。因为,在我的内心当中,也是隐藏着这样的集体无意识的,隐藏着这样的"千年琥珀"……写作徽州,写作徽州的历史和现在,包括描绘和记载这个地方的一切,甚至包括我透过徽州这个窗口去观察更广阔的世界,都可以说是我的愿望、我的情结、我今生的宿命。徽州的历史是一条河,我一直试图用我的文章在内部去整理考据学者们从外部所做的事情,那就是在这样的一条河里去游泳,不断地置身于同一条河流,虽然从本质的意义上说,这条河流已不是同一条河了。而这样写作徽州的过程,就是发掘和整理记忆的过程。这样的记忆,不仅仅是我个人的记忆,也是一种整体的记忆。徽州的史志是记忆,居民是记忆,"三雕"是记忆,文书是记忆……还有很多东西,都是记忆。徽州在某种程度上的博大和光荣,它的耻辱和衰落,都是一种记忆,一种刻骨铭心或者说不刻骨铭心的记忆。

我的文章只是徽州的影子,而我一直努力制造这个影子,是因为这个影子相对能代表我灵魂的黑夜,它可以去相对弥合存在于我和徽州之间的距离。我知道,一个人对一个地方的感受,绝不只是单单所呈现出的字面意思,更多的是游走于文字边缘的喟叹,是魂魄在字里行间的舞蹈,是文字中氤氲而起的雾霭。在一个地方生活得久了,地域灵魂就会与人的灵魂合而为一,只有在夜深人静的时候、在万物归一的时候,它们才会悄悄地浮上来,彼此之间对视凝望。

我想以一种较为干净的方式来写徽州,这样的方式不是泛泛的介绍,也不是自以为是的臆断,更不是功利的结论,而是源于一种发现、一种贴近的理解。那种与徽州之间的心有灵犀,以及这种明白中的诚实、客观和宽容,都是我想努力做到的。在很多时候,我感觉自己就像一个懵懵懂懂的孩子,蹒跚在徽州的山水和历史之中,我的眼神闪烁着单纯,也闪烁着智慧,其实单纯和智慧是连在一起的。我看到了青山绿水,看到了坍墙碎瓦,也看到了荒草冷月,更看到了无形的足迹以及徽州的心路历程。任何一种存在,都是有着充足理由的,把它放在因果的光辉之下,或者把它放在真理的普照之下,那种反射出来的光亮,必将绚烂如花。

安静地栖居、聆听并写作,这样的人是有福的。我知道,能与徽州相对,彼此凝视,我是有福的。

壹 如梦：春花秋月

山 印 象

在更大的程度上,徽州就如一个婉约的梦。

梦是奇特的。如果站在高空看徽州,就会明白这个地方梦一般的意境。这里峰峦叠翠,绿水如带。北面是"天下第一奇山"黄山,云蒸霞蔚,如梦如幻;东面是天目山,古木参天,连绵千里;境内还有称为"五大道教名山"之一的齐云山,奇谲秀丽,峰峦叠嶂。除此之外,所在之地几乎全都是大大小小、知名不知名的山。群山相拱之中,新安江顺流而下,山水环峙,轻帆斜影。青山绿水之中,古村落星罗棋布,粉墙、黛瓦、马头墙,恬然自得,清淡文雅。

雄伟的黄山当然是群山之首。黄山最大的特点是鬼斧神工、匪夷所思,在黄山面前,人类只有惊叹。黄山无处不石,无石不松,无松不奇;云来时,波涛滚滚,群峰忽隐忽现;云去时,稍纵即逝,瞬息万变。黄山是名副其实的仙境。仙境是什么呢?人消受不起的东西,就只有神仙来消受了。说黄山是仙境就是这个意思。曾有人这样形容黄山,说很多山都是在山外看起来美,而进山之后发现不过如此,而黄山却不是这样,黄山是在山外看着美,进山之后,人在山中,会发现黄山更美。的确是这样,黄山的美,不仅仅是静止的,而且是运动的、奇妙的,它可以瞬息万变,随着春夏秋冬的交替、晴雨天气的变化、阳光月色的晕染,变幻无穷,翻陈出新。纵使你一千次来黄山,你也会有一千次新的感受和发现——初春,云里花开,香漫幽谷;盛夏,层峦叠翠,飞瀑鸣泉;金秋,枫叶似火,层林尽染;严冬,银装素裹,玉砌冰峰。

对于黄山,所有的文字都是一种累赘。黄山就是一个坐标,它是上天用来检测人的创造力,也是用来警示人的创造力的。有谁敢在黄山面前自满又自得呢?只有徒叹自己渺小的分量,也徒叹自己创造力的薄弱。黄山当然是属于徽州的,它代表着徽州的钟灵毓秀,同时又将徽州的美推向了一个极致,它是无法被超越的。在黄山面前,所有的山都自甘寂寞,但却不甘渺小——在徽州,每座山都有每座山的奇特,每座山都有每座山的风景,比如说齐云山的奇谲,清凉峰的神秘,牯牛降的繁杂。甚至,一些微不足道的山也都有着它的诱人之处,也都有着各自的性格和魅力。

从总体上来说,徽州的山是妩媚的,也是灵秀的。它们不是咄咄逼人的美丽,美丽是外相的,是一种虚假的东西,它没有用处,它不会看人,而只能被别人看。徽州的山是会看人的,它们看尽了沧桑,所以归于平淡。它们不属于雄奇的、艰险的和叛逆的,它们是属于小家碧玉型的,懂情、懂理而又无欲则刚,是那种看似寻常巷陌而又深藏着智慧的风格。当然，黄山和齐云山是徽州山峦的两极，它们可以说是徽州山峦的一种参照、一种反观，似乎是所有山的平凡才能孕育着它们的离奇和神异。不是说它们是高人一等的，是出类拔萃的，它们同样是山。黄山是属于文学和诗的，是美和秀的，但黄山是太美了，是美丽到极限的那种，它容易让人们惊叹于它的美丽而忘却了其他所有的东西，容易因为美丽而丢失内容，比如文化、宗教等。我们可以把黄山和九华山相比。黄山天生的钟灵毓秀和精美绝伦似乎天生就是让人来观看的、来惊叹的，这样的美丽和脱俗使得它天生地与人世有一种距离感，它散着美的光辉，高高地耸立云端，如一轮理念的太阳。黄山的美丽绝伦，使得它在这个世界上一直保持着居高临下的姿势，它是俯瞰众生一览众山小的；与此同时，因为美丽至极，它也是简单的，它只是美的，它的美让所有赋予的意义都显得牵强附会。九华山则不同，九华山的大气、智慧、无欲则刚的整体感觉，更接近于佛的宗旨，所以凡是懂佛的人，只要看一眼九华山，必然认定这是佛的最好栖身地了。因为两者的精神是契合的，是合而为一的、是密不可分的，也因此，九华山承担了更多的文化、宗教意义。在这一点上，齐云山也不同，与众多徽州的山相比，齐云山的特点在于其奇谲和幽微。这是一种更接近于道教真谛的东西。不仅是齐云山，其他的道教名山，诸如四川的青城山、江西的龙虎山、湖北的武当山等，其实都是一种风格，是一种暗合道教精神剑走偏锋的感觉。所以从这一点上说，齐云山是"道"的，而且应该是

"道"的。

让我们撇开美到极致的黄山以及奇谲的齐云山,来感觉一下单纯而普通的徽州之山。白天的山是普通的,甚至可以说是没有特色的,它们不高也不险,不奇也不谲。它们平常得不能再平常,一点也不引人注目,是彼此之间没有特色也很难辨认的。我们很容易把一座山误认为是另一座山,把一个山坳误认为是另一个山坳,甚至把一个地方误认为是另一个地方。它们叠叠层层,错落散布,就如同迷宫一样。迷宫之所以"迷",那是因为彼此没有可以区别的地方,相似和重复,这就是迷宫的真谛。但这最朴素自然的山是最有生命的,它就像一个最平凡的妇人一样,从不引人注目、从不招摇过市,但它极具生命力地孕育着自然的生机、人类的生长和文化的延续。

山是缄默的,也是永恒的。缄默是指它从不对世人表示什么,永恒则在于它比人类的历史更加漫长。当徽州还不叫徽州,或者也不叫其他什么称谓的时候,甚至这一片地方还是蛮荒之地时,它们就已经存在了。它们才不理会人类呢,在它们看来,人类的历史都是过眼烟云,它们早就预知了这块土地的结局,周而复始,一切都归于零。它们的沉静,是因为它们目睹了过多的重复。对于时间,它们是不敏感的,因为时间对于它们没有意义,能让它们燥热难耐的是四季。在四季的更替中,它们往往倾注着热情和愿望——春天,整个山峦是一片水洗过的新绿,纯净而透明,所有的植物都将喜悦挂在脸上。布谷鸟在灌木丛里抑制不住激动,它们上蹿下跳很是欢欣,云雀总是不甘寂寞,在蓝天里划出一道道弧线。夏天,则是一种浓绿,仿佛从天上倒下来无数绿色的颜料,淹没了山野里其他的颜色,即使有一点杂色,也像是水中的一片浪花。秋天呢,那是色彩的盛宴,仿佛所有的颜色都盛装打扮,来参加一个节日的舞会。然后,便是色彩的狂喜,在狂喜中,主色调变成了金黄,变成了一点零星的红。红是山野的枫叶以及乌桕树叶,那样的红灿若云霞,似乎每株树与每株树都不一样,每株树都有着不同的风姿,甚至每片叶子与叶子之间,那样的红色都不一样,都在尽自己的个性进行招摇。秋天是色彩最后的节日了,也许它们是想在最后的生命中,尽情地展示华丽的篇章。很快,冬天来了,寒冷淹没了所有的颜色,这时的主色调变成了最本色的白色。冬天如果下起雪来,便是原驰蜡象般的一片白。这时候的徽州仿佛是一个放大了的盆景,它静止而沉寂,又仿佛动物一样,在寒冷中冬眠了,静心了,但实际上在它的骨子里,却欢喜而热闹,在它的心里头,正孕育着下一季轮回的温暖。

　　颜色就是四季的表情,也是从内心当中溢出的情感,它富有主观的意义。但山是有本质的,也有本质的颜色。这一点,山与所有有生命的东西一样。它本质的颜色,应是黑色的或者白色的。掀去地表的层土,它的里面是黑色的石头,或者是白色的石头。这样的颜色,不仅仅是山的本质颜色,同时也是世界最本质的颜色。梦境似乎可以拿来说明一点问题——在人们的梦境中,是从没有斑斓色彩的,也不会出现其他颜色,只有白色或者黑色。

这就是本质。由梦境可以得出结论,所有其他的颜色,都是颜色的延伸,那是一种附会或者迷幻。山如果会做梦,它的梦必定也是黑色或白色,黑色是过去,白色是将来,与黑色、与白色相连的地方,就是现在。所以,现在是虚假的、是不确切的。山的梦一做就是很多年,很难说它一直是梦着或者说是醒着,但它总是在假寐中等待,这样的等待无所谓欢欣,也无所谓悲痛——人们总在它们身上攫取粮食、树木、水果、布谷鸟、叫天子、黄莺,甚至蚂蚱、蛇蝎等,也在它的身上欢唱或者哀啼,但它总是隐忍着,什么也不表现,就像情感无法穿透它似的。人总是受时间捆绑的,时间从不放过人,它们把人当作自己的奴隶。但对动物,时间却异常宽容,因为它们既不想创造什么,也不想留住什么,它们从不自以为是,它们只是观望,无动于衷地观望,什么都不会往它们心里去。对于动物,包括植物,时间给它们的优待就是,尽量宽容地对待它们,让它们像四季一样反复轮回。动物是没有时间概念的,它只有空间,所以它可以轮回。植物也是。但人类不行。在动物的眼睛里,是可以找到轮回迹象的,你只要正视动物的眼睛,就可以从它的瞳孔里看到不属于这个世界的影子,那是一片纯净,是过去或者未来的通明。

夜色来临之后,徽州的山总是显得很苍老,冷月无声,清风呜咽,所有的一切空旷和寂寥,黑黢黢的,有点接近虚化,只有轮廓,没有立体感和细节。这时候山与山之间是彼此相连的,不仅仅在空间上相连,连内心都合而为一。它们融合在一起,彼此之间交换着感觉,也交换着对于时空的印象。夜晚的山峦似乎更神秘,更具有一种神性,就像另外一个世界的东西,具有那种缥缈的感觉,也更接近于这个世界的本质。而山风总是不知所来,又不知所踪,这山风很容易让人想起时间、历史、幻想,也容易让人谈起传说或者故事等具体一点的东西。从人们嘴里说得生龙活虎、惟妙惟肖的东西往往是虚假的,而说不清、道不明无从说起或者压根儿没有意识到的东西才是真实的。山就是这样,你无法说清道明它,但你可以感觉得到,它的灵魂是确切存在的。彼此面对,如果静静地放下心来,进入一种物我两忘的境地,你便会感到一种轻若游丝的音乐缥缈,感觉到山、头顶上的星空、夜风飘忽中的萤火虫与自己的心灵,其实都是一个东西。

水 印 象

"天地恒昌"是徽州人从山地中领略到的,而水,则让他们感悟到人生的无常。山的哲学是不知日月,水的哲学则是不舍昼夜。徽州人离不开山水,他们的民居都是依山面水而建,在这样的接触中,人们寻找着与山水的亲近,也得到了内心的安宁。

徽州的水是这块土地上最具灵性的内容。它们是由土地的灵气幻变而生的,也暗藏着这片土地的情感和欲望。曾经有一阶段,它们是天上的云,在天空中飘浮游荡,因为距离,它们有着清醒,可以冷静地感受和观望土地的美丽和沧桑,揣摩着巨大内容背后的细节。但这样的清醒状态让它们惶恐而慌乱,它们急切地想重新回归。在天宇之上,它们迫不及待地等待着、孕育着,然后在某一个阳光灿烂的午后,它们倾泻而下,哗,哗,哗……重新皈依土地的温暖和踏实。当它们的双脚一接触到地面,便立即变得心安理得、欢呼雀跃。它们聚集在一起的时候,就是一条条溪水或河流了。

徽州的水总是绿的。是一种沁人的绿,也是一种有着内容的绿。水是宁静的,但这是表面的,宁静只是它的表面特征,它的内在仍是不安分的,是躁动的。它需要交流,需要运动,仅仅有爱是不满足的。它渴望升天,也渴望走出山外。水的躁动与山的敦实构成了截然不一样的性格。但这种截然不同不是矛盾的,而是和谐的。山总是容忍,总是包容,所以它负载历史,凝固时间。而水的躁动总是对现实加以冲击,它不满足现状,渴望改变历史,改变观念。水的流淌就是活力在流淌,整个徽州就是因为水的流淌而变得丰盈起来。

徽州的水负载了很多的经济和文化意义,但它又毫不把这种负载放在心上,它依然自在,依然轻松。水是清的,也是深的。每一条河流都有无数条由涓涓小溪组成的分支。真是多亏了这些水系,它串起了整个徽州。它给徽州带来了生命、希望和不断更新的内容。在水边,总是湿漉漉的青石码头和石拱桥,宅基地浸在吃水线以下的老房子探出个身子;弥漫诗意的雨巷,青灰色的瓦檐永远有一种惆怅的意味。当然,下雨天的时候,总有人撑着油纸伞在等待着什么;也有人挎着精致的竹篮,在桥边沟边摘着马兰头、荠菜以及地衣什么的。徽州人的出行也是从小码头顺流而下的,那往往是黎明或者傍晚,小舟缓缓地撑离了码头,天际上有一弯不甚明澈的月亮。几乎没有声音,偶然只是水面小鸟的叫声,再就是桨橹击水的声音了。在船尾摇橹的艄公蓑衣竹笠,有一搭无一搭地跟船舱里的那个人说话。潺潺的水声有时会夹着雨点的杂乱,而那个船舱里的人有一声无一声地回答着,此时此刻,即将离家远行的他已变得失魂落魄了。这时候整个河流乍一听是静寂的,但只要用心去听,你会听到一首绵延的、有着巨大感染力的交响曲。河流是赋予人和土地灵魂的。这时候船里的人会感到茫茫的水面是一种巨大的生命存在,人在其中,只是一个微不足道的小小音符。

在这片土地之上,最著名的、给徽州影响最大的,就要数新安江了。新安江是从徽州西北方向流过来的,它清澈见底,富有生机,像少女一样天真烂漫。水面上有鱼鹰昂首游弋着,有时候会突然扎入水中,叼出一条鳜鱼来;江中还有水獭,在拐弯处的沼泽地里偷偷溜出,从岸边噙走一只青蛙;那种精灵似的水鸟飞来飞去,像线一样滑过水面……而在更多的时候,它又显得娴静、温顺、包容、智慧,像一个恬静的少妇;开阔处,它水天一色,烟波浩渺,宛若梦中情人;两山相夹中,它更如仙女下凡,一条长长窄窄的飘带,很随和地飘散在起伏绵延的山峦之中。

新安江是徽州的母亲河,也是徽州文明的"月亮河"。说"月亮河"的意思在于,这一条河流能够给徽州一种潜质,并且能给徽州很多观照。它所具有的,是那种月光所具有的潜在的神性。新安江水不仅对徽州文化有巨大的影响,同时在灵魂上也赋予徽州以灵秀的意义。它蜿蜒静谧,就像这片土地内在的魂魄一样,悄无声息地游走。近山滴翠,远山如黛。而更远一点,则是一派清新美丽的自然风光,随意地散淡在那儿。在山坳密密的树林边,掩映着白墙黛瓦,传来了阵阵鸡鸣犬吠声。

新安江看起来还是忧郁的。这反映在它的颜色上,那是深深浅浅的绿中带一点蓝的颜色,那样的蓝是一般人很难察觉出来的。这样的蓝色,就是新安江的忧郁,也是它内在的情绪。实际上不只是新安江,任何一条河流,从本质上都是忧郁的。那是因为它承载的东西太多,心思也太绵密。一个东西,如果责任太多、心思太多,那它就不可能不忧郁了。这一点就像时间,实际上时间也是无形的河流,我们全是在这样的河流中沉沉浮浮。时间也是忧郁的,虽然它看起来那样理智,充满着冷酷和无情。但时间在骨子里还是忧郁的,它充满了慈悲心,它总是悲悯地看待河流中的任何一个人。看他们无助,也看他们自以为是、得意忘形。这时候,时间总想善意地提醒人们,不过很少有人觉察到,一直到时间放下面孔,冷若冰霜地对待他们时,人们才恍过神来——这些鼠目寸光的人啊!

在大多数时候,新安江总携有一团浓浓淡淡的雾气,即使是在阳光灿烂的时候,看起来也是如此。这使得河流上的木排、船以及船的帆影,常常有一种梦幻般的感觉,仿佛它们不是漂浮在水面上,而是飘浮在云彩之上,并且将要去的是一个神秘的天堂之国。船也是不甘心一直寂静的,有时候岸边会传来隐约的箫声。徽州的高人隐士总是很多,他们喜欢独自一人的时候吹起竹箫。那箫声凄清幽静,这样的声音,似乎骨子里就有悲天悯人的成分,它就是用来警醒忙碌而贪婪的世人的。有时候江边还会传来笛声,那笛声在宁静的背景中,更显孤单而悠长,具有撕心裂肺的味道。在江边,一直有很多古树葳蕤,从很多年前开始,它们就一直伫立在这里,观看着这样的情景。这些老树都是成了精的,它们似乎从一开始就知道事情的结果了,知道世情冷暖、人力无奈。但它们一直保持着缄默、保持着木讷。它们从不对人情冷暖说些什么,最多是在夜深人静时,悄然发出几声重重的喟叹。

很少有人问,要是徽州的水不是现在这个样子,会怎么样?徽州呈现的面目会改变吗?回答应该是肯定的。很难想象徽州没有水会怎么样,徽州没有新安江又会怎么样。没有流动的水,敦厚而木讷的山会占据主导地位,那将是一个全封闭的、没有生机的世界。时间可能会是缓慢的,一切观照没有了流动感。没有河流,徽州所受影响的不仅仅是历史和文化,影响最大的将是心理上的。人们将失去温柔,失去细腻,失去敏感、体贴、才思以及诗情。

徽州的山水就是这样富有魅力和诗性。也因为这样的山水,潜移默化着徽州人的审美和人生走向。曾有人说,如果你要真正地认识一个地方人们的性格,你必须到那个地方走一走,看看那里的山水,你就会知道那里的人文走向,也就会真正地了解那个地方人们的喜怒哀乐。的确是这样,山水的灵性总是在不经意中潜入人的血液。受这样一等美丽的山水影响,必然会产生一流的人物,因为在这样山水之中所成长的人,他的灵魂中必然有着山川之灵气、山川之心胸。当然,这样的灵秀山水也是可以消磨人们志向的,在徽州的过去和今天,已有相当一部分历史与人整日沉湎于山水之中,消解了,也湮没了。当然,这一切太正常不过,历史与世界观一样,都是很难辨别对错,也很难辨别黑白的。所有行为都源于理解,源于认识。而人的思想,往往就是因为一张纸的隔膜,相差十万八千里。

  新安江,就是在这样的不怨与不嗔中,缓慢而优雅地流动着。"两岸猿声啼不住,轻舟已过万重山。"徽州的历史也是这样,它一直沿着新安江顺流而下,飞溅起万朵浪花。从本质意义上来说,徽州的河流永远有着起点的意义,它既是空间上的起点、时间上的起点,同时也是思想的起点以及才情的起点。

民居印象

　　除了绿色之外,黑色应该是徽州的主色调了。这黑色就是徽州民居老房子。徽州的老房子有点像一个精美的黑瓷瓶从空中跌落,破碎了,黑瓷碎片随意地散布在这片土地上。

　　老房子给人的感觉不是亲切,它似乎总有一种拒人千里的姿态,它几乎没有表情,庄重中带有几分警觉,又带点呆板和悭吝,甚至带有很多颓废的成分。往往是老房子和老房子相连,它们紧紧相倚,彼此之间似乎是利益相依而又相敬如宾。站在村落外面向里看,老房子给人的感觉像是待在一起的有文化的老头。它们是守着很多秘密的,但这秘密经历的时间久了,内部也就镂空了,就像是一本古旧的线装书,由于久不见太阳,再拿出来就烂页了。老房子的格局是少有人情味的,它们几乎全封闭,彼此之间是各自为政,也是相互提防的。

　　它们属于各自的空间,把各自的生活都消化在自己的空间里。老房子的故事也是这样,很少有血有肉,最多是条条纲纲、缺张少页的。整个基调是暗的,老房子里面更暗。暗是一种立体的黑,是没有颜色坠落成的黑色。门关起来之后,老房子唯一透亮的是天井,天井上的天是长方形的,有棱有角的,是无意和沉寂托着的。天的广阔是老房子里的人感受不到的。即使是老房子里的钟,都比别的地方走得慢。在这样的地方睡觉,觉也会很沉很沉,像铅一样沉,也像古铜一样沉。好在梦没遮拦,老房子里的一切都不能够阻隔它。但梦也是飞不远的,它总是很难飞出天井,只是游魂一样沿着屋檐行走,一不留神,就幻变成悬着的风铃或者木雕。

晚上与白天的界线其实是不太明显的。白天静,但晚上更静,这静是更接近死寂意味的,只有蟋蟀和纺织娘在潮湿的草丛里发出嚓嚓的声音。那不是声音,而是寂寥。灯火是破除不了这种寂寥的,相反,它会使寂寥更加浓烈。闪闪忽忽的灯光中,人的身影像谜一样,一会儿在灯光中露出来,而一个转身,便又消失在黑暗之中。灯光中常常能见到一张张老人的脸,那脸越来越模糊,那是历尽人生之后的麻木,也是阅尽千帆之后的智慧,这两者往往有时交织在一起,很难分离,也很难分割。在老房子里,灯光是很难明亮的,仿佛它们使尽所有的气力,也不能使屋子透亮一点。这样的情形总是让灯光觉得困惑,它们不明白,有很多东西,是照不亮的,一使劲,反而会增加年龄和内容,凭空添上无限幽秘。老房子还有一种神秘,那就是一到晚上,即使是再活跃的孩子,也会摇身一变,他们会突然变成老人,会变得循规蹈矩、老老实实,空坐于黑暗之中。那种沉静和孤寂,哪里像一个孩子啊,分明就是一个精灵。

每当黄昏降临,在老房子里,所有的人都变得恍恍惚惚,他们一个个端坐堂前,敞开大门,看远山的夕阳如血,一动不动地冥想。而后不久,太阳西沉,他们便会早早地打着哈欠,变得神情迷糊了。老人会有什么心思呢?有时候是什么也没想,但给人的感觉却是绵长而幽远。

天井两边陡陡的木梯似乎是接近温馨的地方,从狭窄的楼梯笃笃地走上去,往往是年轻人的卧室。它似乎是更远离尘世的地方,又似乎是更接近心灵幽秘的处所。走在楼上,楼板总是要响的,声音很大,它响的时候,整个大屋子里的人都听得到,这响声很像是一种戒律,它警戒一些不应该在里面发生的事情。这时候你才会发现老屋子的一切其实都是有道理的,不仅仅是在建筑上,更是在伦理上、哲学上。

当然,在黑黝黝的阁楼里,也有非常好的亮色。那往往在阁楼的侧面,一排不大的窗棂,一些木制的栏椅。这是老房子最自由的地方了,坐在这样的地方,触手可及的,是其他屋舍的马头墙,横七竖八,线条极具美感。再远处,可能会有一片竹林或者树林,这样清新的地方总给人遐想。而更远处,则是烟雨朦胧的远山了,那样的地方会更让人痴迷。坐在这样的地方久了,会感到肋下翼翼生风,仿佛会钻出一对小翅膀来,带着身体沿着屋顶滑翔而去。

能飞进老房子的只有春天里的燕子,夏日黄昏的蜻蜓以及夜晚的萤火虫。燕子是唯一能给老房子带来生气的东西。它们大都在堂前的大梁上做巢,从野地里噙来泥巴,然后从天井上空飞下。它们对一个家庭或者一个家族的秘密是异常清楚的,知道他们的温情冷暖、喜怒哀乐,知道那种有形或无形的东西,它们甚至比这个家庭本身看得还多、看得还透,但它们一直守口如瓶,从不泄漏。老房子是很喜欢燕子来栖息的,每次燕子呢喃而来,老房子便会怦然心动:噢,春天又来了。燕子的来临是一个讯号,老房子便开始脱去它沉重的破棉袄了,生活中也有了新的内容,那就是凝视,以黝黑的板壁注视着燕子巢慢慢做好,一对燕子住进了新居,然后小燕子出生,公燕子出门觅食,母燕子在巢里带着唧唧喳喳的孩子。老房子的记忆力并不差,它们往往能记住新出生的小燕子的模样,清楚地记得一代代燕子在老房子里繁衍着。老房子和燕子就这样相互守着秘密,默契地相对,从对方的变化中,感悟到生命的变迁。

红蜻蜓往往是夏日黄昏时飞进老房子的。它真美丽,就像是一个精灵。它们就像是当年建筑老房子的那些工匠,那些默默无闻的工匠。这些工匠将屋舍设计得非常精致,又将木雕、石雕和砖雕刻得非常精美。他们有着鬼斧神工之力,仿佛他们不是来自村落,而是来自自然;仿佛不是有形,而是无形的。然后,房梁在某一天上顶了,工匠们一起爬在半空中,在那里放起了鞭炮。老房子这时候算是有生命了,也从此有了记忆,有了想象,有了苦恼。房子落成之时,工匠们默默地走了,头也不回似的,他们给这房子以生命,自己却如雁过长空。一切都是事如春梦了无痕。老房子知道,这些工匠是忘不了它的,毕竟,它是他们创造的。他们还会来看它的。

他们的确是要来的。这些红蜻蜓就是。它们的到来是有些预兆的,每次它们飞进老房子不久,就会下一场雨。老房子非常喜欢,清凉的雨落在身上,会濯洗它全身的酸痛。最喜欢的是瓢泼大雨,就跟按摩似的,舒筋活脉,神情为之一爽。这些感觉都是红蜻蜓带来的,老房子感谢红蜻蜓。不过红蜻蜓是调皮的,有时候红蜻蜓一动不动地蹲伏在老房子的某一处,那细细的纤手挠得老房子直痒痒。但老房子仍努力克制着不动声色,当然,老房子也不敢打喷嚏,要是一不小心打了一个喷嚏,整个破败的四壁便会轰然倒下来。

老房子最捉摸不透的,其实是萤火虫。这真是一个奇怪的精灵,它总是来去无影、倏然无踪,它们像微小的雪花一样,映亮了村前屋后。那种近乎绝望的美就那样恍惚在老房子的视野里忽隐忽现,不禁让老房子感叹自己的年轮已去,也感叹这个世界的神奇和诡秘。老房子总是心有余悸地认为萤火虫是来去两个世界之间的游魂,一个是阴间,一个是阳间。它们悄然地潜入,有时候甚至能听到它们发出嘤嘤的哭泣声。它们就像老房子里当年的那些女人们。她们在自己的一生一世中沉默着,她们多孤独啊! 不仅仅是孤独,还有自虐般的坚贞,把人生过得悲凉无比。在生前,她们像猫一样小心翼翼地在村落里穿行,然后悄然逝去,凄婉悲切。那些萤火虫还真像是她们,因为留恋,才会归来看一看。其实,有什么值得留恋的呢? 而且,再来这样的地方,还要冒很大风险,它们要使劲才能飞过马头墙,才能飞进院落里,一下子身子没力气了,便会落在天井石缝中的杂草或者青石板的缝隙中,然后,它就消失得无影无踪。那是一种彻底的消失,有谁看到过一只萤火虫的尸体吗? 不仅尸体寻觅不见,连灵魂都不知道荡到什么地方去了。

稍微生动一点的,是老房子与老房子之间的穿堂风。它是无所在又无所不在的。它之于老房子,就像水之于鱼,空气之于人类。没有风的老房子是静止的、是呆板的、是死的;而有了风,一切都活了起来,就有了灵魂。仔细地倾听,穿堂风是有发源地的,那根是系着黑黢黢的群山的,仿佛是空蒙渺茫的历史在游荡。穿堂风往往是从村口吹拂过来的,在村口,有成群的古树,或者是香樟,或者是椿树,或者是银杏,还有就是枫、柳、槐、榆之类的。这些古树都有上百年的历史,它们一般是从建村时就开始有了,在建村伊始,村里人就种下了它们,并且一直把它们当作村里的一员。村里人从树旁边进进出出,什么事也瞒不过树的眼睛。树知晓这个地方的秘密,也严守着这个地方的秘密。当然,从面相上来看,香樟与银杏是最漂亮的,也是最温和的,即使是历经数百年风雨、阅尽沧海,看起来也健康明朗、豁达幽默。

香樟和银杏的所在地,总成为这个村庄最祥和的地方。而柳树或者榆、槐所在的地方,则成为村庄里最诡秘的场所。

与这些老树紧密相依的,还有村口溪水边的风车。那些风车总有一种破落贵族的气质,一副孤芳自赏的神情,看起来无动于衷,自负、冷漠、桀骜不驯。风车的感觉总像是村庄的叛逆者,也像是村庄边游荡的野鬼孤魂。当年破落贵族堂吉诃德大战风车,引得全世界都开心一笑。其实,堂吉诃德跟风车应该是同一个东西,在他和它们之间,具有同样的意义。当然,风车的倨傲是有理由的,因为它们给村庄带来了太多,也目睹了很多,而自己从不索取什么。风车屹立在村边,在它们的身上,隐藏着这个地方的一些元素,也暗藏着一种隐秘,这些元素可能在将来的某一个时间会出现,并凝聚、降解、分化,成为某种力量。当然,在更多的时候,风车不是风车本身,它还是乡村孩子们的游玩工具。那些村里的顽劣孩童在黄昏来临时会集中来此,骚扰一番,嬉戏一阵,然后,大笑着离开。每当寂静重新来临,风车便会郁郁寡欢,会在蔓延的夜色中躲藏起来,像遗失的旧梦一般。

与孤傲的风车相比,村边的耕牛以及独轮车似乎更符合村庄的口味。田里耕作的是水牛,山地里犁田的是黄牛。耕牛的历史有上万年了吧,上万年来,它们一直是人类的好朋友,忠心耿耿,绝不背弃。牛眼看天下,是无所谓过去、现在和未来的,也无所谓好与坏、是与非。所有的时间,在它们看来,都是同一个东西,所有的行为也是这样。世界在它们的眼中,也是那样的简单和单纯,没有分别。至于独轮车,它们一直以一种缓慢的节奏连接起各个山村,在这个山村与那个山村之间的石板路上,它们执着的轮子轧出了深深的痕印。这样的车辙让村庄变得踏实,也感到心安。在独轮车面前,村庄会觉得自己还年轻,因为车的岁月更长、年轮更密集,并且它们永不厌倦。那些如活化石般的东西虽然不富有激情,但它坚韧而含蓄,充满了人间烟火,也充满了人间真谛。这样的状态,也如同人生——其实人生也一样,最根本的,就是不能厌倦,要能相守,能保持常态。一厌倦,问题也随之而来了。老山村深知这一点。所以它一直努力着,不让自己厌倦,它一直保持着一种节奏,缓慢而悠长,如歌的行板,这节奏千年万年地延续着,一成不变,伴随着植物的气息,还有牛粪的味道,飘荡在乡野里,也飘荡在时光里。

贰 如幻：阴晴圆缺

历史就是记忆

生命就是记忆。只有记忆，方能将现实与过去联结起来，才能使世界充满光华。当人的记忆呈现，世界才算是混沌顿开，真正有了存在的意义，而在此之前，它们一直在漫漫长夜中昏睡，只有空间，没有时间。对于世界和人生，我一直以为人与万事万物的关系是一个整体，是对应互生的关系，心物一元。没有意识，就没有世界；没有意识，也就没有时间。同样，一个地方，如果没有人的活动，没有记忆，就谈不上历史。人在大多数情况下，生命如蜉蝣一样短暂，像草木一样没有思想。如果没有记忆，生命更显得没有意义。但从另外一层意义上说，记忆又像疲劳的旅客，每走一程，就会抛弃一些无用的行李。这样，历史往往又会在某一个清晨或夜晚，像迷途的孩子一样，把自己的来龙去脉忘得一干二净。

徽州一直就是孤独的。

孤独的意义在于，徽州一直处于偏僻之地，似乎在很长时间里,人们一直忽视这个地方,而徽州也承认这样的忽略,安静地待在偏僻一隅。就徽州来说,徽州的各个家族史,包括家族的个人史,组成了徽州的历史。有人曾经把徽州的历史分为三个阶段:山越时代、新安时代、徽州时代。这样的分类是有道理的。在山越时代,相比较于中原的繁华和热闹,这片土地显得微不足道,一切都是刀耕火种,时间缓慢无比。而当大批中原人举家迁徙于此时,徽州开始变得热闹起来,热闹的原因一部分是因为人,另外则是因为文化。文化使得这个地方呈现出繁荣,也呈现出市井的暖意。可以想象的是,当年中原大批望族和平民拖儿带女举家南迁时,内心怀揣千种凄楚。他们来到这里,往往借助一轮弯月的亮光,月黑风高,这些中原的名门望族坐在辚辚的车上,广袤无垠、热气腾腾的中原大地已在他们身后渐渐远去。然后他们来到这青山绿水之中,这一切是那样的寂静,"蒹葭苍苍,白露为霜"。南方与北方所有的一切都那样的不同,不仅仅是树、气候、花草,还有人情、世态和风俗,甚至人们脸上所呈现出的表情。这种不同,还有那种细微的差别,只有落到生命底线的人们才能感受得到,并且他们还不得不接受一些悄然变化。他们把家安在这里,可以说不仅仅是改变了地点,改变了一种生活方式,同时改变的,还有人生观和世界观。因为从此之后,他们所面对的,就是这里的冷山清水,还有就是生命的落寞和凄清了——对于这些来自中原的名门望族来说,也许一到徽州,也就意味着孤独、意味着颠覆、意味着遗忘。

徽州"明经胡"的来历似乎就有着这样的代表性。

这是一个类似"赵氏孤儿"的故事——

据胡氏宗谱记载,现在西递大族胡姓原本是唐代皇族的后裔。公元904年,唐昭宗李晔受梁王朱温的威逼,仓皇离开长安。东逃行至河南陕州时,皇后何氏生下一个男孩。李晔深知此去洛阳凶多吉少,便命何氏将婴儿用帝王衣服包裹起来,设法藏匿民间。当时,歙州婺源人胡清正在陕州做官,为了替朝廷分忧,胡清便丢弃官职,接纳下太子,悄悄潜回家乡婺源。李晔到了洛阳三年后,朱温篡位,自立梁朝,李晔一家全部被杀,唯有逃离虎口的太子幸免。而在婺源,胡清将太子改姓胡,取名为昌翼,昌是吉祥平安,翼为翅膀,意思是吉祥平安地飞离虎口。

故事的背景年代是五代十国时期,这应该是中国历史上最黑暗的一个时期,也是最纷乱的时期。古语说"乱世出英雄",似乎的确如此。比如说战国时的英才辈出;秦朝末年,项刘之争,出了多少大英雄啊;即使是三国时代,曹操、刘备、孙权、诸葛亮等,也是一等一的枭雄和豪杰。但五代却是一个例外——英雄不出,小人得志,群魔乱舞。朱温本身就是一个人渣,无才无德无义气,连他的兄弟都指着他骂:"朱阿三,你也能当天子吗?"但朱温还是一意孤行想当天子,在谋朝篡位后不久,朱温同样也死于别人的刀剑之下。

对于个体的生命来说,生活在这样的时代是不幸的。一方面,在这样的时代里,个人价值无法体现;另一方面,在这样的时代里,名誉和生命也变得无足轻重。胡昌翼就赶上了这样的时代。十多年之后,胡昌翼长大成人,胡清告知了他的身世,并把当年何皇后留下的御衣、宝玩交给他。按照中国传奇的习惯延续,似乎接下来就是李氏孤儿设法报仇雪恨什么的。但什么也没发生,故事便戛然而止。一切回归平淡和自然。可以猜测一下当胡昌翼长大后知晓这一切时的心理状态,那是一种怎样的感觉呢?悲愤,激越,气馁,或者干脆就是麻木和无动于衷。最大的可能性还是后者,徽州毕竟是远离这一切纷争的,也远离仇恨,它只有清静,也只有孤独。清静和孤独会使人不由自主地放松什么。这当中的原因只有两种可能:一是胡昌翼极想报仇,但能力远远不及;二是因为胡昌翼懂得了太多的人情世故,懂得了高处不胜寒,所以再也不愿意铤而走险,于是选择了韬光养晦,在平庸中与生活握手言欢。

公元925年,胡昌翼因精通经义考取了当时的明经进士。但这位"明经进士"在知晓了自己的身世后,放弃官场,选择了耕种田野、自给自足的平静生活。这从他对待自己姓氏的态度就可反映出来,胡昌翼并没有将自己的姓氏改为李姓,而是仍旧沿用了胡姓。也许在他看来,自己承接的平民姓氏更有安全感。胡昌翼自此隐居于婺源考水,"倡明经学,为世儒宗",一直到宋咸平二年(999年)才谢世,足足活了96岁!

自此之后,徽州的姓氏当中出现了很重要的一支,那就是"明经胡",也即"假胡"。这一脉"假胡"一直在徽州繁衍生活,几乎人人都知道自己有着皇家血脉,他们一直把自己当作是帝王子孙,与徽州其他的姓氏和平相处、共同繁衍。而这一脉"假胡"中,后来还出现了两个很重要的人物,一个就是清末"红顶巨贾"胡雪岩,他出生在绩溪的湖里村;另外一个就是出生于上庄的近代新文化领袖、学者胡适。如果对这两个人溯本追源的话,其实应该是姓李才对。而到了宋元丰年间,胡昌翼五世孙的时候,有一支胡家人由婺源迁到了西递安居,胡昌翼也就成了西递胡氏的第一世祖。现在,在西递的追慕堂里,我们仍然可以看到唐太宗的画像悬挂在高高的龛台上。

对于徽州来说,几乎每一个姓氏在走进徽州时,身后都拖着辛酸和血泪的阴影。徽州一直有"徽州八大姓"和"新安十五姓"的说法。所谓"八大姓",是指程、汪、吴、黄、胡、王、李、方诸大姓,倘若再加上洪、余、鲍、戴、曹、江和孙诸姓,则称为"新安十五姓"。这些名门望族早期都来自中原,他们几乎都是从黄河边南下来的,然后陆续在这个群山环绕的地方扎下根来,聚族而居、繁衍成长。据徽州各谱系自身所证,在汉代,有方、汪、程等姓氏迁入;在西晋,有邵、余、鲍、金四姓迁入;在东晋,有黄、叶、戴等姓氏迁入。唐末以及五代十国,由于中原内乱,迫使更多的士族南迁徽州。特别是金兵铁骑南侵,赵宋王朝移都临安之后,形成了一次史无前例的民族大迁徙,文化经济的重心转移到南方,徽州也成了逃亡者的乐土。这在很多姓氏的家谱中,都有明晰的记载。他们一直忘不了自己的根,也忘不了自己曾经的显赫家族史。徽州大家族中的很多人,都能对自己的来历如数家珍。

虚幻的影像

历史发展到北宋时期,平静的徽州似乎不甘心长时间的平淡,这时一个人的出现,在这个地方掀起了轩然大波。

这个人身穿衮龙袍,头戴平天冠,骑一匹银鬃白马,腰佩三尺宝剑。他应该是英俊高大的,浑身散发着一种慑人的光晕。他振臂一呼,数十万民众如痴如癫、云集响应,他挥挥手,这支头缠方巾的神秘之师便以摧枯拉朽之势,轻松攻占徽、睦、杭数十城。

这个人就是方腊。关于方腊,《宋史》上说他是睦州青溪人,也就是现在浙江省的淳安县。但徽州人说方腊原籍歙县罗田马岭,是方腊祖父一辈从徽州迁徙过去的。北宋宣和二年(1120年)秋天的某一天,方腊率众在歙县七贤村起义时,徽州像炸了锅一样惊慌失措。在此之后,方腊迅速移师睦州,举行"漆园誓师",改元"永乐",自号"圣公",建立政权。随后,方腊的军队势如破竹,接连攻克睦、歙、杭、处、衢、婺等州县,一下子拥兵数十万。

后来的事史书上记载得很清楚了。宣和三年(1121年)初，朝廷任命童贯为江、淮、荆、浙等路宣抚使，率领15万大军南下镇压。方腊控制的州县相继失陷。四月，方腊率部退守帮源洞，与官军决战，所率7万人皆战死，方腊被俘，押送汴京处决。余部继续在浙东转战近一年，后被消灭。罗贯中在《水浒全传》一百回甚至说宋江被招安后也参加了这场围剿，并担任了先锋。《宋史》对此未提及，在记述这一事件时，官方史书的"春秋笔法"冷静得出奇："四月，生擒腊及妻邵、子亳二太子、伪相方肥等五十二人于梓桐石穴中，杀贼七万。"寥寥三十来字的背后，该是怎样的刀光剑影、血雨腥风。

俱往矣，当年的金戈铁马、喋血江南！从现在看，方腊对徽州的影响，已然雁过无痕。不仅如此，徽州现在连宋代的遗迹也很难看到了，宋代的遗址大约只有现在横亘在新安江上的水利工程——渔梁坝。在休宁县的齐云山上，还有一个"方腊寨"，传说那是当年方腊安营扎寨的地方。比较有名的是居于浙江省淳安县千岛湖附近的帮源洞，那是方腊最后战败被俘的洞穴，现在已改名为"方腊洞"了。洞前石碑上的字是当年郭沫若所题。现今它已成为一个旅游景点，人来人往，异常热闹。据说县政府还打算招商引资进一步开发。《水浒全传》第一百回描述说，鲁智深是在洞口附近活捉到方腊的，那时候方腊弃了帮源洞，急急似漏网之鱼，脱了衮龙袍，丢去金花幞头，又累又饿地翻了几座山之后，看见一个草庵，正打算进去讨点吃的，没想到正好被鲁智深撞见，一禅杖打翻,便用绳索捆了。宋江是否征讨过方腊,历史上一直有争论。有一种说法是童贯率15万大军进攻方腊,被方腊击败。朝廷又只好急令张叔夜率领在山东水泊梁山刚刚招降的军队30万赶来增援。如果是那样的话,梁山的军队就极可能与方腊的义军交过手,那么《水浒全传》所写的就并非是小说家的一腔呓语。

方腊为什么要造反?《宋史》的解释有点含混不清,它只是提到:"唐永徽中,睦中女子陈硕真造反,自称文佳皇帝,故其地相传有天子基、万年楼,腊益得凭藉以自信。"似乎方腊是想学当年同乡陈硕真:"王侯将相,宁有种乎?"而《水浒全传》第一百回则说方腊原本是歙州的山中樵夫,因为去溪边净手,水中照见自己头戴平天冠,身穿衮龙袍,于是便告诉别人他是真命天子,于是便造反了。其实真实的原因无外乎官逼民反。徽睦一带比较富庶,官府的赋税一直很重。当然,方腊本身应该是一个有野心的人,他一直有着鸿鹄之志,只要时机适当,便会伺机而起。我猜测的一点是,给方腊以重大影响的,应该是那位曾经起兵反隋并在后来被徽州人尊为"太阳菩萨"的汪华。汪华正是因为揭竿而起建立功名的,并在徽州有很大影响。大丈夫总想轰轰烈烈一番,方腊期盼着在徽州这个相对僻远的地方打下一片江山来,与那个赵姓皇帝对抗。

这支带有诡异色彩的农民军如夏天的暴风雨一样席卷了江南,他们所到之处,头顶上的红巾如天边的彩霞一样绚烂,他们的行为又如雷雨前的乌云一样神出鬼没。《宋史》记载说方腊的农民军"以巾饰为别,自红巾而上凡六等。无弓矢、介胄,唯以鬼神诡秘事相扇"。借助于神灵来虚张声势,一直是中国草根革命的传统,东汉末年的黄巾军以及后来的红巾军、白莲教等,似乎都有这样的特点。方腊所遵从的教义是摩尼教(明教),它在3世纪为波斯人摩尼所创立,在唐代前后传入中国,核心教义为"二宗、三际"。"二宗",谓光明和黑暗,即善和恶;"三际",谓初际、中际和后际,即过去、现在和未来。在这样的教义中,光明王国和黑暗王国一直存在着争斗,最后,充满真善美的光明王国必将战胜黑暗王国。所有的宗教在精神实质上都具有同样意义,摩尼教也如此。

可以想象的是,樵夫方腊一开始接触到摩尼教时,这种新教义像一束光一样直射进方腊的内心世界,长时间被压抑和幽闭的心灵之门如阿里巴巴的山洞一样,一下子被打开了。那种发自彼岸的观照以及此岸的平等意识让方腊热血沸腾,激情难耐。这样的情景一点也不奇怪,中国传统文化一直是循规蹈矩讲究秩序的,而那种秩序一直是低水平的维系,是以牺牲自我和个人的欲望为代价的。在这样的背景下,芸芸众生很难领略到个体的生命之光。那种外来宗教所带来的平等意识以及彼岸意识,就像黑夜中突然燃烧的火把一样,具有极大的蛊惑力和震撼力。

方腊就是在这样的背景下成为一个虔诚的摩尼教徒。这种从西域传来的宗教仿佛是一把"刺杀自己的匕首",一下子把方腊的内心打开,从此获得强大的内心力量。当然,对方腊而言,他一开始入教时,可能并不打算利用宗教来谋取私利。或许他想的,只是给自己卑微的灵魂寻找一片安静的栖息地,也为自己的人生寻找一点安慰。而当他周边的生存状态对他的人生产生巨大挤压,同时他又觉得宗教有利于自己凝聚人心时,他便开始利用宗教的力量了,信仰和精神上的支撑使得他揭竿而起。

但宗教是有着绝对清净意义的,它是一把双刃剑,只有内心干净、欲望清静的人才能面对并把握它。当方腊的内心充满私欲,把宗教作为一种武器之时,所有的一切都已然变形扭曲了。以方腊的认知水平和思辨能力,是很难领会宗教精髓的,他只能是一知半解地生吞活剥,或者在某种程度上加以篡改,以实现自己的目的。悲剧不可避免地来临,正义变成了邪恶,崇高走向了毁灭。当方腊披上龙袍戴上头冠的时候,他就已经变成"魔鬼"了——摩尼教《忏悔文》第九条的"十戒",其首戒就是"不拜偶像"。方腊在做这一切之时,大约早就把这样的教义丢到了九霄云外。

这样的误区,在中国历史上发生得太多了。错误是重复的,灾难也是重复的。利益和欲望的驱动往往使宗教失去了精神之度,更多的时候,那些怀有不可告人私欲的人,在编制神话、排斥异端、约束行为、解释教义等方面走向极端。这样的结果必定导致战争和悲剧,无视正常的生命价值、生活质量和社会进步,把现实人生过得一塌糊涂。教义往往就是一张纸,纸的正面,是云淡风轻、鲜花盛开;而它的背面,则是乌云密布、阴风瘆人。

宗教就这样巍然耸立,像一朵漂亮无比的花,开于悬崖之上。取其上者,在人类的意义上走向崇高;取其下者,往往在狭窄的意气中滑入深渊。在这样的峭壁上行走,是一件极其崇高,也是极其危险的事情。一切都取决于内心的把握。

以中国文化的思维角度和特点,在介入宗教时,极容易堕入一个误区,在思维模式以及思维习惯上犯错误:一方面,由于缺乏缜密的理性思维习惯,又不擅长思辨能力,极容易将宗教简单化,不容易看到宗教的立体效应;另外一方面,又极容易将宗教绝对化、世俗化、形式化,陷入虚玄和迷信,将宗教与神学混淆起来。这样的理解,极容易使我们在面临宗教时陷入一个大面积的、长久的沼泽。这样的沼泽,使得中国文化一直没有机会和能力产生一个真正属于自己的本土宗教,即使是面对外来宗教,我们也往往陷入长久的错误当中,陷入形式当中,从而偏离它本来的意旨。

我一直在想,方腊究竟是一个什么样的人呢?这个人具有怎样的内心、怎样的性格呢?也可能,方腊是一个殉难者,他清楚地知道自己的悲剧结局,但他所想的,是以自己的生命作为祭品,实施最后的祭奠。毕竟,以宗教的观点看待人生,人生只是一个简短而没有意义的过程。只可惜,我一直无法知晓方腊真正的心声,有关方腊,除了那个名曰正史的《宋史》上有些记载之外,几乎所有的书籍都没有关于方腊的文字,只是后来乱七八糟的话本中,有着风马牛不相及的方腊故事。这样的故事有什么意义呢?既无史实,也无人心。中国的方块字一直是相当势利的,很长岁月里,它总是有意无意地将一些事情忽略,或者武断而粗暴地对待至关重要的细节。这些历史观和方法论的错误,根源在于世界观和文化观的幼稚,或者是本权者的别有用心。

当然,还有一种可能性就是,那个揭竿而起的大头领方腊,极可能是一个真正的孤独者。

孤独的意义在于,他是能领会真正教义的,也能领略存在于他身上,也存在于人类自身的痛苦。这样的痛苦对于智者来说,不是一种赎罪,而是一种进化。方腊极可能是有着精神追求的,有着灵魂的痛苦和寻求解脱的强烈欲望,而他排遣痛苦的方式就是以一种轰轰烈烈的方式来毁灭自己的人生。不过方腊的选择方式却进入了一个误区,当他一旦不得已卷入这样的旋涡时,他很快就变得身不由己了。于是他便开始变得孤独、变得暴戾、变得乖张,甚至变得可怕。宗教本身的压力加上权力的压力以及欲望的压力,是极容易摧毁一个人的。

与历史上的同类者相比,方腊的重要意义在于,在他的身上,有着诸多的神秘性和臆想成分,那就是或多或少,或真或假地将宗教的意义纳入了他的反叛。与之前的王小波、李顺等纯粹的农民起义相比较,似乎方腊的口号和行为更具有虚玄性,方腊所提出来的口号或者主张在更多层次上维持着某种神秘性。尽管这样的神秘性不排除欺骗的成分,但最起码,这样的造反要较那种单纯地为生存或权力的目的要曲折得多,也复杂得多。

但我们一直忽略了这样的动机,也忽略了思想在人生中的举足轻重。

当然,从方腊的行为来看,也不排除另外一种可能,那就是,这个不善言辞的家伙其实只是一个阴谋家、一个大骗子。他所鼓吹的东西甚至连他自己也不相信。他不真诚,只是想利用这种虚玄的宗教幌子作为一种纲领来凝聚人心,谋取权力和金钱,欺骗那些没有文化、根本没有理解力的最基层的民众。

现在,在徽州,已经很难看到方腊的影子了,很多书籍在谈及徽州时,已有意无意地忽略这个人物。也许,人们很难理解他,或者是不屑理解他。人们总是浓墨重彩于徽州文化与徽商,对这个曾经在历史上激起惊雷而又消失得无影无踪的人物,就那样一笔带过,似乎谁也懒得去发掘这一段烟云。

方腊就这样带着历史和哲学的疑问逝去了。在《宋史》的描述中,方腊的形象是模糊的,我们看不清这个人的真实模样,也摸不清他的思想,更感受不到他的音容笑貌。同样,在那本子虚乌有的《水浒全传》中,我们同样也看不清方腊的真面目,只能从字里行间看到一个阴阳怪气的家伙。方腊就像一片纸剪的假人一样,挂在徽州的竹竿树梢上飘摇,云腾雾绕中,连一个虚幻的影像也没能留下。

家族的背影

让我们换个角度,从江氏的族谱来理清一个徽州的脉络。

从某种意义上来说,我更愿把徽州当作一个文化概念来看待。这样,不仅仅古徽州一府六县属于徽州,同样,与它相邻的,在一段时间划入徽州地区的旌德、太平、石台等县也同属徽州,甚至泾县、青阳等县的一些地方也应该属于徽州,因为无论从传统、文化风俗等方面来说,它们之间都有着割舍不了的联系。它们本身就是一体。

20世纪90年代初,我曾在旌德县县志办看过旌德江村的《济阳江氏金鳌派宗谱》,这本厚达数十卷泛黄的谱牒应该说是徽州保存得最完好的一套族谱。这件江氏宗谱由清末翰林江志伊先生于1917年开始,花费了很大的人力、物力组织修订,直至1926年才得以完成,历时近10年。《济阳江氏金鳌派宗谱》分类非常合理,第一册为谱序、蒙规、祖像、先人训言、祭仪、乐章、祖墓图、联名百世图、江村图;第二册为江姓缘起、远祖世系、江国世系、济阳世系、临淄世系、宣城世系、金鳌世系、从厚公世系;第三册至第十八册为世系繁衍详录;第十九册为序记、志传、家传、行状述、墓志表;第二十一册为传像……

这套缜密的《江氏宗谱》曾经在世界范围内得到高度评价。20世纪20年代巴拿马万国谱牒大会上,《江氏宗谱》曾经作为一种中国历史文化现象的代表,和爱新觉罗家谱、曲阜孔姓家谱一道,向会议代表展示。《江氏宗谱》跃上了如此重要位置,一个重要因素系参加会议的中国代表江亢虎博士就是江村人。因为对于家族谱系的熟悉,江亢虎博士可以随时回答各国专家学者提出的问题。当江亢虎博士用流利的英语向与会的各国专家学者介绍着谱牒的作用时,一贯不重视血缘延脉的西方人简直惊呆了,他们没有想到东方文化如此重视血脉,这样严谨的家族脉络,可以说是世界上其他民族都不具备的。从这种严密无比的家族制度中,西方人一下子明白了这个古老民族生生不息的原因。

《江氏宗谱》也道出了江姓的由来和变迁:"吾江氏系出颛帝玄孙伯益子玄仲,受封于江,今信阳东南有安阳故城,即其地也……"在此之后,江氏家族进行了数次迁居,家谱当中都有清晰的记载:江氏始居,起于济阳,又自济阳而临淄,自临淄而河南考城,自考城而汝宁江家宅,自江家宅而处州,而山阴,而宣城,而金鳌里,而歙州,而婺源,而浮梁,而贵溪等处,其居族迁移之不一也。

从《江氏宗谱》的引言可以看出,江氏家族与汪氏以及徽州诸多宗族迁居徽州有很多相似之处,最早都来自中原,是黄河流域的名门望族,后来由于战乱或者其他一些原因,迫不得已举家南迁。翻阅《济阳江氏金鳌派宗谱》,江姓家族的枝枝丫丫可谓一目了然。家族的繁衍就像一棵树一样,树干生枝丫,枝丫又生枝丫,不断地生长壮大,直至长成一株千年古树。

《江氏宗谱》并不是特例,在徽州乃至中国,几乎任何一个姓氏都有这样的家谱,只不过有些家谱相对完整、不露破绽,而有的支离破碎、漏洞百出。相比较而言,徽州重要姓氏的族谱、家谱都比较完整。一个家族的谱牒就像一部厚厚的长篇小说,一些重要的情节和细节,都在厚厚的发黄的册页中表现得清清楚楚、一目了然。

这样的谱牒是明细表,也是功德碑。在谱牒中,记载的不仅仅是脉络,也不仅仅是事件,贯穿于始终的还有臧否。这些臧否带有盖棺论定的意味,它对于整个家族,对于这株大树上的树干、枝叶,也有训警的意义。这种文化和道行的力量一直悄然潜行,既有助于家族的壮大和繁衍,也有效地避免了家族的分裂和瓦解。可以料想的是,假如没有那种来自宗族本身的约束力以及保障力,在它复杂的延续过程中,这个家族必然变得散乱而分裂,像生了锈的铁链一样四分五裂。

太平、泾县、青阳交界的查姓在当年就是一个极具秩序的大家族。

查姓的集聚地叫"查济"。这是一个诞生于隋朝末年的古村落。在长达数千年的历史中,查济与徽州众多村落一样,坎坷而小心翼翼地向前推进着。到了明朝末年,查济达到了鼎盛时期,整个村落已有数万人,相当于现今一个小型城镇的规模。在人口急剧增长、家族谱系变得复杂错乱的情况下,查济的长老们又一次站出来,他们聚集在总祠当中,开会布置重修家谱,并借此整顿家族的脉系。于是,在溯本求源的基础上,把村里的查姓分为八支,即一甲、二甲、三甲……直至八甲。每甲设置一个祠堂,即一甲祠、二甲祠、三甲祠……每个祠堂设立一个族长,由各甲人员推选而成。族长对全甲人员的教育、伦理、生产、生活之事负责。在此之上又设立一个总族长,对八甲之间的事情进行管理协调。每甲之间也有较分明的位置安排,以村里的三条河流浒水、石水、岭水为界线,分别向纵深处扩散,不可以侵占别人的领地。

这一次家族的盘整,动静很大。也由此为契机,查济进一步明确了村落和家族中的很多乡规民约:村里横直交错的道路有官道和民道,官道由青石板直着一条连着一条,民道则由青石板横排相连而成。平日里若官不在,民可以走官道,若穿着红、蓝、紫袍的官员迎面而来,普通百姓即要回避。村里的布局也得到重申,各个家庭的基础设施,如下水道、救火用的土龙等必须严格配备。每个姓查的官宦告老还乡之前,必须为乡里乡亲做一点善事,诸如办学堂、修庙宇、修道路等。查济还制定了严厉的处罚措施,有栅栏圈就的囚室、水牢等,严酷的族长可以下令处死某个触犯戒律的人……

徽州的村落和家族,总是在一段时间的松动之后,停下来,盘整一下,喘息,然后继续向前。

居于绩溪县龙川的胡氏宗祠是徽州最有名的宗祠之一。这座雄伟的宗祠始建于宋代,明嘉靖年间大修,当时主持修缮的,就是出生龙川的兵部尚书胡宗宪。当胡氏宗祠修建完毕的时候,整个龙川胡姓人氏都感到由衷的自豪。这是一座各方面都趋于完美的祠堂,从地理位置上说,它坐落于离绩溪县城20来里的一片开阔地上,四周山峦起伏,一条清澈的河流从村庄边流过。从结构上说,宗祠分为前后三进,由影壁、平台、门楼、庭院、廊庑、尚堂、厢房、寝室、特祭祠九大部分组成,采用中轴线东西对称布局的建筑手法,结构壮观,气势宏大。内部处理上,也几乎达到了尽善尽美,它的木雕尤为突出,分布在门楼、正厅落地窗门、梁勾梁托和后进窗门上,以龙凤呈祥、历史戏文、山水花鸟、优美境地等为立意构图。花雕采用浮雕、镂空雕和线刻相结合的技艺手法,图案活灵活现、栩栩如生。

不仅仅是胡氏宗祠,在徽州,几乎每一个宗族的祠堂都修建得气势磅礴、精美绝伦——婺源汪口的俞氏宗祠,歙县大阜的潘氏宗祠,岩寺呈坎的罗氏宗祠,屯溪篁墩的程氏祠堂,绩溪华阳的周氏宗祠,黟县南屏的叶氏宗祠……这些祠堂都可以说是农耕社会家族宗法制度的杰作。对于一个家族来说,尊祖是宗法制度的根本原则,祠堂的兴建正是为了尊祖,申述报本反始之心,激发子孙后辈的孝心。祠堂就像农耕社会的血脉图腾,在时间的上空放射出耀眼的光芒;是看得见的圣殿,具有神圣不可侵犯的地位。

客观地说,在国家管理体系相对松散单薄的背景下,这样的家族制度在相当程度上弥补了这一体系造成的缺陷。可以这样说,封建的国家管理制度与家族管理制度具有异曲同工的意义,它们互为犄角,也互为补充,支撑着那个时代缓慢地、平稳地向前发展。

徽州的历史,从某种程度上来说,应该是浓烈的家族伦理和制度所控制的历史。虽然它在表面上呈现一片金色的祥和,但在骨子里,它一直是紧张的,在它的内部一直有一种阴郁的控制力,无所不在,又无处不在。尽管徽州家族的宗法制度在很大程度上带有缺乏人道、狭隘的一面,但它对于家族的稳定以及强化凝聚力,的确有不可或缺的作用。曾有人认为,汉民族在经历很多次外族的入侵之后,不仅没有分裂崩溃,而且还在很大程度上从文化上化解了这种入侵,促进了民族的融合,在很大程度上,正是因为拥有严谨而周密的宗法制度。"血总是浓于水的",上千年所形成的宗法制度,就如同这句古训一样,生生不息,滚滚东流。

宗法制度的精神意义,在某种程度上,又相当于西方的宗教。任何一片从这棵树上生长出的叶子,都会自然而然地意识到自己的根系来源,并由此生发出骨子里的感恩。当一个人走进徽州祠堂,立即会感受到那种四面八方传递来的无形气场,那样的气场给人以震撼,让人感到谦逊而卑微,意识到自己的渺小,也意识到自己的血脉责任。

徽州的地域灵魂,就在这样强大的磁场中软弱而坚强地前行着。

叁 如泡：阴历阳历

桃花源梦

在我的记忆里,童年时生活的旌德新桥算是最美的一个地方了。新桥并不有名,但它却在胡适的父亲胡传的日记中出现过。胡传当年离开家乡绩溪上庄去外地时,曾在新桥住了一晚,然后匆匆地在日记当中写了一句"宿旌之新桥",便笔尖一转,移到他处了。想必胡传当年是从上庄走到新桥的,在驿站新桥住了一晚之后,便又步行到泾县,从泾县乘船去芜湖,再转到上海。不知当年的新桥给胡传留下了怎样的印象。后来的胡适,极有可能,是沿着当年父亲走的路,先到上海,再远渡重洋去美国的。这是一个典型的徽州小山村,依山面水,坐落在徽水河畔,背靠高高的大柳山,山顶之上,有一面倒塌庙宇的断墙,远远看去,像一尊高高的宝塔。徽水河清澈地从新桥边上流过,在河上,横跨着一座漂亮而精致的石拱桥,那就是新桥。新桥建于清朝顺治年间,桥身上长满了爬山虎,夏天的时候整座桥身都掩蔽在绿色之中。桥的两边,是两条窄窄的小街,小街的两边是简朴的徽州民宅,青石板铺就的路总是干干净净的,小街上还有一些杂货店和面点店。而离桥不远处,有一个油坊,黑咕隆咚,里面一直有水碓在转动,声音绵长而幽远……

每个生长在徽州的人,在记忆里都会有一个最初的新桥;而这样的新桥遍布徽州各地。每一个山村都有着一个山村的历史,每一个山村都有着一个山村的故事,每一个山村都有着一个山村的魅力。

无论从哪个方向进入徽州,映入眼帘的都是一幅清新淡雅的水墨画长卷:青山逶迤,绿水蜿蜒,树影婆娑的水口,棹楔峥嵘的牌坊,粉墙黛瓦的民居,钩心斗角的祠宇,以及桥吐新月、塔摩苍穹……徽州,展现给我们的就是这样一幅宁静自得的《清明上河图》。在绿色的背景下,黑色和白色是那样的纯粹,那样的平易和自然,它们似乎就是从这片土地上长出来的,就像是树木结成的果实,譬如栗树上结着一粒粒褐色的栗子,或者就如河边滋生的一片片灰色的蘑菇群。

歙县唐模是一座沿溪水而建的非常美丽的村落。它的整体布局可谓是匠心独运——在村口,有几株冲天大树,有一座八角古亭,作为唐模村的水口。八角亭之后,是一座三间三层、四柱冲天的石牌坊,这是当年旌表该村进士许承宣、许承家的"同胞翰林"坊。康熙年间,许氏兄弟二人双双中进士,一授编修,一授庶吉士,故有"同胞翰林"之称。沿着道路往村里走,两旁绿树成荫,绿草如茵,走上半里路左右,就可以看见一个漂亮幽静的湖泊,这就是在徽州相当有名的檀干园。

檀干园的由来同样也是因为徽商。据说清代初期,唐模有一家姓许的典当商,在江浙各地经营有几十家当铺,但他的老母一直在家乡,年事已高,行动不便。孝顺的儿子便想着要将天下绝美的西湖搬到唐模,供老母游玩,于是他斥巨资挖塘成湖、垒坝成堤、叠石栽花,模仿着西湖的样子,也在湖中修建了白堤、玉带桥、湖心亭和三潭印月等风景。最后,"小西湖"终于建成了,站在堤畔塘隈,抬眼望去,湖中荷叶亭亭玉立,小桥曲径通幽,亭榭池沼,石栏花径,真是别有一番西湖的情景。

虽然唐模一片胜景,但它只能算是徽州最好的村庄之一。在徽州,随处都可以见到如此和谐宁静的村落。

徽州是人们的田园梦想。物由心生,徽州之所以呈现出宁静安谧的景象,那是因为徽州人有蕴藏于胸的情感和美学追求。实际上不仅仅是徽州人,在中国农业社会里,无论是从伦理上,还是心理上,人们都表现出了对土地的根本性依恋。徽州文化从根本上来说是儒的,那是一种积极入世的精神,执着而实在,低调而倔强。那种对仕途的追求、对成功的追求,以及为人处世的道德感和人情世故的平衡感,都可以说是这种文化的体现。再加上商业文化对徽州影响很大,使得徽州人更理性务实,为人精明,工于算计,人生的负重较多。不过所有的东西都不是单一的,徽州人在表面精进的同时,深埋在进取之心之下的,应该还有另外一层思想,那就是山水共融的愿望。

世界上也许没有任何一个民族,像中华民族那样热爱和寄情山水了。山水成了中国人最重要的精神支柱之一,它不仅仅是生活上的依靠,更有着哲学的意义。从某种意义上说,山水成了中国人的安乐窝,也成了中国文化的救心丸。中国文化的天人合一观念,从某种程度上,可以说是一味自我麻醉的药剂。在中国文化看来,人与山水是可以共融的,山水可以消解所有的人世烦恼,也有助于一个人精神和本质的提高。比之于山川湖泊、青山绿水,热闹的地方是脆弱的,人在自然中诞生,应该,也必须回到自然中去。这种天人合一的思想,一直伴随着中国人的身前左右,使得他们在遇到挫折和烦恼时,陡增生活的信心和能力,也使得他们在内心深处找到了精神安慰。在这一点上,徽州人显然不仅仅是这种传统思想的信奉者,而且还是这种理想的身体力行者。

在檀干园,有很多楹联层出叠见,有一副长联充分表达出了当地人的居住理想:

春桃露春浓,荷云夏净,桂风秋馥,梅雪冬妍,地僻历俱忘,四序且凭花事告;

看紫霞西耸,飞瀑东横,天马南驰,灵金北倚,山深人不觉,全村同在画中居。

好一个"山深人不觉,全村同在画中居"。可以想象,对于在外奋斗的徽州人来说,一旦回到山清水秀的家乡,环绕身边的是鲜花、小鸟、野草、池塘,这样的情景将引起怎样一种心花怒放、轻松愉快!在这里,疲惫和紧张消失了,健康和宁静重现了,道德和精神也随之回归。对于衣食无虞的徽商来说,生活在这样的桃花源中,闲暇时观赏着夕阳的余晖,触摸着清晨的甘露,呼吸着大地的芬芳,实在是人生的最大惬意。

徽州各村落的建设可以说就是这种人文理想的集中体现。从建筑上说,徽州民居的外墙都是用砖砌成,表面涂抹白石灰,室内的间壁大都以木板构成,整个房屋呈框架结构,很坚硬,也很牢靠。它从不给人以华丽之感,一概用小青瓦而从不用琉璃,所有勾栏也都保持青石、麻石等纯石质材料的质感而不施丹青,门楼和屋内的石、砖、木"三雕"精细、婉丽,不用五色勾画,隔扇、梁栋等也不施髹漆。这样的建筑从整体上给人的感觉是明快、淡雅、幽静,风格内敛而沉稳,精致中又不失大气。

从风格上说,徽州民居殷实而精巧,有点儒雅,更有点莫测高深、拒人千里之外的感觉。除了粉墙黛瓦外,高低错落的五叠墙或马头墙,似乎也以其抑扬顿挫的起伏变化,体现了徽州民居的独特韵律。这样的感觉就像是古筝奏出的一首曲子,那是如"高山流水"一类的。老房子屋角上的饰物也很多,还有一些带点抽象意义的画,寓意着吉祥,体现了农业社会人们的共同愿望。当然,这样的建筑也是有提防心理的,最明显的标志就是在房屋与房屋的间隔之地,由于怕邻近的房子着火殃及自己,每一幢老房子都有着高低错落的防火墙。这在当地,被称为"五岳朝天"。

从徽州民居的建筑思想来说,我们还可以看出暗藏在徽州人身上浓烈的聚财心理——徽州民宅大门的朝向都是向北,因为从五行上看,北为水,水象征着聚,表示聚财;而南方为火,火则不代表财运。在民居的内部,与"五岳朝天"并称的是"四水归堂"。这也是徽州民居的主要特征,尽显农业社会的"自私"与自保。民居进门之后便是天井,由天井居中,组成了整个房屋的结构。天井不仅仅有着肥水不流外人田的意味,更多的是一种上古之风,可能来源于中原一带原始人类的穴居方式。人类从潜意识里,是盼望安全感的,怕面对神秘的自然、怕面对无法左右的社会、怕面对自己内心的嬗变。以现代建筑理念来要求,徽州的民居从整体上来说,既缺乏人情味,也缺乏实用性。也许,在徽州人的观念中,"理"是第一性的,至于性和情,自然要服从至高无上的"理"了。归根结底,徽州民居的特点是徽州人意识和思想的体现。当然,从建筑学的专业角度来说,可以把徽州的古民居分为:1. 庭院,2. 大门,3. 门厅,4. 天井,5. 厅堂、厢房,6. 格门、格窗,7. 屋顶,8. 火巷。这样形式上的分类能让人一目了然。

  婺源的汪口像水面上的一扇荷叶;泾县黄田的洋船屋则是一艘高歌猛进的船;绩溪湖里村像新安江边的一尾鲤鱼;黟县的宏村则是模仿着农业社会的吉祥物牛的形状来设计的,有"牛肠""牛肚"和"牛胃";至于徽州区的呈坎村,整个村落的布局就像是一幅八卦图,村落里曲曲折折的道路迂回缠绕,进了里面,仿佛进入一个迷宫——徽州村落的一个重要支撑点就是风水。可能由于是理学大师朱熹的家乡吧,这里更注重从文化上,甚至是"天理上"去寻找和赋予自己民居和村落以深刻意义,不断地通过"格物"来"致知"。在这里,中国文化的虚玄走向表现得非常明显——在缺乏足够支撑,进入不了以实证为基础的科学道路之后,中国文化往往在单骑突进一段路程后,转而进入"虚玄"的领域,将实用转化为审美,将实证转化为文化。徽州文化当中的很多东西也是如此。徽州人对于风水堪舆的迷恋和笃信程度与"新安医学"等行业一样,在很大程度上转向了虚玄,将很多本不相干的东西胡乱地联系在一起。

这种源自"巫"的文化传统和方式就像徽州上空的云一样盘旋萦绕,在很多时候,人们是缺不了天空的云彩的,因为它带来雨露、带来清凉,有时候还会带来五颜六色的晚霞。在很长时间里,人们把这样的方式当作一种习惯、当作理所应当、当作一艘通向未知的渡船。于是,罗盘出现了,这种起始于地球引力的器具最初一直被认为是神灵附体,具有相当的魔力作用,所以在风水气氛浓郁的徽州,一直有旺盛的生命力。即使是在现在的休宁县万安镇,还有着著名的"罗盘一条街"。那时候,人们崇拜罗盘、崇拜罗盘的神秘性,在他们眼中,这个小小的、上面镌刻着天干地支诸多内容的神秘器物显然是人们与未知世界通话的媒介。每当村落选址、新房建设,总要先找风水先生用罗盘量一量、丈一丈,然后神秘地总结出一大堆说法。与其他地方相比,徽州人细致的性格使得他们格外注重地势、天时,注重山川河流、阴晴圆缺与人世之间的联系,注重一种神秘的象征性和体验。有人由此总结,整个徽州便是因山环势、水口严密、风水绝佳的地方,故而走出了在明清两代殷富无比的徽商。确切的情况可能就是这样,徽州可以说是在无意之中暗合了风水的至理。徽州非常重视选址、山势、水口等,甚至连房屋的朝向、附近的树木等,都异常谨慎。这样刻意的结果,使得徽州的每一个村落都有着近乎天成的结构。这也是徽州村落看起来精致和神秘的重要原因。

除了实用和虚玄,徽州的风水意识还给徽州人带来了某种审美观念。徽州的古村落,往往都选取山坳之中的一片开阔地,村落都有水系包围,水系或清清浅浅,或湍急迂回。以山水为血脉,以草木为骨架,村庄掩映于山麓水畔,点缀于古树幽深之间。这样的地方,若种植一片桃花,就不免让人疑心是不是到了"桃花源"。整个徽州湖光山色,流水潺潺,树影婆娑,青瓦粉墙,也难怪古今的很多人把这里当作陶渊明的"桃花源"。

世间是否存在一个真实的桃花源?桃花源究竟在哪里?这也就成了后人争论不休的话题。有人推断,陶渊明在彭泽时生活的牛头山与黟县直线距离不过70多公里,山重水复之间,陶渊明极可能到过黟县,便依着黟县的风情风貌写作了《桃花源记》。这种说法很是大胆。人们甚至说,黟县赤岭村和黄潭村的陶氏,就是陶渊明的后人。当年陶渊明的后人在经过赤岭的时候,看到这个地方实在太美了,便留了下来。赤岭村中至今还有着"五柳社",显然那是为了纪念他们的先祖陶潜的。而黄潭呢,则是另一支,村里同样也有一个标志,那就是村东的"五柳堂"。

风水宝地

15世纪左右,当宏村的汪氏家族在外赚得盆满钵溢回到老家的时候,他们想的,就是如何找一个最好的风水师,来构筑他们的家园。

汪氏人当然是重视风水的。其实也不仅仅是汪氏家族,每个徽州家族都有着浓郁的风水观念,这样的传统源远流长。元代之后,全国风水文化的中心已从江西的赣州转移到徽州。明清时代在江南,甚至全国拿着个罗盘神秘兮兮看风水的,绝大多数是徽州人,尤其是徽州婺源人。在这些风水先生当中,有很大一部分是落第的文人,仕途不中,便潜下心来研究《周易》,研究堪舆地理之学,从这样的方式中找到了自我存在的价值,也找到谋生的手段。况且由于徽商发达、有钱,又笃信于此,有很大的市场需求。在这样的情况下,徽州有一大批风水师整天帮人寻觅着"龙脉真穴",也是一件再正常不过的事情了。

宏村人找到的是休宁县城海阳的风水师何可达,其实说风水师已是不准确,应该说是风水大师了。何可达在当时的徽州非常有名,许多村落都由他来设计定夺,包括歙县的唐模村,此外还有许多宅基地、墓地等等。徽州大户们只要稍有风吹草动,就请何可达出面测量一番。何可达往往在东张西望间,就能逢凶化吉、点石成金。

何可达来到了宏村。当时宏村还是一个小村庄,百来户人家,布局凌乱。何可达先是跟宏村的老百姓们大谈了一番风水理论,比如"商家门不朝南,征家门不朝北"之类,因为商属金,南属火,火能克金,故不吉利;征属水,水克火,也不吉利。"商""征"实际上都是徽州商人或移民的代称。然后,何可达引经据典说了一通墓地选择的要素:程颐就曾说过"五患",程老先生的"五患"是什么呢?就是在选择葬地的注意事项,该地他日不为道路,不为城郭,不为沟地,不为贵势所压,不为耕地所及。朱熹朱夫子也说:坟地要"安固久远","使其形体全面神灵得安",如果"择之不精,地之不吉",则"子孙亦有死亡灭绝之忧"。风水大师何可达还真是满肚子学问,把宏村人听得如坠烟云。

何可达开始工作了,他手执一个万安罗盘,在宏村和附近的山野里东量一下、西量一下,丈量了很长时间,然后一言不发地回家去了。回家后很长时间何可达闭门不出。一段时间后,何可达又来到宏村,给宏村的村民们提出一个很大的方案,说这个建于南宋的村落为什么很长时间内一直不发达呢,是因为村址没选好,地势气理不顺,必须重新改造。

村里人听信了何可达的话,说,先生你尽管设计吧,钱不是问题,只要宏村有朝一日发扬光大,从头再来又何妨!宏村人的确有这个底气,自明朝永乐年间起,外出徽商纷纷返乡,带回了大笔资金,钱自然不是个问题了。

有了这句话,何可达便开始设计了。在详细审察山川走势后,何可达确定了宏村在整体上按照"牛"的形状进行建设的方案。牛是农业社会的图腾,把村庄建设成牛形,日子一定会平平安安、和和美美的。另外,那个时代的人,谁不喜欢牛呢?住在牛形村庄里,他们会觉得踏实、亲近。于是,宏村便按牛形来设计了,不仅有"牛肠""牛胃",还有"牛肚"等其他"器官"。根据何可达的安排,村民先把村中那口仅有的小泉窟,按照民间"花开则落,月满则亏"的传统说法,开掘成半月形的水塘,取名为"月沼"。然后水接上游,引出西流的活水,南转东出,在各家各户门前流淌,经过月沼,最后流回溪水下游。这样一来,山涧之水便顺坡而下,清澈的山水从每户人家的门口经过,不仅方便了居民的生活,而且有利于民宅的防火。

在建设村庄的过程中,宏村各界旅外人士按照惯例纷纷捐款,时任山西粮运主簿的宏村人汪辛,就为家乡的水系建设捐献了一万两白银。

何可达让宏村初具雏形。然后,在漫长的岁月里,宏村人一直按照何可达设计的规划进行填充。牛肠水圳建于明永乐元年

(1403年),引西汐河水凿圳绕村屋,然后引西来之水南进东出,流入村中天然窟中。水圳建成后,水绕屋,院掘池,流经千家,全村滋润。到了明朝万历三十五年(1607年),由于宏村人口的增加,村中月沼蓄存的"内阳水"已远远不能满足当地人的使用需求,这时候宏村人又集资,将村南百亩良田凿深数丈,四周砌石立岸,建成南湖。其间,宏村人不断进行道路、水系、建筑、绿化的综合规划建设,傍塘沿圳垒建民居。此后,宏村人又在村西虞山溪上,架起了四座木桥,作为"牛脚"。在村口,种植了两株树,一株为红杨,枝丫似伞,盘曲交错;另一株为银杏,树状如剑,直刺天穹——至此,一个牛形村落完全形成了,"山为牛头,树为角,屋为牛身,桥为脚"。从高处俯瞰,整个宏村就如一头悠闲地斜卧在山前溪边的青牛。

就这样,一个美丽宁静的乡村在百年多的时间内,像一幅巨大的山水画,一代又一代的画笔,让它慢慢变得成形,变得完美。到了清朝中期,整个村落群山环绕,山水翕聚,既有山林野趣,又有水乡风貌,村中鳞次栉比的层楼叠院与旖旎的湖光山色交相辉映,宏村呈现出一派优美的风光。

南湖书院也是后来补上去的一个章节。关于书院,倒是有一则绵长的故事:南湖书院又叫"以文家塾",以文,就是汪以文。汪以文是宏村人,屡次考第不中之后,只好去杭州做生意。到了杭州后,汪以文先是跟着同族商工汪授甲当学徒。跟了一段时间后,汪授甲看汪以文不是做生意的料,便将汪以文推荐给杭州知府当管账。没多久,知府因为贪污受贿被查办。汪以文想到汪授甲刚刚送给知府的两坛寿酒,便潜入库房,打开酒坛,发现里面藏有很多银元宝。汪以文赶紧将元宝从酒坛里倒了出来,换成清水,还在里面放了一面写着"君子之交淡如水"的木牌。

不久,杭州城里的不少商贩,因为知府的案子受到牵连,有的被抄家,有的被关进大狱,汪授甲却因为汪以文的暗中帮助得以幸免。汪授甲得晓其中的原因时,汪以文已经回到了宏村。为了报答汪以文,汪授甲连忙赶到宏村,要送汪以文很多银两,又邀请汪以文再赴杭州。汪以文死活不从,汪授甲无法,灵机一动说:"我在南湖边建一个书院吧,让你在里面教书,教宏村的孩子读书。"汪以文这回没有拒绝,他答应了。于是南湖边很快就有了这个书塾,并且以"以文"命名。汪以文接受的原因不是为自己,而是为了村里的孩子。对于这个坐了一辈子冷板凳的穷书生而言,让自己家乡的后生们金榜题名,是他最大的理想。

宏村就这样建了南湖,又建了书院。可以想象的是,当白天琅琅的读书声退去之后,一袭布衣的汪以文闲散地在南湖边散步的情景。这大约是他最惬意的时候了。夜晚的南湖看起来比白天更美,湖中的荷叶在夜色之中婆娑着、暧昧着,像一幅水墨画一样,这时候南湖边上的书院沉静而优雅,它坐落在那里,似乎本身就是一本线装书,是他读了一辈子的书。

与南湖书院相对应的,是建于清朝末年的承志堂。承志堂是宏村乃至徽州比较有代表性的建筑。这个堪称木雕博物馆的民居完全就是由财富堆积起来的:屋舍占地2100平方米,建筑面积3000平方米,整个屋子的工艺考究异常,可以说到了登峰造极的地步。屋内的门楣窗棂,随处都是精美无比的木雕,镀金饰银。木雕有戏文图、有吉祥图、有百子图,还有"官运亨通"图、"财源茂盛"图。设施也很完整,整个屋子,不仅有美化环境、陶冶性情的花园、鱼塘厅,而且有打麻将的"排山阁"、抽鸦片的"吞云厅",一切可谓应有尽有。据说,当年屋子的主人汪定贵在造该屋时,仅用于木雕表层的饰金,便费去黄金百余两。

关于汪定贵的具体身世以及个性特征,有关史书上记载得并不翔实,只是说他曾经是一个徽商,在积累了巨大财富之后,人生目标遭遇到厚厚的城墙,无奈只好归乡退隐。当汪定贵带着大量辎重财物来到宏村时,这个退隐还乡的徽商仍心有不甘。汪定贵先是花了很多钱捐了一个五品官,得到这个空名之后,仍然觉得心里不踏实。很多时候,汪定贵还是觉得村民们表面的恭敬背后,隐藏着某种不屑。汪定贵不能忍受这样的目光,他觉得窝囊极了。后来,他决定拿出一大笔钱来打造自己的金窝银窝,不能雕龙凿凤,还不能金碧辉煌吗?他派人在徽州各地雇请了最好的工匠,让他们来到宏村,给他的住宅雕刻最精美的图案。汪定贵放出话来:我就要做最好的木雕,我就要住最好的木雕楼!

这时候的汪定贵竟有点像赌气了。没法跟这个社会赌气,还不能跟自己赌气吗?他想不通的是,为什么钱能买到东西,却不能买到地位以及身份,也买不到人们的尊敬和认同。既然自己辛辛苦苦挣到的钱买不到这些东西,那还要它们干吗?在这个山沟沟里,自己丰厚无比的钱财又有什么用呢?既然钱的出路已经堵住了,没有出口,与其让它们在这个山旮旯里腐烂,还不如做一些自己喜欢的东西,关起门来自得其乐。在这种动机下,财富变成了精致无比的木雕,锁在深宅大院里。汪定贵还恶作剧地想了一个主意,他让工匠把自己的大门做成一个"商"字形,让所有来自己家的客人都得低头从"商"字形的大门下走入。凭什么是"士农工商"?凭什么商人得位居"三教九流"中的末流?汪定贵就不服这个气!当一个个客人发出一声声惊叹,离开自己家,从那个"商"字大门走出去的时候,汪定贵总是得意扬扬地看着他们的背影。然后,便会让人闩上大门,自己面对天井,点上水烟袋,躺在客厅的太师椅上,抬起头,看木雕上的戏文故事,有一句无一句地哼上几句——时间,就是这样舒舒服服地过去了,那种对功名的欲望,对名利的追逐,并没有因为隐匿而变得淡泊,欲望只是从明处转到了暗处,从思想渗入到骨髓,从白天的幻想变成了晚上的游梦。

徽州一直是有很多汪定贵的,中国也有无数汪定贵。这种表现为敦厚贤良、纯朴自足甚至奢靡安乐的生活方式,就这样一直暗藏在人们的生活理想中。"山地文化"的方式就是一直在寻找着人在山与水之间的平衡,当水给人以安慰、山给人以定力时,也就意味着人生的富足和成功。从一开始,我们的文化就是这样指示我们的人生观的,就是这样调节人在这个世界的价值观和生命观。这当然是一件无可厚非的事情。问题是,当另一种富有侵略性的"海洋文明"和"大河文明"形成气候,并且以它的视野开阔、通达远近、崇尚流变形成一种机敏、锐进、应时、开通、理性的品质,进而对"山地文化"的温良敦厚产生威胁时,这种纯朴的方式就应该进行相应的改变。没有一种文化是独立而生的,它总是伴生,互为犄角,是一种平衡或补充。当一种平衡被打破的时候,它就应该调整自己的坐标,重新进行确立,争取新的平衡。而这就需要保持精进的态度,对自身进行修正。

对于汪定贵们的生活方式、对于他们在金钱面前的态度,或许我们应该抖擞起精神,以一种新的视角来看待——如果把徽州放在一个较大的坐标系当中来判断,当这种自视圆满的行为不可避免地进入歧途的时候,也意味着倾斜的到来。风水先生何可达测量风水、准备大规模建设宏村的时候,正是明代永乐年间。与此同时,在西方,达伽马航海、哥伦布航海、麦哲伦航海,西方正把他们的触角开始慢慢伸向地球这边的东方,并且以一种全新的视角来进行价值和历史的判断。与西方的欣欣向荣相比,这个古老的东方帝国落后得太多,掣肘也太多。

在那个时代,西方各国甚至已经开始募集社会资金,以一种公司的方式将资金集中起来投入社会建设,16 世纪,在荷兰诞生了第一个股票证券交易所……而我们呢,从宏村的建设开始到 19 世纪末年,在宏村这个弹丸之地上,投入了多少财富,囤积了多少财富,又腐烂了多少财富呢?无数财富都用于细得不能再细、考究得不能再考究的木雕、砖雕、石雕上,用于别出心裁的暗藏和自恋上,用于诗词的排遣以及麻将、大烟上。

当欧洲列强用威猛的战船去追逐财富遍地的"印度"时,我们却把财富囤积在群山深处,竭力构筑自己的"桃花源"。在重重叠叠的群山之中是看不到海的,也不知山外世界的日新月异。我们就这样与世界渐行渐远、南辕北辙。

当然,如果脱离当时所处的环境,脱离中国文化的价值观,以此来表达对于原始财富观的轻蔑,显然是苛刻的。理念的开拓与时代本身是紧密结合在一起的,徽商是个时代的产物,它只是浓郁的自然经济的一部分,带有一点点资本主义萌芽的性质。从更深的意义上来说,因为那个社会还缺乏配套的法律制度,缺乏相关的经济政策和环境,与世俗的伦理也不相融,还没有诞生一整套相对完整的商业理论,商人的地位并不高。指望一种经济现象超越它的社会背景显然是不适合的。在这种社会背景下,徽商在赚得一笔钱之后,也就选择了隐逸、与自然对话的归途,而他们的家乡徽州,无疑是山水共融的最佳场所。

宏村,就这样静静地躺在自然的怀抱里,一代一代地做着田园梦。但梦并不是永远的,当历史走向工业革命的轨道时,轰鸣的春雷声中,宏村的梦一下就碎了,而醒来则是一片失落。

金鳌山下

旌德的江村坐落在金鳌山下。从形状上看,江村就像一个巨大的鳌。

传说中的康乾盛世同样适用于江村,太平天国爆发之前的那段时间应该是江村的极致。那时江村人口有好几万,村落庞大,道路宽阔,一切都井然有序。在村口,簇拥着好几株大树,有银杏,也有香樟,树粗壮得十来人手牵手都合围不过来。

树是老村的一道风景,也是老村的魂魄,高高的树梢上有很多鸟窠。平日里,村口一带总是白鹭蹁跹、遮云蔽日。村里人们恬淡处世,如同仙境。

但咸丰过后,"康乾盛世"的余晖一下子变得暗淡,尤其是经历过太平天国运动之后,江村似乎一下子衰老了,如同一个早年过度操劳的村妇一样,呈现出疲惫的容颜。她蓬头垢面、步履蹒跚,原先健壮的身躯如今已不堪风雨。经过长时间的动乱,村口那些老树也倏然不见了踪影,仿佛在一夜之间消失殆尽似的,连村里人都不知那些老树去了哪里。到了后来,村口只剩下两株数百年的红豆杉,看起来落落寡合,一点也不引人注目。现在,据说红豆杉的树皮当中能提炼出抗癌物质,这种树由此变得价值连城。这两株红豆杉究竟种植于什么时代,又由何人种植,已没有记载了。村口的宗祠早已不见了踪影,但聚秀湖还在。江村的聚秀湖一直是神奇的,它的神奇之处在于,就像一面镜子一样,能把周围的远近山峦都尽收湖中。

与徽州的很多古村落一样,江村的历史也有上千年了。江村始建于公元600~630年,江淹的五世孙江韶从宣城迁徙至旌德,见"金鳌山峰峦回合,山水清明,环绕双溪,别成一境,有蓬勃不可遏之气,遂卜居焉。名其地为江村"。

江韶算是一个很有意思的人。他是个典型的书生,饱读诗书,但对于功名却不热衷。不仅如此,江韶还有着强烈的隐居愿望,也许是身逢乱世,稍微优秀一点的人都会想着避世吧。江韶原先住在皖南小郡宣城,按理说,在这样的小城生活,应该是安全惬意的。但即使在这里,江韶也觉得不太习惯,或许是因为对人情世故的通晓和洞察,或许还有对世态炎凉的深切体味,江韶总觉得宣城市声鼎沸、人声喧哗,不太适合久留,他一直考虑把家安在一个更宁静的地方。为了选取一个更幽静,也更安全的地方,江韶曾经到宣城以南的山区考察了很多地方。当他有一日来到万山环绕、一水穿行的金鳌山下时,他终于下定了决心。于是,在一个阳光灿烂的日子里,江韶带着人马和辎重,将全部家当搬到了江村——江韶也就成为济阳江氏金鳌派的始祖。

值得一提的是,江韶曾居住的宣城就有一座山叫鳌峰。也可能江韶对于宣城仍有一丝眷念吧,江韶把江村附近的这座山叫作"金鳌山"。鳌是一个好东西,它就是大龟或者大鳌,在上千年的中国文化当中,龟是一个吉祥的符号,是长生不老的象征,也是延年益寿的象征。有了金鳌山这样的神龟相伴,迁居到江村的江氏族人也就相信,他们的村落会像一只大鳌一样长生不老、生生流长。这也难怪,中国文化一直是有这样的传统的,在中国文化很长时间的理想中,人们的最佳归宿就是变成一只鳌,屏息凝神,终老南山,和谐于山水天地之间。

与海洋文化一样,山地文化同样有它故步自封的概念。在这样的观念中,时间不是连绵不绝的,而是循环往复的。就如我们的计时方式,甲乙丙丁、子丑寅卯本身就是一种循环,它像圆一样既无始无终,又像圆一样周而复始。这样循环往复的时间方式是有安全感的,它不会让人们产生恐慌,人们也不会在无始无终的时间面前陷入迷乱。

江村的发展史可以说具有山地文化的某种代表性。一个村落在拓展时总是与清风明月相伴,并且与飞鸟禽兽为邻。一开始,这个地方闭塞、荒芜、局促、坎坷,所有的农田都需要重新开垦,所有的屋舍都要建造。江村的发展就是这样,它在很长时间里都显得困乏而单调,日子沉闷而绵长。而在此之后的数百上千年里,江村可以说是一点一滴地逐渐形成,从纯朴到恬静,由原始到淡雅。也可以说,正是由于水滴石穿的积累和积淀,才使得江村逐渐蜕去了山野莽荒之气,依靠着文明的积累形成了自己独立的风格,慢慢形成了人与天相和谐、人与地相和谐、人与人相和谐的局面。一直到唐末年间,数百年过去了,终于有一天,一座美丽的村庄现出雏形,水光山色烟树葱茏中,掩映着鳞次栉比的黛瓦粉墙。这是一派清新野逸的田园风光。

不久,新的问题出现了。急剧膨胀的人口,很快超过了当地生态和土地的承载能力。在这样的情况下,家族不得不召集全族人开会,商议如何进行新一轮迁徙。通常情况下,家族一般都会动员某一个支派进行整体迁居。江村也是如此。江韶当年从宣城迁至金鳌山后,共有三子,长子知敬、次子知德、三子知节。过了四代之后,先是知节的四世孙悬卿迁往歙县海宁;然后,知敬的四世孙江烈迁往泾县丰乐。到了江韶八世孙的时候,知德这一脉有了兄弟三人:老大从义、老二从厚、老三从政,老大和老三同样也从江村迁徙了出去……几乎每过一段时间,村落便开始一次大规模的迁居行动。而这样的变动,在家谱上有清晰的记载。

在徽州,每一个聚集而居的家族都有一部甚至数部家谱。随着人口的增长和迁徙,大宗派生出小宗,小宗又派生出更小宗,就像大树屡开新枝一样。而家谱也因此变得厚重起来,枝丫分为通谱、世谱、总族谱、分族谱、统宗谱、大同宗谱和小宗谱等等,往往多达成千上万种。每一个姓氏都是一株树,树生枝,枝生枝,树生树。族人们对此乐此不疲,精心打造。这样的良苦用心,当然源于他们对于宗族的重视,对血脉的一往情深。这种凝聚和发散的方式,实际上也就是中国家族繁衍的方式和特点。一边是聚合,人的聚合,财富的聚合,文化的聚合,审美的聚合;而另一边则是发散,人的发散,财富的发散,文化的发散,审美的发散。这两种力量像太极图所标明的那样,首尾相衔,循环往复,互相转化,既向心又离心。这种与自然相统一的天道方式,使得徽州的村落像春天雨后的山花一样开满山野。

在这样的情形中,江村就像江氏人来人往当中的一个驿站,先是憩息、长大,然后是盘整、远离;又像河流上的一个码头,航行,落脚,接着又是扬帆远行。从本质的意义上来说,这样的迁徙过程,与人生的意义又何其相像。人类的繁衍和生长,本来就是分分合合的流水宴席,通篇都是迎来送往的熙攘人群。生命如水,那是指生命在有限与无限当中的凝固、流淌、蒸发,然后又凝固的过程。

江村算是一株名副其实的千年古树了。据说,最繁荣时期的江村竟然有好几万人,这是一个让人惊讶的数字。因为现在的江村是那样的小巧和不引人注目,它只有2000人左右。我们在不大的村落里闲逛,一会就从村的这头走到那头。昔日的几万人是一个什么概念呢?那是一个小城镇的规模。这个小城镇在度过了自己的繁华和喧哗之后,慢慢地显赫模糊了,衰败应运而生,那种繁荣不可避免地呈现出委顿的状态。到了后来,那种阶段性的热闹竟像从没有出现过似的,如雪地里的飞鸿爪印,在一层层雪花的飘舞中消失得无影无踪。

但一些"人杰地灵"的影子还是顽强地遗留下来。在经历了太平天国的兵燹以及"文革"的磨难之后,村中仅存的两座牌坊格外引人注目。"父子进士牌坊"建于明代,是为了旌表江氏四十八代江汉和江氏四十九代江文敏父子而兴建的。虽然这对牌坊在历经许多年的磨难之后,有些残缺不全,但仍是巍峨挺拔,横梁一面书"青云直上",另一面书"金榜传芳"。《江谱·仕宦表》曾经记载了这个村落的荣光——明代以来江氏族人跻身仕宦的文职官员达80人、武职31人。而《科名表》则记载了明清两朝江村的进士共18人、举人56人、武举6人。值得一提的是,在近代史上,江村更是红极一时、人才辈出。除了民国代总理江朝宗(江世尧)、民国安徽省长江绍杰、民国海军将领江泽澍出生于这个弹丸小村外,在文化界还诞生了几位非常有名的人物,他们是:人文学博士江绍铨(亢虎);民俗学家江绍原,他早年毕业于北京大学,五四运动中参与了"火烧赵家楼",后赴美留学,回国后在任教的同时创办《语丝》杂志,与鲁迅关系密切,著有《中国古代之旅行》《发·须·爪》《血与天癸》及《宗教的出生与成长》(译)等;医学家江希舜,他曾发明"人痘接种法",据说比欧洲要早100多年;清翰林编修江志伊,他是《江氏宗谱》的修订者,著有《沈氏玄空学》4卷以及《农书述要》16卷;北大教授、著名数学家江泽涵,他是中国代数拓扑学的主要创建人。

值得一提的是,胡适的夫人江冬秀也是江村人。胡适所在的上庄与江村只有一山之隔,在它们中间有一条蜿蜒的山间石板路相连,小路全长15里。当年,从美国归来的胡适就是翻山越岭走了约15里山路来江村迎娶江冬秀的。江冬秀的家学也颇有渊源,她的曾外祖父吕朝端以及外祖父吕佩芬是旌德县庙首的父子翰林。

一个山旮旯里的小山村,在漫长的岁月里凭着大量人才的输出确立了它的荣光和地位。在这方面,江村对于整个徽州同样具有某种代表性。

历史的天空总是布满着斑驳光影,而这样的光影在更多的时候总显得寂寥而冷峻。到了近代,当一种外来文明以自己的强大力量对另一种文明所自恃的自得圆满形成巨大冲击时,世界一下子变得倾斜起来。时间,在经过了很长一段循环往复的螺旋式转动之后,进入了清晰而快速的直线状态。速度变得重要起来。文明的中心在工业革命之后也不可扭转地从乡村转向城市,一种强大的颠覆力量像瓢泼大雨一样扫荡着广大的中国农村。也正是在这样的背景下,与中国所有的山村一样,江村不可避免地迎来了破落和衰败,农业社会所遗留的所有东西,与百年老屋的天井、马头墙一样变得斑痕点点。

现在的江村,正是这样情形下的残留物。当年大片大片精致的徽州民居,现在只剩下黯然别墅、茂盛堂、江泽涵故居等十几幢了,千年古村变得面目全非。在对待传统建筑方面,中国人这么多年来一直习惯于拆房子、拆路、拆桥,清代拆明代的,民国拆清代的,现代拆民国的……江村目前老屋子中,值得一提的是茂盛堂,它是民国代总理、北平特别市长江朝宗的祖屋,属于明代建筑,占地十余亩,依山傍水而建,气势很是庄严不凡。另外一个则是黯然别墅了,这座中西合璧的建筑是民国安徽省长江绍杰1927年所建,整个建筑与邻近的徽派建筑不同,它的门楼竟然是圆的,不设天井,也不设"三雕"。江绍杰为什么"黯然"呢?是因为生逢乱世、辞旧迎新,一切都由不得自己,只好躲在这个小山村中独自怜惜吧!这样"黯然"的情绪,就像身体的影子一样挥之不去,即使告老还乡之后,那样的沮丧仍如云缠雾绕。其实江绍杰还真的应该感到庆幸,那个千疮百孔的时代又有什么值得留恋的呢?还不如"好了,好了",让一切都好好地"终了"一番。

当然,"黯然"的另外一层意思也可能在于,江绍杰只想表示一下个人的"低调"吧,或者就是发泄自己的不满。一个从专制政治舞台上隐退下去的人物,除了不可告人的事情之外,剩下的就是不可抑制的凄清了。

同样感到"黯然"的还有江村。当海洋文化以一种排山倒海的方式卷起世界的风暴时,最感到"黯然"的,就是代表农业文明主流的山地文化了。但问题是,当一种直线的时间观念以排山倒海的力量冲击着那个周而复始的圆圈时,所有的一切都天崩地陷了。这时候的江村就像是一场大爆炸后的灰尘,它飘摇着,在风雨之中、在时间之中,如同一片飘荡在空中的树叶;或者是,缩回自己的老巢,像一头老龟一样,苟延残喘,做着益寿延年的千年之梦。

江村一直是有着示范意义的。它的示范意义不仅仅在于它所行走的千年轨迹具有相当的代表性,不仅仅在于它是山地文化村落的一个代表,还在于:如果这样的生活哲学和生活方式自始至终处在一种稳定的社会状态中,也可以说这样的生活方式极具人生的真谛。但问题是,当两种截然不同的时间观念发生撞击时,那种以和谐和稳定为理念的方式就显得弱不禁风了。与山地文化相比,海洋文化最大的特点就是那种抑制不住的活力,能够极端性地调动人的内在潜能,从而激发一个人或者一个民族的活力。如果说人一生是在画一个圆的话,那么海洋文化的出发点就是力所能及地将这个圆画得更大。也就是说,如果山地文化的图腾是一只千年老龟的话,那么海洋文明的图腾更像是鹰,那种一直努力飞得更高的天空之鹰。悲剧往往是事件发生之后才造成的。在冲撞中,那种强悍文化毁灭了弱者文化所有既定的伦理和秩序,毁灭了很长时间培育出来的敦厚自足、坚毅忠诚的性格,也毁灭了好不容易才建立起来的万古不变的定力,而千百年来徽州追求的,就是这种亘古不变的常态。当一个时代渐渐远去的时候,作为后人的我们能听到的,只是三三两两的呼哨声在空中或有或无地划过。

肆如影：八千里路

渔梁送别

　　一边是横江,另一边是率水。横江和率水从徽州的腹地汤汤而下,它们在屯溪汇合形成新安江后,变宽又变深,然后向遥远的东南方流去。

　　渔梁,就是新安江上一座平常的小镇。

　　现在,走在这个小镇上,看到的,似乎都是老人。这是一个极为平常的小镇。破败、腐朽、寂静,虽然它离歙县县城只有3里路,但看起来却相当地生僻。

　　在童年的时候,我就来过这里。那时渔梁边的河水要比现在清澈得多,氛围也宁静得多。渔梁当时给我的感觉就像是一个童话剧里的场景:神秘而宁静,亲切而温馨。给我留下至深印象的是那条古街,窄窄的,两边都是一些铺面,有卖杂货的,也有打铁的、箍木桶的等等。街面全是由青石板铺成的,行走在上面时,能听见自己清脆的足音,那声音就像啄木鸟在用尖喙撞击树干。而在清晨甚至上午,渔梁一直都是浓雾弥漫的,像栖于水边的一个千年之梦。

在新安江的中央,就是那座著名的坝了。渔梁也是因为这座古老的坝而著名。这坝是青石板筑成的,但现在已呈黑色了,那是一种岁月的底色。渔梁坝建于宋朝,它构建之精巧,让人匪夷所思。坝的存在给渔梁增添了一道美丽的景观,斜阳西照、渔舟唱晚时,这坝看起来有一种别具一格的美,古朴、有力、富有质感。实际上不仅仅是古坝,渔梁的一切都给人这样的感觉。尤其是这里的老人,他们态度安详、举止沉静,那是岁月磨砺的结果。当然,岁月也磨砺出了他们的麻木、他们的知天认命、他们的屈辱和隐忍。这些都是人生无是无非的赠馈。

当年,渔梁曾是新安江水路的一个重要码头,无数渔船栖集在此。据说,当年渔梁的街道长达2里,远远大于现在的小街,而且街道也十分热闹,街道两旁都是酒店、客栈、商店,徽商、水手和往来的客人,妓女在街边招徕,一派繁华兴旺的景象。当年徽州有八景,"渔梁送别"就被列为一景。但它指的不是当地的兴旺情景,而是指在渔梁送别自己亲人的悲壮场面。时人有诗描绘道:"欲落不落晚日黄,归雁写遍遥天长。数声渔笛起何处,孤舟下濑如龙骧。漠漠烟横溪万顷,鸦背斜阳驻余景。扣舷歌断频花风,残酒半销幽梦醒。"

这样的诗是有着意象的。晚日、归雁、渔笛、孤舟、云烟、鸦背、斜阳、残酒、幽梦等,无一不是在诉说着离别的伤感。正如栩栩如生的画面,有着断肠人在天涯的感觉。毕竟,在当时,从商不是阳关道,只是背井离乡的"奈何桥"。

历史就像幽灵,只有相信它们,它们才存在。对于今天的渔梁来说,现在的情景就像是水面上的波光,而当年的热闹和繁荣早就存在水里了,它们就像水底的淤泥一样,跟水草纠缠在一起,只有游来游去的鱼偶尔才能撞击一下,惊醒一下它们的旧梦。

有一首《水程捷要歌》描述了沿着渔梁下新安的路程情况:

一自渔梁坝,百里至街口。

八十淳安县,茶园六十有。

九十严州府,钓台桐庐守。

檀梓关富阳,三浙垅江口。

徽郡至杭州,水程六百走。

当小船驶离渔梁后,新安江变得开阔了。两岸不断变换着巨幅的风景画,炊烟袅娜,莺歌燕舞。

当然,也少不了那些有岁月的参天古树,如榆树、枫树、乌桕和香樟等。这样的古树是有灵性的,它们站在新安江边,关照着这些游子,也使新安江一直风调雨顺。过了北岸之后,人烟就越来越稀少了,河水也变得越来越深,来这里的人,除了下新安的徽州人之外,就是诗人和画家了。这里的景致是越来越漂亮,但氛围也越来越冷清。在江边,依次是瀹潭、漳潭和绵潭,如果是五月里穿行,两岸几十里地,树上挂着的,都是黄澄澄的枇杷,它们像银河系的星星一样,闪亮在江的两岸。船行驶到这里的时候,容易引起一种幻觉,就像航行在太空中一样。有时候,船也会停下来,下新安的那些徽商,会下船买上一点枇杷带着。他们把家乡的水果揣到包裹里,一直把枇杷带到目的地,不到万不得已时,他们真舍不得吃。三潭的枇杷味道真好啊,哪怕只吃一个,也会满嘴生津。更何况,枇杷里还有家乡的味道,当嘴唇沾上这样的水果时,家乡的人与景就会扑面而来,甚至时空也会因此而转换——在这样的感觉中,能看到湿漉漉的青石板路和石拱桥,能看到划入梦境的乌篷船,能听到油伞上极富音乐美的雨声……这样的幻觉,会让人欣慰无比。

再往下走,就是百里外的街口,街口过去,就是浙江的地域了;再往前走,就是淳安县,就是严子陵钓鱼台了,就是桐庐,就是幢梓关和富阳了……然后,就是杭州,就是苏州、扬州和上海……水就是绳索,而村落就是绳索上的结。生生死死,命运未卜……这辛酸的六百里地啊,让徽州人走了千百年。

徽商的故事

凄凉的月亮,独倚高楼的少妇,望断秋水的凝眸,思极而恨的哀怨。这是一幅古典诗词中常见的闺中图,就像徽州民居里雕刻的戏文图,藏在家家户户的阁楼里。既然一轮圆月被掰成两半,那么彼此之间都会有不同的情节——徽商在外奔忙,觅取功名和富贵;商妇在家枯守,咀嚼离散的千般忧愁。

商妇的故事一直是徽州志传当中隐秘的一半。这样的隐秘,就像徽州山涧中的溪水,只有在月明星稀的时候,才能听到它的涓涓之声。时光荏苒,她们在无数贞节牌坊之中变成石头,在厚厚的谱牒中变成文字,也在人们的口口相传之中幻为清风。民国《歙县志》里载有一则故事,道尽了徽州商妇的辛苦:徽州某村有一个人,娶妻三个月后就外出经商,妻在家靠刺绣维持生计,每过一年,就用多余的钱买一粒珠子,把这珠叫作"泪珠"。这样一直过了很多年。当有朝一日丈夫终于回到家乡的时候,村里人告诉他他妻子已死了近三年了。丈夫打开妻子住过的房间,睹物思人,黯然神伤,不小心碰翻了一个箧子,有珠滚落一地。丈夫边拾边数,共有珠二十余粒。

有好事的文人以这件事为题材,赋了一首词:

……几乎抛针背人哭,一岁眼泪成一珠。

莫爱珠多眼易枯……珠累累,天涯归未归?

女人的痛感总是比男人强烈得多,在逼仄的朱楼,在关上门窗的闺房,痛感往往随着一缕阳光的渗入,像尘埃一样激越;或者像窗牖外的月光,凄清而刻骨铭心。"松籁萧条烛影幽,雨声和漏到西楼。金炉香断三更梦,玉簟凉生五月秋。人寂寂,夜悠悠。天涯信阴暗凝愁。疏帘到晓檐花落,滴碎离心苦未休。"这便是徽州女人的叹息。写徽州女人的不仅仅是笔墨,还有石头。那些矗立在村头巷尾用石头垒就的贞节牌坊,同样也是一首首闺中诗。只不过这样的诗句是冰冷的,它们是凄泣的冤魂,是岁月的叹息,也是人性的撕心裂肺。

与女人相比,徽州男人则要功利得多。一般来说,远方的游子并不像闺中人那样儿女情长,他们一走出山外,就要面对创业的压力和家乡父老的希冀。至于其他的,男人自有他们解脱的方式,矢志不忘是必要的,镂金错彩和倚红偎翠,也是间或有之。比较起山坳的寂静和单调,平原更显钟灵毓秀和细雨清风,在那儿可以挣置田产,买几房姨太太什么的;那里既没有太多乡规民约的束缚,也没有家、亲人的拖累;可以在会馆里肆意喝酒,于平山堂赏月,游秦淮河风景。

外面的世界如此精彩,男人们难免乐不思蜀。在山外的世界,一部分徽州人定居下来,懒得再回那个僻静孤远的山村了,徽商以奋斗得来的金钱找到了自己的安乐窝,也找到了成功的感觉。

明代的很多话本小说和笔记都记载了徽州人创业的故事。比如蔡羽的《辽阳海神传》,就详细讲述了徽商程宰居积致富的传奇:正德年间,程宰与其兄远赴辽阳经商,不幸亏本折利,耗尽了本钱。兄弟二人羞于返乡被人耻笑,遂受雇于其他商人料理生意,穷困潦倒,一筹莫展。后来程宰在辽阳海神的启示下,囤积居奇。正德十四年(1519年)夏,有人贩药至辽阳后,在其他药材脱手后,仅剩黄柏、大黄各千余斤无人收购,欲弃之而去。程宰使用自己受雇所得的酬金十余两,将二药全部买下。数日后,辽阳疫病流行,急需黄柏、大黄治病,二药供不应求,价格猛涨。程宰急将二药抛售出去,连本带利共得纹银500余两。又有荆州商人贩运彩缎入辽,不幸彩缎在途中受湿,发霉生斑,难以销售。程宰遂以纹银500两购得彩缎400捆。一个月后,有人在江西起兵造反,朝廷急调辽兵平叛。出征的队伍急需赶制军服,以便及时开拔,一时间帛价大涨。程宰所囤积的彩缎一下子涨了3倍。第二年秋天,有苏州商人贩布入辽,其余大部分皆已脱手,仅余粗布6000

捆无人问津,便以低价卖给程宰。正德十六年(1521年)三月,明武宗"驾崩",天下官民皆需丧服,粗布遂成紧俏商品。程宰用银千两买得的粗布,一下子就卖得纹银4000余两。他就如此这般地翻来翻去,竟在短短的四五年里,由一个本钱不过10两的小商人一下子跃为腰缠万贯的大富商。

这样的故事一直像是徽州人的缩影。在进入山外的世界之后,徽州人就像一粒粒米一样,跳进了大粮仓;或者像水滴,融入了海洋。在全国范围内,这群来自南方山区、说着一口难懂的方言、能把算盘打得像杂耍一样的商帮在当时各种生活中都打下深刻的烙印。他们被人称为"徽骆驼",就是"徽老大"的意思。因为"骆驼"一音其实来自徽州方言中的"老大"。在徽州方言,尤其歙县话当中,"骆驼"与"老大"的发音是基本一致的。因为实力和资金上的雄厚,徽州人每到一个地方,便会很快地控制当地的经济命脉,"无徽不成镇"与"徽老大"就是同样意思。后来,因为"骆驼"本身是一个并不招人反感的词,也可以比喻徽州人吃苦耐劳的精神,徽州人就慢慢地接受了这一说法,以至于后来"以讹传讹"地延续了下来。直至胡适后来在为《绩溪县志》题词时,也写了"努力做徽骆驼"六个字。"徽骆驼"从此一举成名。其实徽州哪里有"骆驼"的概念呢?在那个偏僻之地,几乎很少有人见过骆驼,当然谈不上用它们作比喻了。

除了程宰的故事之外,当时一些著名的话本小说都有徽商或者徽州人的身影晃动。比如说凌濛初所写的《初刻拍案惊奇》《二刻拍案惊奇》,冯梦龙的"三言"(《警世通言》《喻世明言》《醒世恒言》)等等,还有安徽全椒人吴敬梓所写的《儒林外史》中都有提及。

在吴敬梓的笔下,徽商一如既往地保持着徽州人的特点,书卷气比较浓,"贾而好儒,亦商亦儒"。《儒林外史》第二十二回写有两个徽州文人牛玉圃和牛浦到扬州河下(徽商聚居区)盐商万雪斋家中所见到的情景:

> 当下走进一个虎座门楼,过了磨砖的天井,到了厅上。举头一看,中间悬着一个大匾,金字是"慎思堂"三字……两边金笺对联写:"读书好,耕田好,学好便好;创业难,守成难,知难不难。"中间挂着一轴倪云林的画,书案上摆着一大块不曾琢过的璞,十二张花梨椅子,左边放着六尺高的一座穿衣镜。从镜子后边走进去,两扇门开了,鹅卵石砌成的地,循着塘沿走,一路的朱红栏杆。走了进去,三间花厅,隔子中间悬着斑竹帘……揭开帘子让了进去,举目一看,里面摆的都是水磨楠木桌椅,中间悬着一个白纸墨字小匾,是"课花摘句"四个字。

吴敬梓可以说是对徽商的情况非常熟悉的,而他所描绘的,正是徽州人家的普遍陈设。由此可见,徽州人即使在外经商的时候,也保持着自己家乡的习惯和爱好。徽州商人处人待事文质彬彬,鼓瑟弹琴间,往往能把商贾之事轻易搞定。徽州商人给人整体上的感觉更像是淡定雅致的读书之人。当然,这也源于当时社会生活的特殊情况,这些徽商很难说是真正的商人,他们只是披着商人锦衣的文人,"亦儒亦贾"是他们普遍的情况。

"有钱人总是遭穷人忌恨,而外来的有钱人更是遭人忌恨。"查姆·伯特曼曾经在《犹太人》一书中这样表达。当时徽商所面临的情况同样如此。在不发达的农耕社会,因为物质的匮乏、思想和见识的狭隘,往往更难见宽容。社会心理状态在商人们面前表现得尤为嫉妒,吃不到葡萄就说葡萄酸。值得一提的是文人们,当文人处于社会中心的地位因为这股新兴的势力的上升而遭受到某种冷遇时,他们的心态往往会失衡,这也直接导致他们在言行中对于财富的充分嫉妒和不屑,表现出对这种新兴势力的冷嘲热讽。而文人们的言行,又直接影响着社会大众的思维和倾向。在这种情况下,徽商们普遍被演绎成"反面角色"写入话本,那是最自然不过了。清朝的话本作家凌濛初对徽商的评价还算是客气的:"徽州人因是专重做商的,所以凡是商人归家,只看你所得归来的利息多少为重轻。得利多的,尽皆爱敬趋奉;得利少的,尽皆轻薄鄙笑,就如读书求名中的中与不中光景一般。是谓实情。"这样的评价,虽说客气,但不经意中透露出一股鄙夷味。这反映了一个时代的风气。这个时代的风气是重文轻利、重仕轻民、重农轻商的。

比较有名的是冯梦龙《警世通言》第三十二卷《杜十娘怒沉百

宝箱》的故事:明代万历年间,一艘从京师南下的官船在扬州镇江瓜洲泊岸,窗帘掀起,露出一对男女的身影,男的叫李甲,是浙江布政使的大公子;女的是京师名妓杜十娘,不过已经从良,这一趟是随官人回浙江老家去的。可偏偏对面船上有一个徽州盐商出现了,并且惹起事,造就了杜十娘的悲剧命运。冯梦龙是这样写的:"却说他舟有一少年,姓孙名富字善赉,徽州新安人氏。家资巨万,积祖扬州种盐。"这个徽州盐商孙富在看到杜十娘后,立即"魂摇心荡,迎眸送目"。也正是孙富的出现,使得李甲和杜十娘的故事成为南柯一梦。孙富自恃有财,想强行霸占杜十娘,于是便跟李甲谈判,想用金钱来交换杜十娘。贪财的李甲竟然同意了,把杜十娘交换给了徽商孙富,但性格刚烈的杜十娘誓死不从,在瓜洲渡投水而死。

其实现在看来,可以对《杜十娘怒沉百宝箱》进行重新解读的地方有很多,除了杜十娘看不起生意人的铜臭之外,书中还隐藏的另外一层意义,那就是金钱财富对权贵的无声挑战——叫板的双方,一方的李甲是"高干"子弟,其父为浙江布政司,应该算个省部级干部了;而另一方,则是腰缠万贯的盐商。令人感到惊异的是,在这场代表各自阶层的潜在对抗中,大款终究战胜了"高干"子弟,杜十娘被李甲以千金之价转让给了孙富——这样的方式,在某种意义上,也是具有历史性的,它标志着一帮致富阶层已经以咄咄逼人之势走上了历史舞台,他们的"屠龙剑"就是他们手中的金钱,金钱在手之日,正是野心膨胀之时。杜十娘沉江而死,实际上最应该受到谴责的是李甲,正是这位公子哥,在金钱的诱惑与淫威之下患上了一回彻底的软骨病。

冯梦龙是江苏吴县人,位于长江下游的吴县同样也是徽商熙攘之地。从这一点上来说,冯梦龙对徽商并不陌生。也可能自小接触太多,冯梦龙对徽商一直有自己的看法。这个出身于破产官僚家庭的落魄书生在科举上一直不太顺利。这也很正常,像冯梦龙这样的落魄才子根本不适合循规蹈矩的科举,在更多的时候,冯梦龙只是在私下里奋笔疾书他的传奇话本,满足于市井对他的喝彩。一直到51岁时,冯梦龙才考取了一个贡生。这样的成长经历,当然使得这个穷酸书生有着很浓重的"酸葡萄"心理。

更何况中国文化背景下的文人从本质上总是不太喜欢商人的,从一诞生起,他们就似乎是两种不同类型的动物,就像猫与狗一样,有着前世的恩仇。

当徽商孙富被描绘成一个连妓女也不屑的商人时,徽商在世俗眼中,便怎么也高大不起来了。

在一个专制的农耕社会里,因为缺少对商业足够的理念支撑,也缺少商业秩序、商业文化以及相应的审美趋向和传统,要指望公众对商业和商人真正尊重,似乎是一件很难的事情。这样的情况不仅仅发生在中国,在欧洲也是如此。在晦暗的中世纪,商业在很长时间里一直被视为洪水猛兽,或者是三教九流。在英国的莎士比亚、法国的巴尔扎克以及后来的狄更斯笔下,不同样有心狠手辣嗜血如命的威尼斯商人、悭吝无比的巴黎小商贩,以及工业革命时伦敦的暴发新贵吗？商业的创造力和价值一直到近代才被社会真正认可。这样的认可过程,同样也存在着一个人们慢慢地适应商业规则的修订、商业社会理想的确立以及商人本身自我完善的过程。

商业的洪水猛兽就这样在人们的睥睨中行进了数百年。而关于徽商的产生时间,多年来一直有争论,有的说形成于宋,有的则说是东晋,但如果把徽商当作一个整体商帮来看待的话,它的出现应该是明朝中叶以后的事情。在此之前,只能算是徽州人从商的个体行为。徽商整体上呈现辉煌的前提,应该是随着农业社会的进程,财富积累到一定程度之后,社会的供求关系随之发展和变化。这就表现为一定的经济行为和经济现象。按照时代背景来说,徽商的兴起主要有两点：

一是明中期之后,中国赋税制度作了改革,实行了"一条鞭法",把所有的税种折合成银两,按照银两来交税。这样的政策,充分体现了货币的重要性,也促使了商业的发展。

二是由于中国东南部经济的发展,促进了城镇日趋繁荣,传统的经济状态发生了较大变动,其标志应该是以贩运奢侈品和土特产品、面向社会上层集团为主的商业,向贩运日用百货、面向庶民的商业转化。

正是在这样的背景下,徽商乘势而上,登上了商业的大舞台,起到了举足轻重的作用。从明朝中叶的完全兴盛,徽商的发达一直持续了300多年,形成了中国历史上的一个商业奇迹。

至于徽商的具体成因,似乎也有一些争论,但有些东西已形成共识:

首先,徽州的地理位置和自然环境是徽商兴盛的一个重要原因。徽州濒临江浙地区,致富的机会多;并且,徽州地处山区,在资源上有木材、茶叶、土特产、文房四宝等,这些物产都是富庶的江南所需要的。

其次,徽州人多田少,发展经济存在很大的局限性,因此徽州人不得不走向山外靠商业谋生。

再次,传统和榜样的力量。在徽州,很多人赚钱之后衣锦还乡,引得同乡人争相仿效。于是,亲带亲,亲帮亲,从商的队伍也越来越大。

此外,对于古徽州来说,它相对薄弱的封建思想基础也应该是他们从商的前提。美国经济学家 W. 阿瑟·刘易斯曾经在《经济增长理论》一书中阐明过这样的理论:在某种情况下,对一个集团的歧视会使这个集团在统治阶级所不感兴趣的方面显示出强有力的活力。比如,如果统治阶级轻视经济活动,同时又限制其他集团在统治阶级引以为荣的活动——诸如军事职业、政府或教会——中表现自己,那么,被歧视的集团就会利用经济活动的机会,并以此来显示自己的特色。刘易斯的上述见解,也在一定程度上说明了徽商的成因。古代徽商的发展,从根本上说,也是源于这层关系,源于政治中心对徽州的忽略,源于一种距离,包括客观距离和主观距离。

同样，经济学家桑巴特也有这样的观点。桑巴特在分析欧洲历史上最具创新能力的群体时，曾经指出：异教徒、移民、受排斥的人最有可能成为创新者。而徽州，很明显就是移民和受排斥人的家园。

正因为如此，"山高皇帝远"的徽州有福了。历史就这样在不经意间，造就了这块土地上的人们，使得他们拥有相对务实的生活态度以及相对解放的思想意识。在我看来，这是徽商之所以叱咤风云300多年的根本原因。

同样，在思想上另一个起到至关作用的因素就是，儒学在很大程度上对财富也有一定的支撑意义。虽然这种支撑的空间没有基督新教那样宽泛，也没有那么强大的力量，但从总体上而言，儒学的"内圣外王"思想对财富是持肯定态度的。尤其是儒学所推崇的"外王"思想，决定了人们以一种积极的人生态度入世。在这样的初衷下，追求功名和仕途是为了发挥个人价值，而在功名和仕途无法得到的情形下，对财富的追求同样也可以那样，因为财富本身也可帮助一个人实现济世思想。一个人拥有财富，便可以多做利乡、利民甚至利国的事情，这当然是徽州人所追求的。虽然徽州作为程朱理学的老家，在徽学道路上偏重于程朱的"内圣"路线，但在"外王"上他们同样有深厚的济世情怀。这也是徽商兴起的思想前提和心理前提。

当然，在所有的原因之上，是主宰事物发展的宿命。

所有的事物在短时间看都是因果相对，都是必然的。但如果把它放在历史的长河中看,它的源头却无比偶然,并且自始至终,偶然性一直波涛汹涌。这个世界发生的所有事件,尤其是大事件,都有不可完全解释的宿命意义。徽商同样也不例外。从绝对意义上说,曾经浩荡的徽商现象就像是空蒙之中盛开的花朵,那种因绚丽而发出的光芒,闪烁于时间之上,无法诠释,也无法深究。

山外的世界

当年徽商最重要的路线是向东,也即到江浙地区从商。路有两条:一条是以新安江为路线,走水路,沿着新安江到达浙江省建德、淳安,然后到达杭州,然后再转到苏州、上海;另一条则是走陆路,即所谓"徽杭古道",翻山越岭,从现在的绩溪县伏岭乡境内,到达浙江的临安县(今临安市),然后再走向浙江的其他地区。

徽州人走出家门之后,一般来说,先是经营徽州生产的茶叶、木材和文房四宝,而后贩卖外地的粮食、棉布、丝绸、瓷器等,然后再是"奇货无所不居"。

什么样的藤会结出什么样的瓜,商业与制度的关系同样也是如此。徽商在与统治者相处的过程中,往往表现出比其他商帮更多的过人之处。明清时代,由官府直接经营盐的生产和运销的办法已经越来越行不通了。国家为了维护榷盐制度,保证盐利的收入,就必须取得商人的帮助,由此国家也不得不给商人以某些特权和利益。由于徽商的慷慨,他们自然得到了最丰厚的回报。这就是借助封建特权经营垄断盐业。在这样的位置上,徽商通过他们的垄断特权,贱价收盐,高价卖盐,取得了巨大的经济利益。明朝万历时,有人说:"新安大贾,鱼盐为业,藏镪有至百万者。"

清朝时徽人汪交如、汪廷璋父子,汪应庚、江春、鲍志道等,都成为"富至千万"的大盐商。

徽商借盐业而兴,当然不能怪罪于徽商的投机,因为商业规则就是讲究利润的。徽商投身于盐业,是他们从中发现了巨大的商机,这说明徽商对商业利润有着非常好的敏感度和嗅觉,这同样也是徽商"技高一筹"的表现。

在金钱与权力的交往中,捐赠、依附、逢迎与仰攀是必不可少的手段。在各商帮中,徽商与当局的关系可谓最好,这是因为:一来徽商富有,常常慷慨解囊;二是因为徽商"贾而好儒",与缙绅士大夫容易找到共同语言,没有心理上的障碍。康熙、乾隆每次南巡,两淮盐商都实心报效,捐出巨资来接待,这当中最有名的例子就是徽商江春造白塔之事。

扬州瘦西湖畔有座喇嘛塔,通体雪白,人称"白塔"。塔为砖石结构,分三层:顶层叫"刹",上置青铜鎏金葫芦状塔顶;中层为龛室,呈圆棒槌形;下层台基作正方形。这种喇嘛塔北方多见,但黄河以南唯扬州独有,奇怪的是造型与京城北海的喇嘛塔相仿。这个塔的建造,就与乾隆的南巡有关。

民间对于乾隆下江南有各种各样的议论。有一种说法认为乾隆是陈阁老的儿子,陈阁老为了免祸隐姓埋名,落发于扬州天宁寺。不知为何走漏了消息。于是乾隆一直想去江南暗中寻查,终于有一次乾隆知道陈阁老的下落了,便急忙赶到天宁寺,但已是人去楼空,唯见床上倒放之鞋、壁上无须之剑。这个意思是说"孩儿到,无须见"。乾隆一看亲生父亲是这个意思,也就默不作声了。

乾隆皇帝知道父亲在扬州,便意欲把扬州装点得更加风华一些,也想让它带有一点京城的味道。所以在游瘦西湖时,指着一处秀丽的景区感叹说:多像北海的琼岛春阴呀,可惜差一座白塔。结果盐商江春听到了,连夜发动人马用盐垒出了一个与如今的北京北海公园一模一样的白塔。第二天,江春恭请乾隆帝登四望亭远眺。乾隆帝登上顶层,凭窗西望,阳光下白塔晶莹通亮。乾隆不由得感叹道:富哉商乎,朕不及也!

关于徽商的特点,现在统一的看法就是"诚信、节俭,贾而好儒"。也的确是这样,在商业文化上,徽商有着一整套的理念;在架构上,徽商普遍带着血缘和地缘关系,外出闯荡往往是父带子、兄带弟、亲帮亲、邻帮邻;在经营中,徽商尤其注意商业道德,讲究"以诚待人,以信接物,以义为利,仁心为质";从出身上说,徽商奉行"以儒为体,以贾为用"的信条,追求儒为名高、贾为利厚,儒贾结合、官商互济,因而形成了"贾而好儒、弃儒为贾、亦贾亦儒"的重要特色。个性永远是建立在共性之上的。就商业规律和商业精神而言,商品交换所具有的特点应该是共通的。它在某些商帮中所体现出的特点,只不过是这些商帮在商品交换过程中成功的经验以及因为自身情况所形成的特点。比如说徽商的诚信等品质,实际上也是商业过程中所需要的契约意识、平等意识的体现,它并不是徽商独有的商业概念,而是商品交换之所以能够运行的必要条件,也是中国传统文化中对道德的普遍要求,是儒道在商业中的体现。后来之所以"诚信"被认为是徽商的特点之一,是因为徽州是"程朱理学"的老家,徽州人在道德方面执行得更严格一些,道德自律也更强一些,而且徽商在经商中标榜的"诚""信""义",可以带来更多的商业利润。因此在此后的商业活动中,徽商便有意识地注重和光大这种以儒术建立起来的商业道德。

值得一提的是儒学对徽商的影响。任何一种社会现象都需要一种"内心的观照"。由于儒学特别重视对知识的探求,崇尚理性思维、实践伦理,有着积极的入世态度,这样的方式,与商业活动中所强调和需要的东西是一脉相承的。

实际上徽商真正的特点,或者说对他们的成功真正起决定性作用的因素在于他们有比较好的文化功底,在于"练达明敏"。由于徽州人受教育程度较高,比较有文化,自然在审时度势、运筹决算、取舍进退乃至整个经营活动中高人一筹。这些知识和教育,可以说是比原材料、资本、劳动力更为重要的东西。文化知识水平同一个人的气质、才干是密切相关的。这也是马克思所说的"抽象力"。商人的商业活动,诸如采购、运销、积贮、贩卖,都是需要这种"抽象力"的。

文化上的先进决定了徽商在先决条件上的优势。除此之外，徽商较早探索和实行的一些经济制度和方式也在一定程度上促进了商品经济的发展。比如说当时徽商中已经出现了"牙商"，即经纪人经商的方式，还有股份制的形式，还有以资金委托代理人经营的形式，等等。正因为徽商有较为开放的意识，也有良好的商业习惯，并且在商业活动中形式上的创新与领先，这使得他们总是在商机发现以及实际操作上胜人一筹，再加上勤劳、务实等特点，使得他们能够较快地富起来。

徽商的富裕程度，就是像滚雪球一样，在外面滚起了一个世界。那富庶，可不是一般的富，是富甲天下，是笑傲江湖，是殷实海内外。以乾隆时期为例，扬州从事盐业的徽商资本有四五千万两白银，而清朝最鼎盛时的国库存银不过七千万两，以至于乾隆皇帝发出"富哉商乎，朕不及也"的感叹。当时社会的情景，就商业繁荣来说，徽商可谓是"独占鳌头"。

在明代，最富的徽商已拥有百万巨资，这已超过1602年荷兰东印度公司最大船东勒迈尔的实力；在清代，徽商的商业资本已激增至千万两之巨，其经营的资本额，已达到了当时商业的巅峰。

在灯红酒绿的扬州、在月白风清的苏州，侨居异乡的徽商们对权贵们暗送秋波；在莺声浪语的秦淮河，在轻歌曼舞的上海滩，徽商们在青楼里一掷千金；对从京城幸临江南、拈花惹草的权贵高官，徽商们极尽献媚邀宠之能事；在名花美酒、曼声长歌之际，徽商们与盐务官诗酒文宴；在滨海泻卤的两淮盐场，在不绝如缕的大运河边,徽商们督课煎丁、催征船户;在巍峨的秦岭古道,在偏僻西南边陲,徽商们到处奔波、风餐露宿;在大江南北,他们囤积居奇、锱铢必较……

徽商,就是在那样的时代里演绎着无所不在、丰富多彩的情景剧。现在想来,如果没有徽商,很难想象出徽州文化的繁荣——是徽商,把纯粹是乡土菜肴的徽州菜光大到大江南北,并让徽菜有了"八大菜系"之一的美誉;是徽商,把江南水乡的秀丽与山区人文情怀相结合,创造了韵味独特的徽派建筑,也正因为徽商的考究以及审美情趣,形成了蜚声海外的"三雕"艺术;是徽商,把山村小戏与昆腔结合起来,创立了魅力无穷的徽剧,又包装戏班进京,促进了京剧的诞生;同样,是徽商,促进了新安理学、新安医学以及新安画派的繁荣……

金钱就是泥土里的肥料,徽州所有的一切,因为肥料供给得充沛,如同春天里的韭菜一样疯长。

千年一觉扬州梦

沿着西子湖向北走,过太湖,入运河,跨长江,那里有一座中世纪最热闹的城市。这座城市的名字叫"扬州"。

扬州好啊!位于大运河上的扬州似乎从一诞生起,就显得与众不同。这是那个时代真正具有城市概念的地方,活力四溅、热闹非凡,它是商业和财富的堆积,也是一座弥漫着世俗气息的温柔乡。在这座城市里,一切都显得真实而有趣。文人的放浪形骸,商人的挥霍无度,女人的风情万种,生活的随心所欲,都在这里荟萃放歌。"天下三分明月夜,二分无赖是扬州",这是徐凝的诗句,这首诗将扬州的烟花明月夸耀到了极致。

因为自由,也因为财富,所以扬州的上空刮起了一股奢靡之风。"大风起兮云飞扬",这股风起于明代的嘉靖、万历年间,盛于清代的康乾。那些富甲天下的盐商们仿佛一下子看透了世事似的,他们把大笔的银子花在了园林的建设上,花在了衣饰、饮食、婚嫁以及娱目欢心的嬉游上,也花在了附庸风雅的爱好上。满城市的人都及时行乐,花钱如流水。这样的行乐之风是源于一种世界观呢,还是源于对本性的放纵?在金钱的支撑下,高雅的"扬州八怪"出现了,昆曲也出现了,收集古著以及翻刻古书蔚然成风,私家园林层出不穷。在市井意义上,扬州更成了名副其实的销金窟——早茶馆与汤浴大面积涌现,运河水巷点着红灯笼的船只无所不在……白天的扬州,莺歌燕舞,纸醉金迷;夜晚的扬州,则是灯红酒绿,满水胭脂姹紫嫣红。

千年一觉扬州梦,而徽商就是扬州上空高悬的一轮明月。

近人陈去病在《五石脂》一书中说:"徽州人在扬州最早,考其年代,当在明中叶,故扬州之盛,实徽商升之,扬盖徽商殖民地也。故徽郡大姓,扬州莫不有之。"

清代李斗的《扬州画舫录》是一本有关扬州风土人情的"大百科全书",记述了康雍乾时期扬州的繁华与热闹。78岁的袁枚在这本书的序言中感叹道:记得40多年前,我到平山去玩,从天宁门外出发,乘船而过,看到那时的河也就二丈多宽,两岸也没有什么像样子的楼台和房子。后来两淮盐商兴起,开发扬州,现在,河也宽了,山也秀美了,雕栏玉砌的亭台楼阁也造了不少,梅花开了桃花开。这样的景色,真是天上人间。

从文中可以品味得出,这个昔日的江南才子在为李斗写序的时候,仍然对如此惬意的人生意犹未尽、恋恋不舍。也的确是这样,越是奢华多彩的世界,越是让人难分难舍。袁枚一直算是一个风流倜傥之人，当他78岁时为这样的一本妙书写序，想着扬州的繁华，想着去日不多，当然会百感交集！

那时扬州甚至可以说是个国际大都市，不仅仅是徽商以及全国的商人，甚至还有阿拉伯、波斯、吕宋的商人聚集于此。他们的日子说好听的是会生活、会陶冶性情，说不好听的是奢侈淫逸、附庸风雅。生活的背后总是与世界观相关联的，这样的行为，至少暴露了一些人的世界观和金钱态度。对于那些富甲天下的盐商来说，社会的现状严重限制了金钱的出口通道，于是索性彻底地潇洒一回，又有什么不可以呢？

徽商是这群人当中很独特的群体。在他们身上，一直携带着斯文之气，他们不似晋商那样"土老帽"，也不似湖广商人那样执拗小气。他们似乎是最会精细生活，也能把自己的生活安排得如诗如画。徽商的身影总是与文化相连的。当然，扬州的风流不仅仅是徽商文气冲天的原因，还有大运河的传统。大约从隋朝开始，大运河上就活跃着丰神俊朗的才子们，他们吟诗作画、弹琴演戏，他们在运河边伫立的身影以及迷离的眼神，流入了诗歌、音乐、戏剧和话本小说，成为最具煽情效应的一道风景。这样的故事，只要翻翻盛唐之后的文学史，便随处可见扬州的春梦和诗行。因为有这样的传统，便可以解释为什么徽州人到了扬州便有如鱼得水、乐不思蜀的感觉了。徽州的春情萌动到这里找到了最佳发挥的自由领地，那种自由的感觉让情感压抑的徽州人舒畅无比——还是扬州好啊！

扬州让有钱的徽州盐商如鱼得水。钱还真是一个好东西,它就像雨露一样,能够对文化幼苗进行灌溉。钱可以让文化长高,可以让文化长大,也可以让文化变成庭内的盆景。歙县籍的盐业总商江春算是扬州盐商中的"大佬"了,他一直是两淮八大总商之一,曾经以布衣身份上结天子,并且始终参与乾隆下江南的接待,那个矗立在瘦西湖边的扬州白塔就是他的"杰作"。这样的"大佬"心中也有挥之不去的"文化"情结,因为自己早年落榜的经历,江春一直在内心做着文化之梦。他喜欢戏曲,也喜欢赋诗,有时候,他甚至请人悄悄地为自己作诗,然后刻成书籍,散发给大家看。这样的行为,简直有点附庸过头了,但江春就是喜欢。江春在家还养有戏班,有事无事时总是在自己的园林里搭个台子,然后泡上一壶好茶,上几个点心,闭上眼睛摇头晃脑地听戏。有时候江春感到戏瘾难耐了,还在众人的叫好声中走上台去,来上一两段昆曲。江春着实是一个性情中人,他能挣到钱,也想得开,人生一世,何必抱残守缺呢?该用的时候就用。所以江春喜欢跟文人交往,因为文人清雅,哪里像有些商人呢,抠门得仿佛一个人能过几辈子似的?想想他们的德行,江春就觉得憋屈。

扬州的个园是天下闻名的园林了,它也是由徽州盐商兴建的。个园的主要特色是竹,在园中有着大片大片的竹林。个园,也由竹得名,有"个"才有竹啊。除了竹之外,个园里最有特色的就是用石头垒成的假山了,假山按春夏秋冬分列,分别有春山、夏山、秋山和冬山。

春山由太湖石垒的,翠竹修篁摇曳生姿;夏山则是云峰临水,清流环绕,山顶秀木浓阴,山下涧水潆洄;秋山由黄石叠成,气势雄伟,峻峭挺拔;最漂亮的莫过冬山了,构筑冬山的是宣城石,洁白如羽,整座山置于南面向北背阴的墙下,像未融的雪山一样肃洁。

徽商的财力使得他们可以在自己的私家花园里凝固春夏秋冬,同样,他们也可以在自家的阁楼里收藏历史与文化。在个园的东南角,有一个人迹稀少的小院,里面残有一栋貌不惊人的小楼,古朴而冷清。这就是当年"小玲珑山馆"的"藏书楼"。小玲珑山馆当年的主人是清代的祁门盐商马氏兄弟,即马曰琯、马曰璐,时称"扬州二马"。二马在当时的扬州非常著名,他们一直有着文人之心,对功名和仕途不感兴趣,因为官场不自由啊,而且要干很多违心事,比不上当盐商,钱来得容易,花起来也舒畅。所以当有人推荐他们去亦官亦商参加那个"博学鸿词科"的考试时,二马不约而同地拒绝了。平日里,二马最喜欢的是文人的飘逸生活,小玲珑山馆建起来之后,二马开始广交天下名流,一些江南的才子如厉鹗、郑板桥等,都是二马小玲珑山馆的常客,他们经常在这里吟诗作画、互相品藻。二马就像春秋时的孟尝君一样,结交着各路精英。

马氏兄弟经营盐业的情况,后人一直了解甚少。二马的闻名更多的是由于其文化上的造诣,当年马氏藏书楼曾以藏书十万卷闻名。全祖望在《丛书楼记》里说:"百年以来,海内聚书之有名者,昆山徐氏、新城王氏、秀水朱氏其尤也,今以马氏兄弟所有,几过之。"由此可见当时文人对马氏的藏书楼是非常推崇的。

《四库全书》编纂时,朝廷征求海内秘本,马曰璐之子马振伯进献藏书776种。在当时,全国私人进呈书籍最多的共四家,其中马氏为最多。为了褒奖马振伯,乾隆三十九年(1774年),乾隆皇帝下旨赏赐马氏《古今图书集成》一部。全书共5600卷,分类32典,经马振伯装成520匣,藏贮10柜,供奉正厅。

小玲珑山馆除了藏书,又以刻书出名,世称"马版"。一般的著作和画,在三日之内可以刻版付印,并发行于扬州全城,这样的速度,真可以说是雷厉风行。

不仅仅是"二马",在扬州的许多徽州籍盐商都有这样的藏书癖。扬州近代藏书家吴氏昆仲——兄引孙、弟筠孙,也是祖居徽州的扬州人。宣统二年(1910年),吴引孙自编书目12卷并付梓刊行,所藏书称为"测海楼藏书",一时名冠天下。诸如二吴这样的徽籍藏书家,还有很多很多。

除了文气之外,与其他地方的商人相比,在徽商的身上,还有很重的仁德之气。汪应庚,这位歙县籍的盐商跟江春一样,也曾经是扬州的盐业总商。富甲江南之后,这位敦厚的徽州人总想着如何造福一方百姓、如何发扬儒学的济世意义。汪应庚曾经在江南大饥荒时救活了近十万民众,也曾在扬州重修平山堂,栽松十万余株,兴修了蜀冈,并和他人一起建造漆园供扬州的百姓游玩。值得一提的是,平山堂不同于私家花园,它是对公众开放的。当年写《浮生六记》的江南才子沈三白在游览平山堂时,称赞平山堂的品位之高,"即阆苑瑶池,琼楼玉宇,谅不过如此"。汪应庚也因此在江南的百姓中有着非常好的口碑。汪应庚去世之后出殡的日子,几乎全扬州城的百姓都赶来为他送行。在此之后的很多年,每逢汪应庚的祭日,扬州乃至江南的老百姓都会自发地在平山堂等地为他烧香。另一个与江春齐名的歙县籍徽商鲍漱芳,在他富甲天下之后,这位徽州人也一直思考如何为社会做出一些自己的贡献。1805年,黄河、淮河先后发生水灾,淮河流域的洪泽湖也破堤,鲍漱芳先后捐米6万石、捐麦4万石,救济了数十万灾民。扬州兴修水利、疏浚芒稻河,他捐资6万两;改六塘河从开山归海,他集众输银300万两。

虽然有些徽商的捐资深究起来也有点不情愿的成分,在很多时候,他们的善举多由官府号召,但总体上来看,深受儒学影响、怀有济世情怀的徽商在这方面还是做得较好的。也许正是在这样的捐助中,他们找到了个人的价值所在,也得到了不少安慰。

到了康乾盛世,以扬州盐商为代表的徽商可以说是无可奈何地达到盛世的顶峰。

之所以说"无可奈何",那是因为这个"顶峰"有很大程度的虚假性。客观地说,扬州盐商的兴旺主要靠垄断政策、靠专制制度的支持。并且,这个"顶峰"还有着分水岭的意思,寓意着盛极而衰。扬州数百年的盛世就像是历史上的一次豪华盛宴,浓丽繁奢,莺歌燕舞。

似乎在突然之间,那些曾经富甲天下的徽商就不知所终。这一切就像是一艘庞大雄伟的巨轮,起先是呼啸着,乘风破浪。然后,巨轮倾斜沉没,变得无影无踪。关于徽商衰落的原因,跟它的兴起一样,曾有多种说法,但我想,任何事情的成因都与它的自身以及所处的时代有关。每一个自身以及时代都暗藏着生长以及摧毁的无形力量。徽商自然也不例外。

梅花落了,桃花开;杨花落了,李花开……扬州的四季跟所有地方一样,都是轮回,都周而复始。烟雨迷蒙中,时光已逝;云卷云舒间,满城飞絮。对于现在的扬州来说,景已不是那个景了,人也不是那个人了。昔日的徽商再也没有了踪迹。他们就这样消失了,如梦一样消失,如烟一样遁去。

伍如露：**遍地风流**

高人即仙

李白走到哪里,哪里便有诗。

他来到徽州,是为了寻找一个叫作许宣平的隐士。那一年李白在洛阳同华传舍的墙上看到过许宣平的一首诗,诗是这样写的:"隐居三十载,筑室南山巅。静夜玩明月,闲朝饮碧泉。樵夫歌垄上,谷鸟戏岩前。乐矣不知老,都忘甲子年。"

这样的诗作洋溢着一股飘逸之气。李白读了之后连连叫好,他想去找这个人,也想去这个人居住的地方看看。毕竟,能忘了"甲子年"的人,肯定是一个高人;而能让人忘了"甲子年"的地方,肯定是个好地方。

于是李白来到了徽州。当李白一踏上这片土地之后,便一下子明白为什么这里会让人"不知老"了。这哪里是人间呢?分明就是一个仙境啊!生活在这样的仙境中,当然会诗兴大发。李白一下子明白了为什么许宣平能这样的才子会出在徽州,也明白了为什么许宣平写出那样的绝世佳作。

在徽州,李白沉醉于如诗如画的山水之中。他像天女散花一样,将诗撒得满地生金。黄山当然是要去的,去了之后,李白就是李白,对着黄山口吐莲花:"黄山四千仞,三十二莲峰。丹崖夹石柱,菡萏金芙蓉……"歙县肯定也是要去的,到了县城边的练江一带,李白踱步进了半山腰的酒肆,看着眼前练江的镜花水月,诗兴大发:"清溪清我心,水色异诸水。借问新安江,见底何如此。"李白对于新安江的美,恍兮惚兮,踩不到步点上。李白在歙县太平桥附近喝酒赏月的高处,后来便改为"太白楼"。而因为李白诗中的佳句"槛外一条溪,几回流碎月",门口练江中的那片沙滩便变成"碎月滩"了。这倒是一句好诗,每当皓月当空,从太白楼上看下去,碧波之中,一片碎月,河泛银光,塔影桥身,宛如仙境。

李白也可以说是追随着东晋诗人谢灵运的脚步来的,大谢与小谢,是李白一辈子的偶像。谢灵运也到过徽州,他可能是最早被新安江激发起诗情的人,他写道:"江山共开旷,云日相照媚。景夕群物清,对玩成可意。"诗写得一般,所以李白看了后,并没有产生深刻的印象。李白之后,范成大来过,苏辙、杨万里、汤显祖也来过,范成大的诗写得稍好一点:"宿云埋树黑,奔溪转山怒。东风劲光影,晃晃金钲吐。"这样的写景抒怀,虽然与景致相比显得平平,但因为他们本身的名气,仍像空谷幽兰,散发着淡淡的余芳。比较出名的是曾经走遍全国的徐霞客,他不仅亲自攀登黄山白岳,还留有两篇脍炙人口的日记《游黄山后日记》以及《游白岳山日记》。当然,最著名的还是那句深深的慨叹:"薄海内外,无如徽之黄山。登黄山,而后天下无山。观止矣!"还有那句"五岳归来不看山,黄山归来不看岳"——这哪里是诗啊,分明就是名山广告。

"一生痴绝处,无梦到徽州",这两句脍炙人口的诗句,出自明代戏剧家、文学家汤显祖。全诗为:"欲识金银气,多从黄白游。一生痴绝处,无梦到徽州。"汤显祖的这首诗对徽州到底是褒是贬,意见不一,曾经在很大程度上引起过争论,后来却不了了之。汤显祖当年跟徽州是曾有过节的,但写这首诗时,他是一种什么样的心态,却说不出个所以然来。从这首诗的字面意思来说,用来表彰一下徽州,似乎也觉得妥帖。大约古往今来人们都有从众和媚俗心理吧,慢慢地也就懒得争论了。于是,这首诗自然而然就被当作褒扬徽州的千古绝句了。

根据这样的诗句理解,到徽州是不需要做梦的,因为徽州本身就是梦想,这样的梦是与秀美和财富联系在一起的。当一个地方既遍地流金,又山川秀美,并且能够实现天、地、山、水、树、人之间的和谐时,又何必再去梦想什么呢?

至于近代,来徽州最有名的,算是郁达夫、丰子恺和林语堂了。郁达夫是从浙江过来的,他从昱岭关一进入徽州境内,就变得文思泉涌,接二连三地写下《出昱岭关记》《屯溪夜泊记》《游白岳齐云之记》。丰子恺呢,则写了《黄山松》一文。这些都是文章中的经典,都是可以作为语文课文流传下去的。至于林语堂,这位儒雅智慧的大作家一直不太擅长写景抒情,虽然没有写文章,不过见多识广的他却掷下一句:"瑞士的山村,简直和这里一样,不过人家稍为整洁一点,山上的杂草树木要多一点而已。"林语堂真是一言九鼎,这也是称徽州为"东方瑞士"的由来。虽然林语堂没有写过徽州,但想必徽州的宁静和富足,丰富的徽州文化还是给他留下了相当深刻的印象,他后来写作《生活的艺术》《吾土吾民》等,在文中似乎总有徽州的影子。

古往今来的文人墨客,当他们掠过徽州时,脚步会不由自主变得轻盈,而徽州,也因为他们的诗词佳句更加轻盈。

徽州的本土文人也不甘拜下风,凭什么对徽州的品头论足要依赖那些外乡人呢?自己写起来,有时候会更贴切,也更亲近。唐朝祁门人张志和的诗写得很好,他的那一首《渔歌子》让李白也望尘莫及:"西塞山前白鹭飞,桃花流水鳜鱼肥。青箬笠,绿蓑衣,斜风细雨不须归。"诗一共只有27个字,然而这27个字却挂满意象:青山、绿水、渔舟、桃花、白鹭、肥鱼、斜风、细雨。诗充满了静味,也闪烁着动感,一位有着闲情雅趣的渔夫跃然纸上,他一蓑风雨、从容自适、淳古淡泊、悠然脱俗,一种高远的情思和清空的意境也弥漫于空中。至于张志和所写的西塞山到底是什么地方,尚有争论,但我宁愿相信张志和写的是徽州的某一处。

这个出生于祁门张村庇的徽州隐士一直过着神仙般的日子,与李白相比,张志和似乎更具真正意义上的洒脱。依据张氏族谱,张志和是汉留侯张良的后代,自祖父那一代从金华迁至徽州。

张志和自小聪慧过人,16岁那一年,就在唐肃宗举行的一次面试上脱颖而出,得到肃宗的宠爱,待诏翰林,以文字侍候于君王左右。少年得志,前程似锦。但张志和20岁时母亲猝亡,张志和回到祁门老家守孝3年之后,突然一朝顿悟,从此归隐山林,绝意仕途。

自此之后,张志和一直逍遥于山水之中。他曾经在黄山一带隐居,读书作画写字,平日里最大的喜好,就是钓鱼了。他的钓鱼,是在青山绿水中的修身养性,而不是如姜太公一样,是想以直钩来钓得功名。张志和对功名是没有兴趣的,他钓的就是鱼本身,这样的感觉,算是"见山还是山"的第三层境界了。张志和真不愧为"烟波钓徒",那首《渔歌子》,分明就是一个钓徒所写——"西塞山前白鹭飞",点明了钓场是一个鱼多的地方,因为此处有着白鹭飞翔。白鹭又名鹭鸶,是一种羽毛纯白、颈和腿部都很长的水鸟,专门栖息在鱼很多的水边,捕食鱼类。"桃花流水鳜鱼肥",点明了垂钓季节正是桃花盛开的春天,湿润温暖,正是江南垂钓的黄金季节;点明了垂钓的鱼类是鳜鱼,鳜鱼是鱼中佳品,味美而肉嫩,性情凶悍,对钓鱼迷来说更有吸引力;点明了水域是流水,正符合鳜鱼的生活习性,鳜鱼喜欢在水流干净且有石头的地方栖息,"西塞山前"水底多石,正是鳜鱼栖息的好地方,也是垂钓鳜鱼的良好渔场。

闭上眼睛,一幅高士垂钓图浮现在眼前:烟波浩渺的江面上,一个清癯的隐士,留着三五寸长的黑须,披一块粗布,头戴箬笠,身穿蓑衣,手执渔竿,静静地坐在一叶扁舟之上,凝神屏息……钓鱼也是分境界的,分为暗钓、明钓、正钓、邪钓、魔钓、神钓、仙钓……很明显,张志和已达到了神钓或仙钓的最高境界。他的垂钓,分明是在追求人生的解脱和大自在。人生,就是在这样的艺术范畴上闪烁着诗意的光华。

这样的人真是半仙半人,连张志和的逝去都有着神仙般的寓意,甚至比李白的醉后捞月坠江而死来得更加飘逸。那时的张志和已隐居在湖州了,有一天颜真卿去看张志和,他们同游平望驿。喝酒喝到酣畅淋漓之时,张志和为大家表演水上游戏:他把座席铺在水面上,独自坐在上面饮酒、谈笑和吟唱。座席如云彩一样,在水上漂来漂去,时快时慢,发出哗哗的水流之声。不久,越来越多的仙鹤从空中飞来,在张志和身前左右翩跹起舞。众人一时看得呆了。恍惚之中,张志和在水上已渐行渐远,向众人挥挥手,冉冉上升随鹤飞去。

张志和最后成仙了吧,肯定是的。这样诗意的存在,会让徽州这块土地变得更加轻灵,也更加让人痴迷。

朱熹,也是徽州本土的大文学家,他的胸襟博大,写出的文章自然有一番天地境界。朱熹曾经两次到婺源,一次是1150年,当时朱熹刚刚21岁,才考中进士,荣归故里。看见家乡如此美丽,朱熹不由得大发诗兴:"郁郁层峦夹岸青,春溪流水去无声。烟波一棹知何处,鹁鸠两山相对鸣。"除此之外,朱熹写婺源的还有一首诗比较有名,那是朱熹有一次回婺源省亲经过县城北门朱绯堂的时候,看到幽静而美丽的景色,禁不住吟道:"半亩方塘一鉴开,天光云影共徘徊,问渠哪得清如许,为有源头活水来。"1176 年,朱熹第二次回婺源省亲。这时候的朱熹已经参透天地之"理",由一个白面书生成为真正的"大儒"了。其时,他在一首诗中写道:"沉沉新秋夜,凉月满荆扉。露泫凝余彩,川明澄素晖。中林竹树明,疏星河汉稀。此夕情无限,故园何日归。"可以看出,朱熹此时已表现出对人生终极意义的疑问。朱熹关切的,不仅仅是现实的家,还有精神上的家园。

艺术永远是一个地方的灵魂。徽州之所以被认为是中国近古文明的一个代表地区,那是因为徽州在这一段时间里闪烁着人文和艺术的光辉,能够让后人从浩如烟海的艺术形式中,管窥到那个地方高悬的一牙弯月。尤其值得一提的是,在这块莺飞草长的地方,那种自人类心灵生发的东西也生长得同样茂盛,蓬蓬勃勃,像这块地方随处可见的青草,也像这个地方随处可以见到的花朵。

一个地方,如果真正有灵性的话,那么出现的,就不完全是那种道统似的人物,而是能散发着灵魂光华的人。这样的人仿佛是光,能照亮一片土地,或者一堆人。徽州在很大程度上受益于科举制度,层出不穷的都是道统之学,他们皓首于经史,僵死的教条严重滞塞了这一地区的性灵,使得文化的走势呈现极端保守的倾向。在徽州层出不穷的"人才"当中,绝大多数人身上都有一种很浓烈的匠气。那种有真性情、真才学,同时有丰富而优美的心灵的人凤毛麟角。但我们仍然可以从这样的延续中寻找和发现,仿佛在天宇中寻找那些最闪亮的星星。

真正的大家,从来都是玩出来的。培养只能收获技法和规则,那是一种匠气,而神韵,往往离功利很远。客居在扬州的歙县人张潮正是这样的大家。当我最初读到张潮的《幽梦影》时,真是惊为天人。那样的文字就像是雨后夜空高悬的月亮,洁净,空灵,遍散光辉,洞察一切。后来我看他的生平,竟发现这样的智者竟是歙县人,顿生欢喜。徽州应该出现这样一位清风朗月似的人物。一个人,能写出这样高妙飘逸的文字,实在是命运的造化。但奇怪的是历史对于张潮竟然那样淡然,我们只能从史书的一些边边拐拐中去寻觅一点雪泥鸿爪。

张潮是歙县柔岭下村人,出身于缙绅之家,年十五补诸生,后来,他一直生活在扬州。这样的人是适合生活在扬州的,与徽州相比,扬州更自由,也更洒脱。山朗水润之中,有稻香鱼肥,有高车驷马,有繁华市井,也有衣冠人物,那是十足的温柔乡啊,张潮在这里当然生活得有滋有味。他从来就不是一个读死书又读书死的人,他一直观察着生活,也享受着生活。张潮写过一部《虞初新志》。在这本书中,不仅收录了传教士南怀仁介绍巴比伦城等世界奇迹的《七奇图说》,而且还载录了黄履庄这样受西方影响而产生的发明家。黄履庄是张潮的姑表兄弟,也算是迁居扬州的徽州人,七八岁就"喜出新意,作诸技巧"。后来学习了西方的几何与机械之学,"而其巧因以益进"。所做的"奇器"有机械自行车、望远镜、温度计、湿度计、显微镜、管窥镜面等等,还有"造器之器"如方圆规矩、造发条器之类。

也许张潮天生就是喜欢清风朗月,就是喜欢奇技淫巧。这个民间高人喜欢的,就是思想随意飞翔的感觉,也喜欢那种无拘无束的智力游戏。这样的思想和游戏,在某种程度上,可以看作是人类本身对心智的拓展,这样的拓展,如果在一个清风朗月的天空下,一定会飞得很高。但由于我们的文化在很长时间里一直排斥这样的飞翔和游戏,思想和欲望在被重重束缚的情况下,只能亦步亦趋地贴着地面行走,甚至匍匐着爬行。也许,这是一个农业社会的要求吧,为了维持低水平的秩序,必须约束那种飞翔的欲望。其实这块土地并不缺乏高妙之人,也不缺乏周密的理性和智慧,但社会拒绝了这种方向,并且错误地将很多东西引入了死胡同。

反观西方,由于古代一直是贵族世袭制,并没有以科举取士的一整套选拔制度,普通人干脆就死了出将入相的心。初看起来,西方的人才选拔制度似乎没有中国先进,但它更灵活,同时也避免了那种由死板教条而造成的广泛的误区。尤其是工业革命以后,西方由于文艺复兴以及商业的巨大发展,不入仕却从事科技创造发明的人,一样可以"富贵利达",或许还会赢得像伽利略、牛顿那样巨大的社会声誉。自从18世纪英国人最先在全欧洲建立保护发明专利权的有效制度,严厉制止非法仿造和假冒,确保革新活动的个人利益,进而更广泛地保护知识产权,大大刺激了科学技术的飞速发展——每当我以西方的事例作为佐证时,我就在想,其实西方在很多情形下所走的,就是我们树立标牌警示"此路不通"的,但他们就是那样走下去了。事实证明他们所走的一些路,实际上是通衢大道,而我们自以为是的一些道路,却是死胡同。在文化上,我们的限制太多,这使得我们的面前不仅没有坦途,同时伤害了我们自己的脚,以至于我们很难走出一条前人未走过的道路,也很难攀上一座高峰。这样的限制,使得我们屡屡错失时机,至今仍跟在别人后面拾遗补阙。文化也是有着负面效应的,它让我们背上了沉重的负担,让我们一直离一条坦荡的大路很远。

在这样的情形下,张潮们又有什么办法呢?更多的,还是无奈,或者只是以自己心灵的博大和圆润来获取思想和性情的自由。对于中国的民间思想者来说,不能"达济天下",就只好"独善其身"。自由的另外一层意思还在于,在现实中所不能实现的,还可以借助于诗文来实现。也可能正是因为这一点,张潮选择去了扬州,而没有待在亦步亦趋的徽州。毕竟,扬州不仅仅是一个风花雪月的温柔乡,有着富足和多彩的生活,更多的还有精神上的自由和宽广。

对于张潮来说,他才不愿意以自己的生命来做一只豢养的鸡呢,他的理想是像蝴蝶一样翩飞于花丛之中,像海鸥一样翱翔于蔚蓝的大海上,无忧无虑——"羽虫中紫燕,可云物类神仙,正如东方朔避世金马门,人不得而害之。"这句话说的是紫燕自由自在、神仙一样,活人里面只有汉朝的东方朔可以与紫燕媲美,大隐隐于朝,谁也伤害不了他,他还能日日逍遥。"猿狐鹤鹿之属,近于仙者也"。张潮更进一步说:"鹤,鸟中之伯夷也。"伯夷和叔齐都是商朝末期孤竹国的王子,开始孤竹国王以叔齐为王位继承人,孤竹君死后,叔齐让位于伯夷,伯夷不受。周武王灭了商后,他们隐居首阳山,不食周粟而亡。张潮喜欢鹤,是因为他喜欢鹤的优雅和自由,还有一种从容的姿态。

鸟不仅仅是自由,也是美的象征。"所谓美人者,以花为貌,以鸟为声,以月为神,以柳为态,以玉为骨,以冰雪为肤,以秋水为姿,以诗词为心"。世间有这样的美人吗?没有。这样的美人是见不到的。张潮还专门比较过鸟声:"鸟声之最佳者,画眉第一,黄鹂、百舌次之。"黄鹂、百舌的叫声虽然没有画眉那么好听,但"黄鹂百舌世未有笼而畜之者,其殆高士之俦,可闻而不可屈者耶"。"风流自赏,只容花鸟趋陪",人这一辈子,有花有鸟,啥也不求了。"春听鸟声,夏听蝉声,方不虚此生耳"。

张潮就这样一直对鸟情有独钟。这样的态度,可以看出在他内心潜在的喜好,也可以判断出他暗藏的飞翔愿望。"物之能感人者,在天莫如月,在乐莫如琴,在动物莫如鸟,在植物莫如柳"。相比于人,鸟的空间似乎更大,受到的拘束也最少,以物移情,想必张潮羡慕的,是鸟那种无拘无束的自由方式和空间吧。

或许,张潮就是一只飞翔的鸟吧!鸟永远比鸡飞得高,鸟也永远比鸡快乐。

文房四宝的宿命

文房四宝在徽州的汇集,似乎有着一种宿命的意义。

在它们身上,似乎都有脱胎换骨、蜕变成精的意义。它们的历史与徽州的历史似乎一直是绑在一块的,它们与徽州同步发展,也影响着徽州的发展。甚至可以说,它们在某种程度上就是与徽州合而为一,彼此之间不分彼此,在血液里合而为一。

墨就像"乌金"一样,它的诞生让人匪夷所思。这一点就如同酒,它自粮食中来,却不具有粮食的意义,它像是水,但却具有火的特性;也像丝绸,是用那种软绵绵的虫子吐出的丝织成的。这样的意味本身就有点出人意料,像一个童话,或者是一个寓言,或者干脆像是一种幻变,那种奇特的、牵涉到人类诸多疑惑成分的幻变。而瓷器呢,同样具有的,也是脱胎换骨的意义,那种仿佛是泥土暗藏生命的再生。几乎是最肮脏的、最普通的泥土,在经过烈火的焚烧之后,竟有着世界上最高洁的品质。就像位乡下农夫生出了最美丽、最冰清玉洁的公主。

　　墨的诞生也具有那样的意义,它同样有裂变的神秘性。墨由松烟凝固而成,从特性上说,它跟松木已没有关系了。人们将大量的松烟放在一起,加入胶质,加入冰片,然后用铁锤不断锻打。那种在黑漆漆的工房当中传出的"杭育杭育"的声音,带着某种庄严的仪式感。关于墨的诞生,可以追溯到汉代,最初这种以松烟制成的固体融化成水,用毛笔蘸着写在竹间或者纸上的时候,任何一个文人看到,必会欣喜万分地发出赞叹。工艺与文化的关系往往是石破天惊的,它们就像魔术一样出人意料。墨的发明就是如此。它对于中国文化所产生的推动作用是巨大的,就如同纸与竹简的关系一样。《徽州府志》中曾这样记载——徽墨创始于唐末,易州(今河北)著名墨工奚超因战乱携子廷圭南逃至歙州,到了歙州之后,奚超再也走不动了,便在徽州安下家来。奚墨工看到徽州满山遍野有那么多马尾松,于是便想,还是做墨吧,只要有人写字,墨工总饿不死。于是奚墨工便定居下来,重操制墨旧业。徽州马尾松所散发出的烟质真是太好了,奚家很快就制出了"丰肌腻理,光泽如漆"的佳墨。当有朝一日墨流传到南唐后主李煜手中时,这个嗜书画如命的皇帝几乎是欣喜若狂。他立即派人到处打探,然后召见了奚廷圭,封他为"墨务官",赐姓李,专门为他制作这样的乌金。

　　一个社会的风气总是跟权势的喜好有关,宋朝年间即是这样。这是一个文人的政权,儒风兴盛,与读书有关的东西变得极

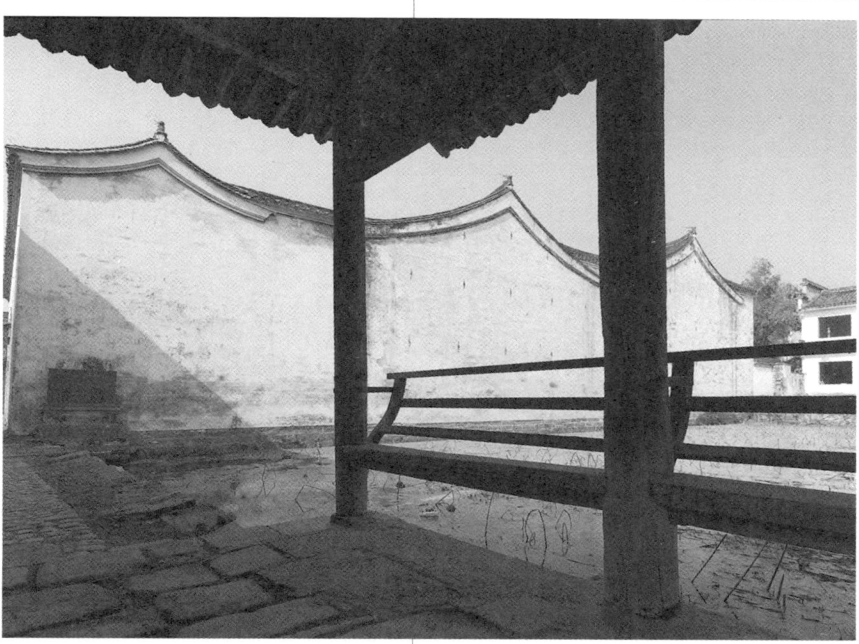

其盛行。李墨自然也是如此。当李墨在大江南北极其流行的时候,徽州的天空上,松烟滚滚,无数家庭纷纷加入了制墨行业,他们搭起一个个炉子,将那些质地优良的松树砍来烧火。松烟熏黑了制墨车间,也熏黑了制墨工的眼睛,他们蓬头垢面,身上总有长年不褪的烟火味。然后,徽州的墨就源源不断地流向全国各地。在此之后的数百年间,徽墨一直在全国制墨业保持着领先地位。到了清代,徽墨制作出现了四大名家,即曹素功、汪节庵、汪近圣和胡开文。胡开文墨店作为后起之秀,善于把握时机,在商业竞争中逐渐领先,名列清代四大墨家之首。

胡开文原名胡天柱,是绩溪县上庄人。乾隆二十年(1755年),胡开文从家乡来到休宁县城汪启茂墨店当学徒。由于干活勤快、不怕吃苦,不久被汪启茂招为上门女婿。乾隆四十七年(1782年),胡天柱承继汪启茂墨店,回想到孔庙内"天开文运"匾额的象征意味,于是撷取中间两字,将"汪启茂墨店"改名为"胡开文墨庄",开始了创业之路。

关于改换店名一事,民间一直流传着李廷圭梦点胡天柱的传说,说是胡天柱继承岳父汪启茂墨店时,墨店已濒临倒闭。胡开文日夜思索如何振兴店业,有一次他从老家绩溪上庄村省亲回来,路过一座山。当胡开文爬到半山腰的时候,天色已暝,胡开文只得摸到附近一座山神庙里夜宿。睡至半夜,忽然见到一位白发老翁站在自己身边,手托一墨。老翁笑道:"我是南唐李廷圭,知你接替汪氏墨店,店业待兴,特来转达神明旨意。你可将店号改为'开文',取'天开文运'之意。"说罢,将一块神墨交与胡天柱,飘然而去。这样的传说有些神神道道的意味,甚至有胡开文假借神明做广告的嫌疑,但胡开文自此之后摸索出的一套墨模却成功了,用它制出的墨,震动了制墨界和文坛。

现在休宁县海阳镇齐宁街育才巷内,当年制墨高手胡开文的故居仍保存完好。这是一座由大厅、客厅、花厅、八合院、四个四合院、五个大三间以及账房、厨房等组成的建筑群,内有128个门洞相互连接。也就是在这里,胡开文让自己的产品蜚声中外。为了确保原材料质量,胡开文令其子在黟县渔亭办了一爿正太烟房,利用渔亭一带丰富的优质松木,精炼松烟,确保了产品的优质原料。此外,他改良配方,不断提高生产工艺标准,终于生产出一批墨质极佳的著名珍品,如"苍佩室墨""千秋光""乌金"等。

与其他徽商一样,胡开文内心中,也涌动着仕途功名的愿望。在以墨业致富之后,胡开文从九品头衔开始,一直孜孜不倦地捐官,直至被赐予奉天大夫,成为正宗的贵族。有了官衔的胡开文颇为得意,他经常穿着一袭官服,在店里晃晃悠悠巡查,这样的情景,现在看起来似乎有点滑稽,但当时的人们会用无比羡慕的眼神看着他。头戴花翎的成功,或许才是真正的成功。也许是头顶花翎制墨的感觉更好吧,胡开文此后生产的墨越来越好,直至1915年他的后人所制的"地球墨"获得了巴拿马博览会金奖。徽墨终于令世人刮目相看。

和徽墨一样赫赫有名,且历史同样悠久的是歙砚。唐朝时山西人移民至徽州后,发现徽州婺源龙尾山的石头质地坚硬漂亮,便尝试采集这种石头雕刻砚台。山西曾以易水砚闻名,民间一直有制砚传统。当第一方龙尾砚雕刻完毕之后,人们惊奇地发现歙砚的美观度大大超过了易水砚。于是徽州开始层出不穷地生产砚台了。据说曾经有一方金星砚台传到了南唐皇帝李璟的手中,李璟一时惊叹,赞不绝口,连称"歙砚甲天下",歙砚也因此名声大噪。从此,徽州岁岁都要向朝廷进贡"新安四宝",即澄心堂纸、李廷圭墨、汪伯立笔和龙尾石砚(歙砚)。

徽州墨砚在宋朝时已经相当有名了。当时的很多知名文化人,对徽州墨砚如痴如醉,也写了不少叹咏徽墨歙砚的诗:

皎皎穿云月,青青出水荷。
文章工点黝,忠义老研墨。
————苏轼

玉质纯苍理致精,锋芒都尽墨无声。
相如闻道还持去,肯要秦人十五城。
————蔡襄

至于神神癫癫、爱书如命的"米颠",对歙砚就更加钟情了,曾有传说米芾以一方歙砚换得了苏仲恭的一套豪宅。不仅如此,米芾还写有一首诗,对于歙砚有着近乎广告词般的赞颂:

> 金星宋砚,其质坚丽。呵气生云,贮水不涸。
> 墨水于纸,鲜艳夺目。数十年后,光泽如初。

米芾的诗句并没有言过其实,歙砚的质地如玉,再加上鬼斧神工的雕刻技艺,当然算得上价值连城。从原料上看,歙砚的石料来自婺源县龙尾山,龙尾山位于崇山峻岭之中,交通闭塞,而砚台所需之石,往往埋在地下数百米深处,采石工人要冒着生命危险,悬挂于山峦之中,靠一锤一锤地凿、一镐一镐地挖,起早摸黑,一天才能采到十几斤至几十斤的石料。这种龙尾山石料质地发墨而不耗墨、贮水而不吸水、润笔而不损毛,经久而又耐用,除此之外,它还有坚细致密、纹饰精美的特点。

歙砚的雕刻技艺也是一流的。徽州人做事的精细程度历来为其他地方人叹为观止,歙砚雕刻的风格浑厚朴实,图案均匀饱满,刀法刚健。这也是徽州版画的风格。一个砚雕高手先是屏息凝气,在布局上力求掩疵显美,不留刀痕。然后,刀随意走,手劲得当,持刀稳,下刀准,推刀狠。歙砚的雕刻工序是:上图、凿坯,凿成墨堂、墨池,雕刻,磨洗,上油。歙砚雕刻师一般既是雕刻家又是画家,因为雕刻的眼上功夫最重,谋篇布局就如同在画一幅精美的画一样,但这个画又是不允许改动的,要一次成型,所以砚雕对于技法的要求更高。

至于纸,在徽州附近,有赫赫有名的宣纸。宣纸产在徽州附近的泾县,泾县实际上也是徽州文化圈的延伸,甚至可以说,泾县也是徽州文化圈的一部分,因为两地相距很近,泾县在民风民俗民情上也与徽州基本一致。所以说宣纸基本上与徽州也是合为一体的。五代十国末年,徽州除了墨砚非常有名之外,还有一种澄心堂纸也获得了皇家宠爱。《徽州府志》这样记载:"黟歙间多良纸,有凝霜、澄心之号,后者有长达50尺为幅,自首至尾,匀薄如一。"南唐李后主也极力推崇这种纸,建堂藏之,故取名为澄心堂纸。

关于澄心堂纸,最有说服力的就是宋代大画家李公麟的传世之作《五马图》以及欧阳修起草的《新唐书》《新五代史》以及拓印的《淳化阁帖》等,都是用澄心堂纸。宋代诗人梅尧臣还曾为澄心堂纸作诗一首:"澄心纸出新安郡,触月敲冰滑有余;潘侯不独能致纸,罗纹细砚镌龙尾。"

在徽州的边缘,还有大名鼎鼎的湖笔。湖笔虽说产于浙江湖州,但它的延续和崛起可以说是在徽州附近宣笔的基础上得以发展的。宣笔的历史有两千年,韩愈所著《毛颖传》记载,秦时大将蒙恬和王翦在中山地区以竹为管、兔毛为柱制作第一批改良的毛笔。中山地区,正是指的皖南一带的泾县。宣笔可以说是湖笔的老祖宗,曾经在历史上有过辉煌。后来由于战乱,宣笔的制作工艺流传到不远处的湖州。湖州,同样也是徽商聚集的地方。徽商的发达同样带来了湖州文风的兴盛,因为有着广泛的买方市场,才使得湖笔振兴起来。

值得一提的是,徽州包括徽州附近"文房四宝"的崛起,与徽商的兴起以及地方兴盛的财力和文风有相当的关系。"文房四宝"之所以兴盛,是有广阔的买方市场,同时由于徽商的遍走全国,他们一直将笔墨纸砚作为随身物件携带或者作为馈赠礼品,这样的风气促进了"文房四宝"的兴旺。因此从主、客观上来说,徽州可以说是"文房四宝"的温床,它促进了这些文化用具的发展。

当然,"文房四宝"的产生还有另外一层深厚的原因,宁静是一种积贮和酝酿,是默默的冶铸,也是与浮躁截然不一样的大家风范。任何文化的精髓,都需要在宁静当中产生、在宁静当中发扬光大。徽州的"文房四宝",正是宁静精神的积聚和转化。从这一点上说,徽州是深得中国文化三昧的。想想这个概念吧,在徽州以及徽州附近,这个不算太大的地区,竟然造就了中国文化的载体——文房四宝的高峰,这样的天造地设简直让人瞠目结舌!那是因为徽州的宁静。徽州山水从总体上呈现的宁静氛围,在冥冥之中刚好蕴含着一种气韵,暗合着中国文化的精髓要义。明白了这一点,也就不难理解为什么在徽州这一块不大的地方,以这样整齐的方式,表达着对于中国文化的贡献和尊敬了。

戏如人生,人生如戏

有流水的地方,就有村庄;有村庄的地方,就会搭台唱大戏。

每年春天,年过了,油菜花开之前,在徽州,村落里都会搭起戏台来。这时候来自各地的戏班子就进村了。

《徽州府志》记载:每到2月28日,歙县和休宁的百姓,就会抬着他们先人汪国公的画像,走向街头,开始了盛大的纪念和庙会活动。"设俳优、狄鞮是、假面之戏,飞纤垂臂,偏诸革踏,仪卫前导,旗旄成行,震于乡村,以为奇隽。"

演的戏也种类繁多。起先是傀儡戏、傩戏、目连戏,后来便是徽剧。还有另外一种被称为"台戏"的,这种戏不需要搭台,只是在平地里戴个面具,捉枪使棒,咿咿呀呀叫着转上几圈。这是迎神赛会中的一种民间游艺活动。

乡野戏剧让徽州有了自己的民间灵魂。

明代的汪道昆就是看了这样的戏之后,立志自己人生走向的。汪道昆生于歙县,中了进士外出当官,仍然忘不了童年时所看到的社戏。勤政的同时,汪道昆一直试图写一点热热闹闹的社戏,让自己的一生富有情趣。这个愿望在他36岁左右时终于得到了满足,那时他在襄阳知府的任上,亲历了官场的不自由和精神压抑的痛苦,索性豁出去,以创作戏剧的方式来排遣内心的郁闷。汪道昆分别以唐明皇、楚襄王、越大夫范蠡、汉京兆尹张敞、三国魏陈思王曹植为主角,创作了《唐明皇七夕长生殿》以及《大雅堂杂剧》四种——《高唐记》《五湖游》《远山戏》《洛水悲》。

想想这样的人真是有意思,身居官位,心在江湖。他的身上该有一点神仙的气质吧,那种飘逸和洒脱应该是正统徽州所缺少的。但他就是拥有着这样性格的人。人生该是快乐幸运的吧;或者,有着另外一层痛苦,那就是因为自由快乐的性格被压抑和限制所产生的敏感。

或许对于汪道昆来说,只有在这样如痴如醉的唱腔里,才能感觉到生活的真实以及人生的况味,而这样的时光正是他生命中最快乐的时光。这个出身于徽州盐商家庭的歙州弟子,似乎自小起,就与戏剧结下了不解之缘,每到戏班进村,村里如过节一般热闹时,年幼的汪道昆总是跟前跟后开心得不行。一出戏,他可以从头到尾唱下来。汪道昆甚至在12岁左右的时候,瞒着他的家人,写了一出长长的剧本。当然,这一切都是在汪道昆少不更事的时候做的。后来,汪道昆不得不顺从家庭的愿望,暂时放弃了这一爱好,专心致志于乏味的八股文。而当他中了进士,当了官之后,那种久居于内心深处的东西爆发了,自我重新回到身体内。汪道昆几乎全身心地投入戏剧创作当中。

汪道昆的文采也好。《五湖游》一开头,那种烟雨蒙蒙的韵味在对白和唱腔中表现得淋漓尽致:

> 落落淮阴百战功,萧萧云梦起悲风,齐城七十汉提封。
> 弃国直须轻敝屣,藏身何用叹息弓,百年心事酒杯中。
> 我爱鸱夷子,迷花不事君。
> 红颜弃轩冕,白首卧烟云。

可以想象的是,汪道昆在创作时,一边提笔写下,一边大声吟诵,那样的感觉,仿佛身体腾空,灵魂也随之飘舞。与这样的事物相伴,无论是看、是听,或者是写,都是可以让人飘飘欲仙的。

到了清朝,似乎连徽州人自己也没想到,在这个清静乡野中上演的社戏,一不留神,就进了京城,风靡京城,甚至在某种程度上改变了中国人的娱乐方式。

缘起还是由于徽州人。生于歙县雄村的户部尚书曹文埴在向乾隆告老还乡之后,去了一趟扬州。在扬州,他看望了做盐业生意的兄长,同时招了一个戏班回自己徽州老家。退下来之后总得找点事情打发时间,"资深"戏迷曹文埴一方面想让自己的老母在歌舞升平中颐养天年,同时也想正儿八经地给喜欢戏剧的乡亲开开眼界。

就这样,曹文埴把一个戏班带到了徽州,他给这个家班命名为"华廉家班"。到了雄村后,演出都是在自己的"非园"进行的,乡里乡亲的,都可以进来随便看。但由于昆曲是吴侬软语,老母听了半天也听不懂,乡亲们也是这样。曹文埴心里不乐意了,自己原先一直想让老母亲开心,现在老母亲听不懂,那么能不能把这样的戏曲改一改呢?曹文埴真是一个有心人,他一方面从太平、旌德、石埭等地请来了一些老艺人手把手地教这些小艺人,丰富和改进了原来的唱腔;另一方面曹文埴还请了些文化人,让他们为自己的戏班写了很多戏。在新安江边,改良过的昆曲内容上一下子变得跌宕起伏、有头有尾;唱腔也变得刚柔相济、有板有眼。曹文埴的老母和乡亲们也都听得懂了。一段时间之后,曹文埴索性让他的"华廉家班"走出雄村巡回演出。当这些改造过的戏剧在徽州上演时,人们总是奔走相告,古老的徽州似乎一下子变得年轻了。

1790年8月13日,是乾隆皇帝的80岁生日。在此之前,来自全国各地的戏班纷纷进京,争先恐后地给皇帝唱大戏,京城开始举办大规模的"艺术节"活动。退休的户部尚书曹文埴也带着他的戏班来了,只不过他把"华廉家班"改为"庆升班",意为"庆贺升平",讨一个吉祥的口彩。"庆升班"在京城共演出了《水淹七军》《凤凰山》《徐策跑马》等八出戏,这八出戏中的唱、念、做、打都显得高出当时流行的昆曲一筹。乾隆老爷子看得心花怒放,连连"打彩",皇帝的打彩可值钱呢,一个彩就是80两银子。演出完毕后,乾隆破例接见了"庆升班"的全体人员。皇帝老爷子问:你们这戏叫什么来着?大家一个个在心里嘀咕:这是什么戏呢?昆腔、高腔、西皮、二黄、拨子、吹腔,什么都有,该叫什么好呢?正在无言以对时,机敏的曹文埴跪在地上,说:回皇上,这是徽戏。

从此,徽戏一下子大大出名了。乾隆和一帮皇亲国戚,点着卯要看安徽来的戏班。与"庆升班"一同来京城唱大戏的,还有另一个安徽戏班,那就是赫赫有名的"三庆班"。"三庆班"更是不同凡响,出资带他们进京的,是扬州的徽商。"三庆班"的风格以安庆二黄调为主,融合京腔、秦梆子腔、高拨子等,唱起来绕梁三匝、余音不绝。尤其是班主高朗亭,专工丑角,惟妙惟肖,整个京城都看得神采飞扬、神魂颠倒。

"三庆班"就这样留在了京城。不久,京城又来了另外几个徽班,他们是"春台班""和春班""四喜班"。"春台班"即是由赫赫有名的扬州徽商江春在扬州创办的。这个曾经在乾隆下江南时用盐堆起瘦西湖边白塔的两淮盐商总领,也是一个十足的戏迷。因为热爱戏剧,他把自己的钱大笔大笔地花在戏班建设上。在扬州时,"春台班"有一个来自安徽的妖冶男旦郝天秀,他在舞台上表演的功夫比真正的女人还风骚,并且含有猥亵和色情的成分。《扬州画舫录》卷五谈到,郝天秀的表演柔媚动人、令人销魂,故人称"坑死人"。清代赵翼还专门写了一首诗来赞颂郝天秀的表演,诗中写道:"铜山倾颓玉山倒,春魂销尽酒行三。"

后来,"三庆班"的程长庚闭门三载专攻二黄,他发挥自己原本昆曲唱得好的特长,把昆曲的演唱方法运用到了二黄中去,一时"穿云裂石,余音绕梁,而高亢又别具沉雄之致"。"春台班"的余三胜,"融合徽汉,加以昆渝之调,抑扬婉转,推陈出新。而二黄反调,亦由其创制为多"。到了嘉庆年间,"四大徽班"不仅仅站稳了脚跟,而且取苏班(昆曲)、京班(京腔)和西班(秦腔)而代之。在此之后,"国粹"京剧横空出世,划出了中国艺术一道华丽的闪电。

徽州人啊,了不得——可以这样说,是徽州人,促使了京戏的诞生和繁荣。

再说曹文埴的"庆升班"。"庆升班"回到歙县雄村后,由于曾经得到皇帝的称赞和奖赏,身价陡增,也接到大批量邀请演出的订单。自此之后,"庆升班"就由曹文埴的族侄曹云舟率领,一直在外演出,只有当家乡召唤之时才回到雄村。咸丰时,该班李世忠、长寿再次进京。光绪二十四年(1898年),由于演出人员过多,班子一分为二,分别为"老庆升"和"新庆升",两班仍打着"曹相府"称号。一直到民国初年,两班才告终结。"庆升班"历时130多年,在这么多年中,光演出过的剧目,就有一百多种。

人生如戏,戏如人生。徽州,就是在这样带有因果报应的热热闹闹中自我欢娱、自我教化。在这样的戏剧中,他们耐心地等待某个坏人被识破后被严惩;或为某个忠臣的冤屈感叹流泪;或者为了一个亡灵唏嘘哀叹。当台上轻薄的丫鬟把小姐的情人带进闺房之时,他们在台下大喊大叫;或者黑脸包公一声令下抬出虎头铡时,他们便会变得精神抖擞、群情激奋……这就是徽州人对戏的如痴如醉,也是中国人对戏的如梦如幻。

人生如戏,戏如人生。彼此相娱,彼此相融。

在徽州,至今还有那么多的戏台,在古老的乡村,在静谧的旷野。每次,我来到这样的戏台前,耳边总是会产生一些幻觉,我总是能听到锣鼓声声,像远古传来的雷声一样,轰隆隆地滚过来。

孤傲的渐江

有一个人似乎一直是徽州的另类。

这个人一直枯寡于世,特立独行,像新安江边水沼中的一只野鹤,也似黄山桃花坞的一头古猿。尽管徽州的山水美丽无比,他看起来似乎也喜欢这样的山水,但却一辈子游离于山水之外。他一直忍受着思想的痛苦,也享受着思想的痛苦。在他的身体内部,不是心灵,而是千万年的琥珀。

渐江的墓在歙县县城边的西干山披云峰上,山不高,但塔影荒寺、古木斜阳,别有一番风味。从这里,可以俯瞰山下的练江。从唐代开始,这里就是一个不俗之地,曾建有十座古寺,但后来这些古寺都毁于兵燹。渐江的墓不大,墓碑上镌刻着"渐江上人之墓"。虽然这位蜚声海内外的大画家的作品一直为人赏识,但他的坟头却非常荒凉,长满了野草,碑文也漫漶难辨。整个山峰一片寂寥,只有三两只画眉在树枝头悠扬啼鸣。据说当年渐江下葬之时,友人曾在他的坟头种下上百株梅花。每到冬天,坟头的梅花全都绽放起来,云蒸霞蔚。但现在,这些梅花早已没了踪影。

我第一次去渐江墓还是20世纪80年代末,那一次我曾在渐江墓前待了很长一段时间,我一直在那里转悠,想在记忆中多留下点什么。后来我索性站在墓边的山头上呆呆地看着歙县古城,那时候的古城真乱,乱得像一锅开了的稠粥。那时候市场经济正拉开栅栏,每个人都在欲望面前乱了方寸。这时候还会有谁来关注一个古代的出家人呢?甚至连瞅一眼艺术的心境都没有。

前几年,我又去过渐江墓,令我感慨的是,渐江墓还是那样。这样的情景不免让人心酸,这样的凄清又似乎最正常不过。对于一个一生都难以为人所理解、只能在自己的字画中寻觅安慰的人来说,这样的结局似乎最为合理。尘世里的荣华和纷争本来就不是他所看重的。他在生前就一直把自己的身躯当作臭皮囊,死后还在乎自己尸骨的随意抛散吗?这样的人,灵魂一定会高高飞翔的。

渐江,俗姓江,名韬,字六奇。出家为僧后法名弘仁,号渐江。明万历三十八年(1610年)生,清康熙二年(1664年)卒,终年54岁。

关于渐江,徽州关于他前尘往事的记载一直有限,尽管渐江笔下的徽州和黄山是那样清晰。或许人们是在他画出石破天惊的画后,才认同他的。而渐江在出家之后,也一直对他的凡世生活讳莫如深,不屑谈也懒得谈。从目前资料看,渐江是在他祖父那一代由徽州去杭州的,本人也出生在杭州,自小爱好绘画。幼年时,因为父亲身亡,家业破败,渐江无可奈何回到了徽州,担起了家庭的重担,他以打柴为谋生手段,维持自己的生活,供养年迈的母亲。母亲去世之后,清兵破徽州,血气方刚的渐江跟随徽州人金声和江天一参加了抗清活动。金声、江天一兵败被杀后,渐江逃到福建的崇山峻岭里以吃野果度日。清顺治四年(1647年),渐江出家为僧,清顺治七年(1650年),渐江在他40岁时重回徽州。

关于渐江出家的原因,绝大多数资料,无不与"国破山河在"联系在一起,似乎渐江的出家与明清的改朝换代有关。但在我看来,这样的推断虽然无可厚非,但最根本的,还在于渐江的思想。当一个人对人生的本质产生困惑时,就会自然而然想起对寻常生活的逃避,也想起对生命真正意义的追寻。而佛教,本身就是一种寻找的路径。从这个角度出发,渐江遁入空门是再正常不过了。"愧不方袍竟学禅,苦于烟水有因缘。"这诗是渐江写的,在诗中,渐江暴露了他学佛的初衷,其实学禅也是无奈啊!一辈子都在苦苦探寻,一辈子都没有圆满,痛苦始终无法挣脱,也无法超越——而这时候,画画就成了他内心的出口,有这样的情境和思想,也难怪在他的画中会有满世界的冷山冷水、枯寒料峭。

重新回到徽州,是渐江生命的一次契机。渐江就在歙县县城边西干山的一所寺院住下了。当了和尚的渐江,最喜欢吃的,就是问政山的竹笋了。"问政山笋甲天下",的确是如此,这里的笋既嫩又鲜,散发着一股清香,啖食着这样的鲜美之物,即使身处红尘之外,也不深觉孤独和辛苦。除此之外,渐江晨钟暮鼓之余,就是寄情于山水、潜心于丹青了。

　　渐江曾写过一首诗,有这样两句:"闭门千丈雪,寄命一枝灯。"这样的诗,料峭得几乎不带一丝烟火味,这哪里像诗啊,分明是萧瑟寒夜里一缕奄奄一息的青烟。由于对生命根本的困惑,也由于对俗世人生的厌倦,渐江出家后的生活便是猖狂、便是参禅、便是出没于人迹罕至的地方。在西干山出家之后,渐江经常去黄山的寺院挂单,黄山的云谷寺、文殊院和慈光阁是渐江最爱住的地方。白天,渐江总在厢房里吟诗作画。每到夜晚,渐江则孤身来到寺外,在风声和松涛声中独坐于松树之下,参禅入定。有时候,渐江还会在月明星稀、风寒露冷的夜晚,一个人手捧长笛、双目微合,在陡壁悬崖上独自吹奏。黄山的夜晚寂静幽深,在渐江的笛声中,整个世界也变得单薄死寂,似乎只有笛声、风声以及松涛之声。笛声浓时,周围的群峰上竟然有万千老猿长啸啼鸣。这样的情景,想必就是天人合一吧!

　　渐江的生平就像是一幅萧瑟古画。也似乎是,渐江一直想把自己的人生也作为一种场景,他想彻底地走进画中,消失于画,也融化于画。与其无法解脱,不如找一个手段,作为永恒的寄托。一个人要想改变自己并不是一件很困难的事,但如果想脱胎换骨,那就困难了,毕竟胎是自己的胎,骨是自己的骨。但渐江做到了。看渐江的画,你会感到,他的画不带一点烟火气,这样的特立独行、绝不苟活要付出多大的牺牲呢?而这样的决绝,源于对生活的决绝,也源于对人生的决绝。

实际上从渐江的画中完全可以看出他的内心世界。他的画细线淡墨、简静清幽,这是其柔的一面;但静而劲挺、简而宏大、淡而真力弥漫、幽而有凛冽之气,又不是用简单的刚柔之分就可以判断的。我一直想不通的是,为什么在渐江的笔下,竟有着如此的徽州和黄山。在他的笔下,黄山石与黄山松瘦骨嶙峋、墨汁枯干,这哪是现实世界中那个秀美奇丽的黄山呢?没有云腾雾绕、云蒸霞蔚,在他的笔下,黄山分明是一座寒冷而孤峭的枯山。而这样的冷,不仅仅是寒,甚至可以说是冰。这样的笔法后面,是一个孤寡的灵魂——似乎,渐江是在恨这个世界。心中有着大恨,也有着大冷,所以山水在他的笔下变得如此枯寒。在渐江的眼中,看不到青山绿水,他所见的只是冰天雪地,是一种刺人骨髓的寒冷。

这样的人,绝对是一位孤傲之士、猖狂之人。他已饱识人世万象,却仍然惊异于这宇宙之大存在,醉心于天地之大美。他无心作秀,不求哗众,只有沉思,还有笔尖的不甘心不认命。孤傲不是自大,不是寂寞,更不是故作清高的矫情。孤傲是闪电的光亮,散发着耀眼的光泽;孤傲是一种坚毅的个人品格,也是一种浩然的生命底气;孤傲是一意孤行的精神,是一种天马行空的自由,也是义无反顾的内心力量。它一直具有一种高贵的排他性,它是无法模仿的大家风范,有着一览众山小的自信和从容,也有着对浮华生活的透彻了解和对世俗的鄙视。

渐江为什么会孤独？又为什么在孤独中表现为孤傲？这样的问题，似乎不是个人的命题，而是生命本身的命题了。当一个人极度地陷入生命的思考并且义无反顾步入形而上道路的时候，他的身前左右肯定是万丈沟壑，什么都不足以缓解他内心的困惑，也无法阻止他内心当中的凶险。徽州自渐江之后，包括查士标、孙逸、汪之瑞以及后来的虚谷、汪采白等，似乎集体陷入了一种形而上的怪圈。在他们的笔下，空灵和枯寒突变成了心中的圣灵。这样的原因，是对那种呆板木讷理学集体的背叛，还是对那种宁静安谧生活的不满？

泰极否来，否极泰来。当徽州集体陷入一种呆板的秩序当中时，必定会有另一种力量拔地而起。徽州一直流淌着这样的寒冷潜流。在绝大部分人热衷于功名利禄的阳关道时，也有极少一部分人悄悄躲避于山林之中，思索着生命的真谛。他们脱离了主流，只是悄然把自己当作一盏油灯，以自己的精气为芯，坚决地点燃。这样微弱的光当然不可能照亮别人，却能使自己通体透亮，尽享生命的光华。

对于这群决绝的斗士而言，世界只不过是纸钱飘荡、蝶舞鸦聒的乱坟岗。而他们就像不肯认命的天狗一样，仰首上空的月亮，发出不屈的吠声。

在关于渐江的文字资料中，其友人汤燕生说得最为深刻："夫工于画，非隐君子不至也，隐则逸，逸则静，静则专，专则孤、为洁、为简、为密,无妙弗臻焉……外迫于身世之相遭,而内息心于时之无可为役,俯仰流辈之难与作缘,而时时惊愕于所见所闻之多异。平生所志,百不一宣,故跅躅于山椒水崖寂历无人之地,而故托之翰墨游戏以送日而娱老,高洁峭刻,一意孤行。阅其画,如对其人。其遇,足悲矣……"

如此情境,应该是一种大悲吧!这样的心境哪是一般人所能理解的呢?他们只能从他的画中看到触目惊心,看到冰天雪地,看到狂狷,看到洁净。他们哪里知道,这样的触目惊心背后,是那种绝世的孤独和清醒。依我看来,出家后的渐江所关注的已不是他个人的命运,他所关注的,是整个人类的生存状态,是世界的本质,是人生无常的内核。当个体的疑问遭遇到硕大无朋的黑洞时,那种油然而生的悲凉,就不仅仅是个人的悲凉,也是整个人类的悲凉。

也可以这样说,渐江不是生命的消极者,他只是以另外一种方式理解人生,并且以自己的理解探索着另外一种文化之路。狷者、洁者,比起那些游戏于污浊世上的"积极入世"者其实更健康向上。即使一切希望都已破灭,残留的也是理想纯洁的灰烬。渐江的山水画,既是一个孤傲生命刻骨铭心的表达,同时也是一种视野的拓展和宏大的反省。渐江正是以其滴水成冰的寒意,反观着我们自得其乐的日常生活;以其高洁,俯悯我们琐屑卑污的精神世界。

当然,从严格的佛学观点来说,渐江并不算是一个得道高僧。得道之人的内心应该是温润的,也是温暖的,甚至可以说是能与俗世相拥抱的,是一种真正的"菩提萨垂"(觉悟有情)。而渐江在画中所表达的境界,却是孤寒而枯寡。渐江以他特立独行的方式,令世间多了一种审美的范例,也多了一份精神的审视。躲入深山,却遗下了一片胜境;躲入艺术,便绽放了一朵奇绝的花朵。

真正的艺术,必定是孤独的;而所有成大器者,也必定是孤独的。一个人,必定是在孤独中方能探得人生三昧。我甚至觉得从某种方面来说,渐江绝对可以称得上是一味开给徽州的清醒剂。在这个优美、中庸、平和、富庶的地方,也正是渐江赋予了徽州另外一层意义,也使得徽州变得丰富多彩起来。

关于新安画派,说法并不一致。最早,徽州的画家有明代休宁人丁瓒、丁云鹏父子及歙人李流芳等,到了明末,休宁画家程嘉遂、李永昌等崇尚倪瓒,枯笔皴擦,简而深厚,开始形成"新安画派"之风格。但真正形成"新安画派"并在中国画坛独放异彩,则是以明末清初"海阳四家"渐江、查士标、孙逸、汪之瑞的出现为标志。这些出生于黄山脚下、处于改朝换代之际的遗民画家,深怀苍凉孤傲之情。忧伤,像烟一样,笼罩着他们,也从他们的身体冉冉散发。在这样的愁云下,一种枯淡幽冷的出尘之烟悄然逸出,这也使得他们笔下的世界变得超尘拔俗、凛若冰霜。

渐江的两句诗"卜兹山水窟,著就冰雪卷"——卜居在这山水灵奇之地,画出冰雪般晶莹严冷的画卷。从这样孤寒的感觉中,我们可以明白渐江与这个世界的距离。这样的人必定是孤独的,是一种孤独至极,造就了他的艺术生命。冷的背后,是什么呢?是虚空,是无。而无,在渐江看来,才是世界的真谛。

天生一个黄宾虹

和渐江一样,后来的徽州人黄宾虹在艺术这条小径上走着时,同样感到孤独。

孤独有很多种方式,有一种孤独是枯寡,是一种颓然的姿势,是剑走偏锋;而另一种孤独则与智慧相关联,是那种醒悟后的超然。如果硬要把渐江与黄宾虹相比,那么渐江似乎就是冰山之上的枯寡,而黄宾虹则是呼风唤雨的圆润。

清光绪二年(1876 年),12 岁的黄宾虹随同父亲一起从浙江金华回到歙县老家参加童子试。当这个少年来到久别的家乡时,眼前一片山清水秀,老家的一切漂亮而富有魅力。在任何一个地方,只要立足站立,前后左右都是无可挑剔的画面。这样的感觉使得少年黄宾虹涌起了当画家的愿望。受酷爱绘画的父亲影响,黄宾虹很快就喜欢上画画了,他先是从徽州开始游历,出门写生。周游一段时间之后,便又回到自己居住的村落,背靠着单调的墙色,调和出色彩缤纷的惊世佳作。这样的行动,一直延续到他离开徽州。

现在,位于郑村潭渡的黄宾虹故居是一座极其普通的徽州民居,几乎没有什么显著特点。进入大门之后,是一个小院,院北是正屋,悬挂着宾虹自题的"宾虹草堂"和"虹庐"。庭院西边有"玉森斋",台阶前有一块玲珑的湖石,被称为"石芝",光亮如新。或许在黄宾虹的潜意识里,石头就是绘画的精神;正是在潭渡,黄宾虹明白了自己一生的道路该如何行走。这样的人生顿悟对于很多人来说,是那样的艰难,有时候甚至需要付出血和泪的代价。但对于黄宾虹来说,这样的顿悟与规划,却是那样简单,轻轻松松、易如反掌。黄宾虹的整个人生,就像是绘就的山海云月图:雨后的山峰青翠,丛林中流淌出淙淙的山泉,画面既清新明朗,又清澈见底。而他所拥有的精神世界,似乎一直就那样风轻云淡、充满生机,既婉约秀润,又雄浑苍劲;既近在咫尺,又浩渺无边。

对于黄宾虹来说,他这一生可以说是走得相当明白,仿佛从一出生起,他就知道自己这一辈子该做什么,生命的每一阶段又该做什么,自己将达到怎样的高度。黄宾虹从没有关于生命的困惑,也没有关于人生的困惑。有一种人似乎是生而知之的,这生而知之是指在自己的生命中从不犯错误,永远保持一种清醒的对于自己的指引力。黄宾虹似乎就是这样,他一直依靠自己的直觉行进,从不走弯路;他似乎在冥冥之中就能认清自己面前的道路,明白自己所要做的事情,也清楚地知道自己人生的结果。他的一生走得非常从容,一路欣赏着风景,谈笑之中,尽得人生三昧。

这种看似有些玄乎的说法,实际上从黄宾虹一生的足迹之中可以得到印证。与很多画家相比,一开始,黄宾虹就把自己的艺术之路走得异常扎实。这个人是极具天赋的,对于中国绘画艺术来说,他甚至可以说是"根正苗红"——现在看黄宾虹早期的作品,能从那种极其随意的挥洒中,看出一种成竹在胸的气定神闲,也可看出黄宾虹扎实的基础。这在弱冠少年中是极其难得的一种气质。黄宾虹自己说,他学习传统遵循的步骤是:"先摹元画,以其用笔用墨佳;次摹明画,以其结构平稳,不易入邪道;再摹唐画,使学能追古;最后临摹宋画,以其法备变化多。"因为自小童子功练就的混元之气,所以黄宾虹一直到 70 岁的时候,还敢于变法,因为他变得起,也变得通。而他的变法,也并不是那种花了九牛二虎之力的吃力转弯,而只是轻车熟路间,已飞越万重山了。

1883 年,19 岁的黄宾虹第一次登临黄山,那一年只能算是到黄山看看,走马观花也没有留下多少感受,毕竟少年不识"美"滋味。但 1901 年的黄山游给黄宾虹留下了深刻的记忆,那一年他 37 岁,在登上玉屏峰之后,黄山的美让他感到震撼。他在游记中写道:"是日向晚风渐紧,闲步文殊台,左望天都,右盼莲花,而天都峰麓,积雪如盐。"当晚,黄宾虹躺在文殊院的僧榻上辗转反侧难以入眠:"卧宿云房,衾寒若铁,风号振屋,覆瓦大可数尺,飘动欲飞。披衣启户,月色朦胧,朔气凛冽,恍疑大千世界都在惊涛骇浪中。天都、莲花宛然若失,不知其在云际也。"

具有宿命意味的是,黄宾虹此次游黄山竟和300年前的渐江一样,看到了在黄山峰顶中神秘出没的白猿。黄宾虹在日记中兴奋地写道:"有二猿从峰顶超越,已而交臂徐行,上绝顶去,宇宙之大,神奇傥恍,无所不有,造化无穷,悉未足以状云容之妙也。"不知黄宾虹这次所看到的白猿,是否就是那月夜渐江吹笛时长啸以和的莲花峰顶的老猿。

黄宾虹这一次黄山行一共画了三十几幅画稿。黄山让他悟到了很多东西。自此之后,黄宾虹六上黄山。每一次去黄山,黄宾虹都有一些新感受。自然永远是艺术的老师,确实是这样,它们所具有的道和技,哪里是人力所能达到的呢?人只能摹仿自然,压根也谈不上创造。每一次,黄宾虹都是痴痴荡荡地沐浴在山水之中,让身体感受山水的呼吸,让心倾听山水的吟唱。然后,便是真切地感受灵魂与山水的共舞。

后来,画家潘天寿在评价黄宾虹时说:"宾虹老人师法造化,正是十里拜见一师,行万里路,拜千个老师,所以凭他的一支秃笔,画来形、理、意,妙合自然。"的确是这样,正因为黄宾虹得到了冥冥呼唤,对于山水,黄宾虹竟有点变得痴狂了,仿佛一时眼不见山水、笔下没有山水、胸中没有山水,便变得无法存活似的。在这样的痴迷中,黄宾虹遍走名山大川,先后"登临山东历山,漫游了江苏的虞山、太湖,浙江的天目、天台和雁荡;又去江西,游匡庐、石钟山;入福建,游武夷;赴广东,登罗浮,游越秀;远至广西,畅游桂林、阳朔、昭平、平乐。又自湘水入湖南,登衡山,游岳麓,放舟洞庭"。置身于天地山水之中,黄宾虹吞云纳雾,吮吸着山川之灵气。这样的游历是惊人的,甚至几近疯狂。一直过了80岁,黄宾虹才算是收住自己的脚步,他要真正地开始创作了,而此时,他的心中浮现出千山万山,大千世界的浑然气象在他心中消成气韵,在宣纸上挥洒成千沟万壑。

这样的化实为虚、化山为气、化气为相,无论对于山、对于水、对于人,都是一种造化,一种无上的机缘。

其实看黄宾虹的画就可以了解这个徽州人的内心世界。在黄宾虹的画中,我们看不到那种激荡,也看不到那种清冷之风。山是浓淡相宜的,没有斧劈刀砍,而是以短短的披麻皴勾勒成一座座安静的山。在画面中,唯有山中的植物以重墨、湿墨、浓墨、淡墨依次点染。清丽的山水、清丽的人物、不紧不慢的环境,这就是黄宾虹心中的徽州。景致在黄宾虹的画中是雄浑的,也是安然的;山也好,水也好,都有一派虚静。黄宾虹的笔力一直有一种厚重之气,这种厚重又似乎是以柔克刚的那种,像高手打的太极,绵里藏针,不动声色。

有人曾经这样评价黄宾虹的画,说黄宾虹的画虽然用墨浓重,却能在画中见到无形的亮光。由于有着这样的画眼,黄宾虹的巨幅作品看起来总像是通体透亮的。这样的亮,很明显是黄宾虹心性修炼的结果。那种亮,是黄宾虹心中的佛光,照亮了他眼前的一切,痴痴游荡于山水中,心灵豁达而智慧。只有安静的心才是湿润的,才会是透亮的。而只有拥有一颗湿润心灵的人,才能听得见山水的吟唱,才能与天地合而为一。

一直有人拿黄宾虹与渐江相比。其实,黄宾虹与渐江有什么可比性呢?黄宾虹根本不属于那个枯冷、干涩的新安画派。他只是徽州人罢了,他与新安画派的所有人在气质、思想以及艺术观上都相差甚远。黄宾虹的山水画,不清淡、不高逸,而是朴实浑厚,有更多的自然之气和人情味。黄宾虹和渐江是不同的,渐江的山水画,笔多简略,长于干笔,失于无润之气;而黄宾虹则以湿笔为主,山川浑厚,草木华滋,元气淋漓。渐江的山水画是"逸品",黄宾虹的画则是"神品"。渐江的山水以奇见长,奇中藏冷,其心境是无山又无水;而黄宾虹的山水则以厚见长,厚中含雄,其心境是纵恣奔放。渐江用笔偏于"减法",疏白处见功力;而黄宾虹则是"加法",密墨处显气韵。很难说两者孰高孰低,但可以肯定的是,艺术观以及人生的走势,决定了在他们的笔下,各有着不同的大千世界。

看黄宾虹笔下的山,仿佛如人,或蹲,或伏,或坐,或闹,或喜,或悲……在这里,执笔者那种不惊、不喜、不悲、不嗔,也从长卷中扶摇升腾,填满了身前左右,最后弥漫于观者之心。那样的感觉,其实就是黄宾虹的气息,也是一种博大的天地情怀。

因为是天成,所以这位经历了几乎整整一个世纪的老人一直心怀感恩。他所要感激的,就是天、地、山、水,还有他的故乡徽州。在黄宾虹晚年所写的一首小诗里,我们仍然可以看到这样的心境:

归隐贵溪山,结茅三两间。

行年九十岁,犹见是童年。

这种对于生命和世界洞察后的返璞归真,源自一颗温婉圆润的心灵。

大爱陶行知

对于生长于徽州的陶行知来说,他的一生就是被爱和施舍爱的过程。

这样的诠释是有道理的。对于陶行知本人来说,所有经历都可以说是苦难与幸运的交织,个人的天资和机缘,使得陶行知在最短的时间内大悟人生的真谛。可以这样说,陶行知从美国留学回来是一个转折点,在此之前的陶行知是幸运的,他一直享受着别人对他的阳光雨露;在此之后,陶行知意识到自己生命的"感恩"责任,他的生活转向对社会的回报,就像一片绿叶一样,孜孜不倦地报答树根的情意。

1891年10月18日,陶行知诞生于歙县黄潭源一个贫寒家庭里。从懂事那天起,陶行知就像一个幸运儿一样,感受到这个世界给予他的阳光雨露。与黄潭源毗连的杨村,是幼时陶行知与他的小伙伴们经常去游玩的地方。每次去杨村,陶行知总喜欢驻足蒙童馆的门外,听老秀才方庶咸为弟子授课。一段时间之后,老秀才觉察到这个眉清目秀的小孩特别聪慧,便去黄源村找到陶行知的父亲,表示愿意收陶行知为弟子。此时的陶家已经穷得几乎揭不开锅了,连拜师酒都请不起,哪里还有送子念书的想法呢?方老先生求徒心切,一看这种情形,决定免费让陶行知听讲。就这样,6岁的陶行知在开智之时就遇上了第一个好人,在最初的人生中踏上了幸运之路。

1900年,陶行知在3年蒙学之后,跟随父亲来到休宁万安镇,在一座私塾里继续学业。但好景不长,不到两年,父亲失去了公职,只好离开万安回歙县,陶行知不得不含泪告别师友,重新回到黄潭源。那时陶行知只有11岁,回到老家后,陶行知辍学在家,种菜、卖菜,与父亲一道砍柴、卖柴。13岁那年,经亲友介绍,陶行知开始了"半工半读"的生活,他的新老师是徽城镇上路街的程郎斋。每天清晨起床后,陶行知都要砍一担柴,挑到城里去卖,卖完柴后,再赶到程先生那里去上学。这样的日子真是艰辛啊!每天,陶行知都要步行20里地以上,但陶行知从不抱怨,相反,因为有了重新学习的机会感到非常高兴。

不久,陶行知在人生道路上遇到了一个关键性的好人。当时,陶行知的母亲在歙县天主教堂附设中学——崇一学堂打短工。陶行知在上完课之后经常赶来给母亲干杂活。有时干完活后,陶行知就站在学堂的窗外静静地旁听。这个一身破衣烂裳却勤奋好学的佣工之子,引起了英国牧师兼堂长唐进贤的注意。唐进贤观察一段时间之后,决定免费收留这个孩子进学堂念书,不久又免了他的伙食费。正是在崇一学堂里,陶行知接受了西方的新科学和新思想,从小小的山乡看到了崭新的世界。两年后,陶行知以学业第一名的优异成绩毕业,赴杭州广济学堂学习,然后又转至金陵大学读书。

23年后,陶行知在一首现代白话诗中,怀念起当年父亲送他去读书的情景,依然是历历在目,这是另一层意义上的"下新安":

> 古城岩下,水蓝桥边,三竿白日,一个怀了无穷希望的伤心人,眼里放出悲壮的光芒,向船尾直射在他儿子的面上,望着水、山、天合成一张大嘴,隐隐约约地把个影儿都吞没了,才慢慢地转回家去。我要问芳草上的露水,何处能寻得当年的泪珠。

在金陵大学待了一段时间之后,陶行知赴美留学伊利诺依大学,1915年陶行知又转入哥伦比亚大学,师从于著名的哲学教授杜威。在哥伦比亚大学,陶行知和胡适相识了,两个徽州人在异国他乡相遇,自然有说不完的话题,他们很快成为非常好的朋友。

此时,这个徽州乡下青年算是真正脱胎换骨了。这样的成长背景,可以说是陶行知形成"大爱"思想的关键。很明显,在陶行知身上,具有一种最质朴的宗教意识。少年时期在教会学校以及后来留学的经历,使得陶行知身上有着很浓郁的情怀,也有着一种难能可贵的温暖心灵。那是一种油然对于人类本身最殷切的关怀,是对人本身苦难的关注。从陶行知本身的行为来看,很明显,他是以最基本的立场、最基本的行为来实现着他的人生价值的。也的确是这样,爱与真理一样,从来就是简单的,它一点也不复杂,但它却能包容所有复杂的东西,让所有复杂相形见绌。

在美国取得硕士学位后,这个徽州青年回国了。回国后,他的全部想法便是感恩,便是回报。陶行知选择的职业是教育,而且是中国的乡村教育,他最基本的想法就是,要让中国许多跟他一样的穷孩子能得到最基本的教育,让教育来改变一个人的命运。从此,这个已经习惯于西装革履的青年总是把他的视线凝聚到中国的农村,集中到中国的最底层。他将他的悲悯和爱,全部倾注于此——创办学堂,让穷苦人家的子弟接受教育;宣传自己的教育思想,推动中国的教育进步;到处募捐,让民众接受他的思想……每到一个地方,陶行知总是积极地阐述着看似最简单的思想。他给人的感觉就是无比地投入,又无比地热忱。他就像一个乡村传道士一样,不厌其烦、喋喋不休、不畏艰苦。他只是感到自己的行动是一种义务,也是一种责任。陶行知甚至以一种近乎天真的热情创作了很多浅显无比的童谣,来宣传他的教育思想,比如说:"人人都说小孩小,谁知小孩人小心不小。你若小看小孩子,便比小孩还要小。"还有:"第一阶段,三餐喂得饱,个个喊宝宝(6岁以前);第二阶段,小事认真干,零用自己赚(10岁左右);第三阶段,全部衣食住,不靠别人助(17岁左右);第四阶段,自活有余力,帮助人自立。"以陶行知的博学和深刻,竟然埋头专注于整理这样的顺口溜,不得不让人感到惊叹。

现在,在涉及陶行知以及他所做的事时,我一直感到有点为难,因为理解这样的人似乎太简单了,因为过于简单,又感到这个人是那样的难以理解。在某种程度上,我甚至觉得陶行知竟像是一个婆婆妈妈的老太太一样,他所要求的、他想改变的,就是那种简单至极的东西。"和马牛鸡犬做朋友,对稻粱菽稷下功夫。"这是陶行知贴在亲自创办的南京晓庄师范礼堂里的对联,也是他对"生活即教育""社会即课堂"这一教育理念的具体说明。

陶行知是简单的吗?不,他应该不是一个简单的人。这个人21岁前就潜心研读明代思想家王阳明的著作,特别推崇阳明先生"知行合一""知行并进"哲学主张的人,哪里会是浅薄和简单的呢?只不过,他是把自己的理念付诸实施了,而实施,又必须从最简单的事情入手。这样的情形,就像一个数学教授,当他面对一群未开智的孩子时,要教授他们,就必须从一二三开始,从最基本的数字相加开始。陶行知很明显地下定决心做这样的启蒙教授了。为了宣扬"知行合一""知行并进"学说,陶行知先是把自己的名字"文浚"改成了"陶知行",因为他想追求"知行合一",但后来,他又觉得,"行"又比"知"更重要,于是他又再次改名,将"知行"改为"行知"。陶行知所有的工作,就是把复杂问题简单化,把理论问题实际化,用自己的亲力亲为,来为这个世界做一点力所能及的工作。虽然微不足道,但却一腔热情。

思想是复杂深邃的,心灵却是简单透明的。也许,这样的看法,就是对陶行知人格的最好诠释。

我曾经好几次参观过陶行知纪念馆。这个纪念馆当年就是陶行知就读的崇一学堂,在 20 世纪 80 年代后,又进行了改建。在馆内,悬挂着很多陶行知的生平照片。看得出来,陶行知一生为之孜孜不倦的,就是中国的教育事业。在当时,也许有无数人看到了中国教育存在的弊病,却从来没有想到自己要成为一个医生,尤其是成为一个亲力亲为的乡村郎中。但陶行知却这样做了,他放弃了作为一个个体在生命中的很多重大事情,甚至放弃了自己。这也许就是陶行知的性格,往更远处看,这更是一个负责任的知识分子的性格。

实际上在陶行知身上,还可以看出很多徽州人的特点,那就是痴迷和坚持,有时候甚至有执拗的成分。但陶行知他做事的态度是有理想的,也是有情怀的,我甚至觉得有些浪漫主义成分,有着完全乌托邦的成分。乌托邦是可贵的,一个没有乌托邦想法的国度、一群没有乌托邦精神的国民,那倒是可悲的。

可以这样说,出生于歙县的陶行知是一个极具完美人格的人。说他完美,是因为在陶行知身上,我们丝毫看不到那种陈腐的、拒人于千里之外的态度,也看不到那种自以为是、物老成精的狡黠和智慧。我们在陶行知身上所看到的,只是一种简单的善心和爱,像丝绸般透明、像流水般清澈,那是一种真正的单纯,是一种远古的"赤子之心"。

现在,位于歙县古城内的陶行知纪念馆幽静而典雅,但我好几次路过这里的时候,都看到门可罗雀。在徽州一切都大热的情况下,似乎只有这个徽州人慢慢被人们淡忘,或许还被人们所曲解。

　　也许,最大的爱往往就是简单的。爱的传递,哪里需要复杂呢?有些东西似乎是生而知之的,比如说陶行知。从他的身上,我们可以明白什么叫生而知之,什么叫无私,什么叫真正的智慧。

　　一个有大爱的人,内心一定是幸福安宁的。

陆如电：镜花水月

徽州旧事

宝 爷

宝爷是个退了休的老干部,那时他住在斗山街114号。

宝爷喜欢养鸟。那时在斗山街,我们经常去宝爷家看鸟。宝爷用很漂亮的竹笼把鸟们挂在天井边的过道旁。第一次上他那儿时,我们认不出,宝爷就给我们介绍哪一种叫画眉,哪一种叫八哥,哪一种叫黄莺,哪一种叫鹦鹉,它们都有哪些特点。第二次上他那儿时,宝爷就跟我们说"晴雯"这几天精神有点萎靡,"袭人"饭量特别大,"宝钗"的声音婉转得像郭兰英。起先我们都不知所云,后来弄懂了,他是在说他的鸟。

宝爷给每只鸟都按《红楼梦》里的人物取了个名。这时宝爷就俨然如《红楼梦》里的宝二爷,陶然于一群尤物中间。当然,宝爷最喜爱的画眉,声音非常动听的那只就叫"林黛玉"。

一次,宝爷带"林黛玉"去城边上的紫阳山遛鸟,"黛玉"遇上对手了。在"黛玉"得意忘形放声歌唱的时候,一只乡野里不起眼的灰画眉飞到她面前,也放开嗓子唱起来。那声音如银铃似的动听,一下盖过了"林黛玉"。"林黛玉"在笼子里面上下直蹿,嗓子变得激越,拼命地想超越灰画眉。灰画眉似乎有意跟"黛玉"作对,婉转清脆发挥得淋漓尽致。"林黛玉"唱到后来,嗓子也哑了,一头从横栏上撞下来,口中流血,竟活活气死了。

灰画眉这才得意地啼鸣了一声长音,张开翅膀飞走了。

那一天,宝爷情绪迷顿,回到家,眼泪都差点流了出来。他找了个木匣子,把"林黛玉"放进去。我们便跟宝爷来到徽州师范,认真地选择了一片长着凤仙的花圃,挖了个坑,把林黛玉埋了。那凤仙如晚霞一样迷人。

从第二天起,宝爷每天清早就去紫阳山,提着个空鸟笼,里面放点小米,把鸟笼挂在树枝上,门开着,用一根很细的黑线拴着,自己躲进树丛中——线一拽,门就自动关上了。

宝爷还真有本事,没过一礼拜,他还真的把那只灰画眉给逮着了。

那只灰画眉果然声音非常好听,比"林黛玉"棒多了。那天宝爷呷着酒,我们在旁边吃着花生米。宝爷酒酣之时给灰画眉取了一个名字,叫"王婴宁"。这名字果然好听。宝爷得意地说,婴宁是《聊斋》里会笑的女鬼,这只画眉肯定就是那女鬼变的。

从那天起,宝爷继续领着"王婴宁""宝钗""袭人""晴雯"等在大宅里快快活活地玩耍,日子过得倒也悠闲轻松。

但不少人对宝爷是有看法的。有人告诉我,宝爷是南下干部,也是知识分子,真名叫王宝山。王宝山是"老运动员"了,每次运动,他一次也没逃脱。宝爷有个特别好的爱好,跟伟大领袖一样,极爱看《红楼梦》。

跟鸟玩还真不错。前些天我回歙县,顺便问外婆宝爷的事,知晓宝爷仍在养鸟,现已 92 岁了,精神矍铄,他自己说,要活过一百岁呢!

"要是跟人玩的话,可能活不了这么久的。"外婆说。

鲍 师 傅

小时候寒暑假我总待在歙县外婆家,我外婆住在城里斗山街,那里有许多有天井的老房子,我接触过许许多多有趣的人,鲍师傅就是其中一位。

鲍师傅的样子很怪。他天生从头顶上分开岔子,这使他软软的头发总是南辕北辙,有一种很强烈的滑稽感,并且他还有一双很直愣的眼睛,跟你说话时眼睛很直地看着你,就像不会转动一样。后来我读乱七八糟的《麻衣相术》之类,总是说眼睛直愣的人很笨,也很善。但鲍师傅我以为是极聪明的。至于善良,倒像是那么回事。

鲍师傅跟外婆住同一个大屋,正对着厢房。他是棠樾人,那是有着许多忠孝贞节牌坊的地方。鲍师傅是裱画的,他父亲曾是旧时南京博物馆的馆员。鲍师傅说他年轻时是在南京长大的,在一所大学里学英文,并且还曾是学校的"风云人物",演过话剧中的男主角。但我们那时总是半信半疑。

鲍师傅替人裱画。常见有干部模样的人郑重地送一些字画过来请鲍师傅裱。鲍师傅总是诚惶诚恐地接过来,然后迎着天井落下的光线,鸦雀无声地铺开摊子做起来,一边做,一边唉声叹气。每次做完,晚上鲍师傅总是去屋外的小店里打一点老酒,一边喝着,一边自言自语地骂些什么。胆小怕事的外公这时候总是把我们招进厢房。我听外公对外婆讲,鲍师傅又在埋怨那些领导了,说害得他受折磨。

外婆家附近就是徽州师范。徽州师范里有个公厕,是倚着旧城墙砌的,粪坑尤其高,有近十丈。鲍师傅最喜欢上那个公厕了。他每次出恭,总是要拉上个小孩做伴。我不愿意,他就嬉皮笑脸,苦苦哀求。因为是寒暑假,偌大的厕所里空旷无人,间或有麻雀在头顶、脚上飞。鲍师傅大约便秘,时间总蹲得老长,因为怕我烦躁,所以每次都要跟我说一些民间故事或谈论他对书画的看法。

鲍师傅说他在南京跟父亲学手艺时,曾亲手修裱过唐寅、八大山人、石涛的画。他赞叹好画水中可见暗石,鸡爪千姿万态无一相同,麻雀从空中落下收敛翅膀之形神跃然纸上,等等。鲍师傅在空旷的厕所里恣意地评价、褒贬。

我猛然觉得,此时此刻蹲在高高厕所上夸夸其谈的鲍师傅真有点不凡。

徽州出了个"老愤青"

徽州历史上是出过一些人的,有一些人很为徽州长脸,像胡宗宪、王茂荫、胡雪岩等;有一些人则让徽州的脸丢大了,丢脸的人当中,杨光先似乎是个典型代表。

《清史稿》说杨光先是江南歙县人,具体是歙县哪里,没有具指。杨光先早年一直生活在徽州,顶着个千户之名,衣食无虞。后来,大约觉得生活太平淡了吧,整天看山、看水、看风景太无聊,于是便把千户之位让给弟弟,来到京城做了一个职业"斗士",专门跟"奸雄"做斗争。杨光先第一状告的是崇祯时的兵科给事中陈启新——杨光先听说陈启新非议宋太宗的《劝学歌》,立即拍案而起,义愤填膺地给皇帝上书指责陈启新废前圣之学,"如此作孽,真不容于天地之间矣"。不过这一次上书由于杨光先没有直接证据,一次"群众来信"也不可能把事闹大。崇祯十年(1637年),40岁的杨光先听说大学士温体仁乱政贪污,便做出惊人之举,以布衣身份,抬一口棺材向皇帝上疏,以示不达目的决不罢休。杨光先的"炒作"原本是想引起崇祯注意,没想到这一夸张的举动让喜怒无常的崇祯很反感,杨光先"投鸡不成反蚀把米",被抓起来打了一顿板子后流放辽西。好在杨光先的运气不错,他的"敌人"温体仁不久病故,杨光先被赦免回乡,"英名"也流传开来。

不过杨光先并没有因此在明朝捞到官职——明朝很快灭亡,满人取而代之。可能是满人听说了杨光先的"义举"吧,于是给杨光先在钦天监里安排了一个小差事,杨光先一下子成为"贰臣"。不过杨光先才不甘心蛰伏在大机关呢,他仍想通过"惊人之举"引来人们的注目。清朝初定,顺治皇帝对西方先进的科技很感兴趣,对德国传教士汤若望很信任,将汤若望运用西方天文学成果所制定的新历法取名为《时宪历》,颁行天下,取代年久失修、错误百出的大统历和回回历。随后,主政的多尔衮又任命汤若望为钦天监监正,管理有关历法事宜。堂堂的华夏,怎么能用"洋鬼子"来掌握"天历"呢!"老愤青"杨光先愤怒了,他奋笔疾书了《辟邪论》等文章,上书要求将汤若望等"妖孽"连同"妖书"一起烧掉。杨光先的言行,透露着传统的"天下兴亡,匹夫有责"的责任——连天历都被"鬼子"掌握了,大清肯定离亡国灭种不远了!杨光先肯定是读过《西游记》的,上书的论据竟是:一看汤若望长得金发碧眼,就知道不是好人,是妖怪!那个妖怪说"地球是圆的",那么,球上球下之人脚心相对,球下的人岂不是倒悬?自古以来只听过顶天立地的人,从未听过有倒立的人,妖怪你试着倒立在天花板上走给我看看?

杨光先在顺治年的那些上书,一篇篇都被弃了,因为无凭无证,朝廷也懒得理会这样一位"疯子"。不过看得出来,那时候清廷的言论还是相对自由的,"文字狱"尚没有出现。很快,杨光先等来了机会,小皇帝康熙继位,辅政大臣鳌拜反对西洋学说。杨光先顺应形势上了《请诛邪教状》疏,折子列举汤若望西洋新历的多条罪状:一是所颁《时宪历》封面上有"依西洋新法"字样,是"暗窃正朔之权,以尊西洋";二是新的历书只推算了200年,是诅咒大清短命;三是汤若望为顺治帝幼子荣亲王所选择的殡葬时辰不吉,以致连累顺治帝和董鄂妃在短短两年内先后驾崩;还说汤若望在澳门屯兵……这个哪是折子啊,分明是一把沾着"鹤顶红"的刀。

因为有杨光先这一把"凶器",朝廷的排外势力联合起来动手了——汤若望及钦天监官员杜如预、杨宏量、李祖白、宋可成、宋发、朱光显、刘有泰等均因"妖言妖行"被判凌迟处死。没想到的是,判决那一天,天空突现彗星,京城又发地震,孝庄太后等人唯恐"天谴",急忙干预,将汤若望、杜如预、杨宏量免死,羁于狱中(后汤若望获孝庄特旨释放,两年后病死),只处死了李祖白父子等五人。李祖白跟徐光启一样,是当时难得的本土科学家,曾协助汤若望写出《远镜说》一书,将伽利略发明的现代望远镜制作方法介绍到中国。这一段由杨光先引起的"主义和科学"之争所导致的杀戮,史称"康熙历狱"。

杨光先赢了,"老愤青"风光无限,飘飘然一下子成了《封神演义》中"捉妖"的姜子牙。不过连他自己也没想到的是,因为对汤若望等人的攻击,朝廷竟以为他很懂历法,一道圣旨下来,任他为钦天监监副:你不是说别人不行吗?你来干干如何!杨光先根本没想到这样的结果,自己哪懂什么历法啊?这样的事,就等于让一个文盲去当中科院院长。杨光先窝在家里写了长长的《不得已》一文,上疏请辞。朝廷一看杨光先的上书,更是认定这个人立场坚定、谦虚谨慎了,当即传下话来:国家重任,岂能推辞。升他任了"一把手"!在这种情况下,杨光先只好凭着一颗"爱国心"硬着头皮上任了。

结果可想而知,"丑"很快丢大了——接掌钦天监之后,杨光先所造历法谬误百出:不仅一年出现两个春分、两个秋分,还把闰月算错;并且,对天文事件的推测,也全部失败。在如此情况下,朝廷只好起用比利时传教士南怀仁来治理历法。杨光先一看"鬼子"复辟,"爱国之火"又熊熊燃烧,当即提出要跟南怀仁比试历法的准确度。结果可想而知,在一场现场举行的推算中,"爱国的历法"无情地败给了"不爱国的历法"。"老愤青"无可奈何地败下阵来。

不过即使到了这个份上,杨光先依旧"赤胆忠心":说中国的历法是从尧舜留下来的,"安可去尧舜之圣君而采用天主教历?""中国以百刻推算,西历以九十六刻推算,若用西历,必至短促国祚,不利子孙。"杨光先一口咬定,"臣只知历理,不知历法""宁可使中夏无好历法,不可使中夏有西洋人"。这是什么鬼话！简直是"文革"时"宁要社会主义的草,不要资本主义的苗"的蓝本。这时候鳌拜已被杀,杨光先的后台也没了。"洋鬼子"南怀仁也学会政治斗争了,便"落井下石"地参了杨光先一本,列举证据,称杨光先为鳌拜的党羽。"划线"就是置人于死地啊——结果杨光先被判死刑,后赦免回乡。在回老家徽州的路上,杨光先悲愤交集,最后一命呜呼。徽州"老愤青"终于未能再次"咸鱼翻身"。想想"老愤青"杨光先的一生,真是可悲得很——问题就是问题,主义就是主义,那些你不懂的"劳什子",干卿何事呢！

风情茶馆

　　古城阶级头的开口处摆着一方茶馆,四张桌子,四八三十二张椅子——很老很老的八仙桌、八仙椅。八仙桌、八仙椅其实是很讲究的,有的还很精细地刻着故事,穆桂英挂帅、崔莺莺张生什么的,大都是用红木,抬起来死沉死沉的。后来红木越来越少,便用樱桃木做面子,檀树做腿,仍然是死沉死沉的。内行人看得出那是赝品,阶级头茶馆的老板说自己的四张桌子不是赝品,是货真价实的红木。

　　那一年茶馆的老板年逾古稀,一个瘦小的老头,山羊胡子,嘴很瘪,抿嘴吸茶壶的时候,两腮便陷了下去。看起来模样很滑稽。老板总是用乌鸡爪似的手托着茶壶,朽木一样的腰虾勾着,贼小的眼睛放出绿光,嗓子沙哑。

　　经常来的老茶客们像嚼老咸菜一样知道了其中的故事。半真半假的说法是红木家具是大清皇帝赐予老板祖上的,日后岁月变更,天轮地转,家境慢慢衰落了,只留下了这屋子和桌椅。这故事总像兑了一遍又一遍开水的茶一样淡而无味。茶客们于是又把注意力集中在舌苔上,咂咂嘴巴,空空地想着,想从甜甜浓浓的茶水中分辨出历史的更替来。

老板照例是从茶壶里吮吸一口,喉头上下蠕动一番,然后轻轻地颤动着,有一副黯然和木然的表情。

但终究还是没有说出话来。

于是人们就注意到那乌鸡爪手捧着的茶壶。

那是一把很古老的壶,不是紫砂,像是黑色石头凿成的,一块整石头,细如玉,黑如墨,没有一点瑕疵,死沉死沉的。乌鸡爪手捧着的时候总有点颤颤巍巍。老板呑茶的时候,牙如褐色树枝,岔开得很恰当卡在壶口,那是最鲜明生动的。

茶馆开了好多年了,经历的变革自然不少。清末年间大学士返乡、国民党县长上任、杀"共匪"、游击队进城、秧歌舞、土改、大炼钢铁、打倒刘少奇、打倒林彪、打倒"四人帮"……茶客们就是在这里呷着茶,过去的一切就像是上演的皮影戏似的。老板就伏在高高的柜台上安安静静地沏茶。读书人喝淡的,搞政治的人喝浓的,女人喝热的,使力气的喝凉的,日日如此。"文革"时封了戏台,封了当铺,唯独茶馆未封。只不过这么些年来,冲水的大壶变成了小壶,有点龙钟的老板提着小壶,低着头在几张八仙桌之间走马灯似的跑。

"冲茶——"拖腔滑调仍然有精神。

茶道,那是老板的绝技。山阴茶,山阳茶,一看便知。阴茶,叶片厚;阳茶,叶片薄。品的工夫,就知道茶叶生的具体的地点。红土、砂土、黄土,花岗岩上生的茶叶最纯。黄山的茶、武夷山的茶,那都是石头上生的。泡茶,用蟹眼水,急火烧就,徐徐倾入,水一半时方入茶,不损颜色。最令人叹为观止的是盖一揭,瓷杯中竟有一缕虬龙形状的雾,盘旋升腾,让人如醉如痴。

这是绝技。别人看得去,但总也学不去。

那时候茶馆里经常来的一个人是中学的语文老师,曾经是个右派,还曾经是北京的一个什么教授,一副很邋遢的样子。"好茶!"第一回喝上老板的茶之后,双目一亮,又猝然紧闭,醉然瞑目吸气:

"嘘——"

语文教师家里是不穷的,常收到儿子、女儿的汇款,钱便如数拿来喝茶、吃茶点。逢年过节或喜事,还请茶馆里的茶客喝。老板便抖抖索索地从铁箱中摸出裹得严严实实的草纸包,一小份一小份的云间茶,然后泡上,便见一杯一杯的中间氤氲起许多雾气来,沁人心脾。满屋子人都心津迷荡,都有一种飘然成仙的感觉。

这是茶客们最幸福的时候。

在此之后,语文老师和老板成了至交。语文老师整天泡在茶馆里。语文老师说得多,老板说得少。1976年春天语文老师离开古城的前一天,他终于听到了老板讲的故事。故事平淡无奇。一个大族旺姓祖上沾了茶癖,便千方百计搜罗各式各样的名茶:龙井、乌龙、毛峰、涌溪火青、女儿绿……以茶会友,吟诗作画。于是整个家底全被倒进嗓眼里,又升腾为一团雾气。老板在讲这番话时,异常平静,仿佛此事与自己毫不相干,是在说另一个人的故事似的。

老板没有详细说那黑沉沉的石壶,只是说这壶是祖上传来的。也不知有多少代了,有无数上品鲜茶浓浓地浸在里面。品、尝、喝、啜、抿、饮……

那一日暖暖洋洋,天气极好。老板脸上潮红潮红的,有一种从未有过的气色,精神矍铄,神采奕奕。

语文老师忽发奇想,说:"可以从你的茶壶里倒出一杯水让我喝吗?"

老板迟疑了一下,但还是点点头。他掀开茶壶盖子,里面黑乎乎的一片。老板没有放茶叶,直接倒入开水,然后把盖盖上,凝神注目。五分钟之后,老板拿过一只瓷杯,一泻倾下。语文老师立刻惊呆了:瓷杯里竟有一汪碧绿的茶水,清香味满屋弥漫。

语文老师怔住了,也很诧异。他战兢兢地捧起茶杯,舌尖刚刚贴上水沿,立刻,一股从未感觉过的清香像小股电流一样地从他舌尖渗入,快速穿行于腹腔。语文老师不禁战栗了一下,一种美妙的感觉弥漫全身,使他陡然间变得超脱一切,恍恍惚惚。在老长一段时间里,美妙凝固了他所有的思绪。

好半天以后,语文老师喃喃地说:"这是绝妙的茶壶,绝妙的,绝妙的茶壶。"

老板仍然一副木然的神情,他打了个饱嗝,有一股很清香的气味飘出来。然后蹒跚个步子,径直走了。走了几步,又回过头,对着语文老师吟了一首诗,诗曰:

茶叶尖尖

茶叶青青

人心圆圆

人心浑浑

外婆的天井

  那一年,外婆 16 岁,曾外祖父不经意瞥一眼正在堂前拾掇的外婆,突然发现这个小丫头变得窈窕漂亮了,于是似有触动。晚上悄声对曾外祖母说:她也不小了,该寻个人家了。

  三个月之后,外婆便嫁给了外公。热热闹闹、吹吹打打的唢呐声中,外婆咸涩的眼泪流了一脸。

  外公的家庭并不富裕,是属于那种做小本生意的徽商。外公是一个懦弱而腼腆的青年,他的皮肤白皙,脸上永远带着慈眉善目的平静。不谙世事的外婆起先是整日整夜地啼哭,然后便是木然呆坐,但不久外婆就被清秀而缄默的外公融化了。她开始在心里暗自侥幸并且自我安慰:"老天算是有眼了,这个做我丈夫的人还算不错。"

  第四天的时候外婆终于走出厢房,眼睑红肿如快要成熟的桃子。外公正在灶下生火烧饭,烟呛得他不断地咳嗽。外婆轻夺过外公手上的蒲扇,沙哑着嗓子说:"去,还是我来吧。"

也正是从那天起,外婆才真正留心打量起她的家来。这是一幢老式的徽派建筑,一跨进厚实的门槛,便是一个天井,沿着天井的两旁,是两座很陡窄的楼梯,上去便是漆黑的厢房。天井的正对面是堂前,堂前的两边也各是一个厢房,其中的一个便是外公与外婆的新房。

但外婆的视线一直久久地停留在堂前的天井上。

天井的中间是几块磨得发亮的青石板,旁边则是用卵石镶嵌起来的,看起来有些岁月了,从卵石的缝中已长出丰腴的青苔或者茁壮的小草来。抬眼上看,透过悬着风铃的屋檐,便可以看见蓝蓝的天,蓝蓝的天上白云飘,鸟儿在上面栖息或者倏然飞过。

外婆便有点怔住了。

外公照例是要下新安做生意的,一个月后,外公又携着他的雨伞和算盘到绍兴去了,在一个阴暗窄小的铺面里继续他的掌柜兼伙计。外婆的大门照例是敦实而缄默地关闭着,她游离的目光穿透不了包着铁皮的大门,于是她便端坐堂前抬眼看天井上的天空。有时候她会看见阳光灿烂,有时候她又看见春雨淅沥。更多的时候她眼前是一片茫然,而她的思绪变得绵长而幽远。

外婆是读过几年私塾的。外公走了之后,她也会找出几本发黄的线装书,低低地吟诵古书上的诗词,比如《诗经》上的《蒹葭》,"蒹葭苍苍,白露为霜,所谓伊人,在水一方",比如李清照的词"人比黄花瘦"等等。低低的叹息声在老屋子里迂回。

之后外婆生下我母亲。外婆很用心地带着她。这时候外婆似乎并不感到孤独。她把一切爱都倾注到母亲身上。除此之外，她仍习惯于怔怔地注视天井上的天空。夜晚的时候，母亲在襁褓里熟睡，外婆则眺望黑夜天空上闪光的星星，听天井石缝里蛐蛐的低吟。

那一年外婆刚刚19岁。

在此之后，外公的小店也倒闭了，外公在一个漆黑的夜里潜回家乡再也没出去。外婆又接二连三地生下大舅、二舅、三舅……古旧的屋子一天天变得热闹和亢奋起来，外婆则一天天在啼哭与喧哗中变得慵懒和烦躁。那些线装书也被舅舅们撕扯得无一幸存。外婆在大部分的时间里都是声嘶力竭地呵斥他们，教他们走路，教他们说话，让他们上学，然后把他们培养成为干部或者工人。

终于有一天，当外婆和外公守在空旷的堂前面面相觑，一缕阳光从天井上空斜照在他们的头上、脸上时，他们才在心中"咯噔"了一下，彼此发现，对方已经老了。

前几年，外婆与外公终于从那幢带有天井的屋子搬出，住进三室一厅的套房。去年冬天，我去看他们。外婆与外公都已经70多岁了，身体仍是很硬朗。只不过外公好静，而外婆好动一些。外婆总是叙叙叨叨地抱怨新居室在楼上，又太小，不方便。她说她一生中最大的憾事就是足不出户，外面的事情一点也不清楚。外婆的表情有很浓郁的惋惜成分。我注意到头发花白的外婆在叙述她的想法时,总是一动不动地注视天花板,脸上漾着一种神秘莫测的微笑。

我感到震惊。我想象老屋里的天井,年轻美丽的外婆在那儿坐着,有月光水银般泻下来,把外婆塑成一尊白玉雕像。

外婆的心里有一座天井,天井外面的世界好大。

尾 声

徽州如蝉。

在很多时候,我更愿意把现在的徽州当作蝉蜕的壳。

说蝉的意思在于,徽州一直是多变的,也是轮回的。虽然从一段时间,或从某个角度来看,它如同旧照片那样黑白分明,但总体上而言,在它的历史生命中,在诸多显露于表层的东西之下,潜伏着无数游离于这个世界的神秘因子。徽州就像蝉一样,一季一个轮回,一季一个性命;它一会冬眠于地表之下,一会儿又升腾于空中;它一会儿吮吸着树枝的甘露,一会儿又啃嚼着泥土的芬芳;它一会儿倏然离去,一会儿又转身折回。光影迷离中,我们不知道哪个是它的今生,哪个又是它的前世。

徽州又像时间河流上的一艘沉船。它一直满载着巨大的财富,满载着字画、"三雕"以及各种手工艺品,满载着思想、文化、家族等,航行在历史河流中。这艘巨轮在航行了很长一段岁月之后,湮没于年轮的黑暗之中。现在彰显于世的,只是一小块被波涛击碎了的木板。徽州走了,但却有那么多的有关徽州的谜留了下来,它们一直漂浮于时间的汪洋大海之上,被巨浪打得粉碎;也散落在徽州的乡野和巷陌中,成为墙角默不作声的野花碎草。在白天,它们幻变成荒野葳蕤的植物,迎风摇曳;而夜晚,它们则是躲在树林里的猫头鹰,潜伏着,警觉着,发出鬼魅一般的声音。我们一直难以见到它们的面孔;它们也似乎因为对我们缺乏信任,而不让我们看到它们的真面目。

2001年,在现今黄山市市政府所在地的屯溪区,发现了一大片隐藏在地底深处的石窟群,这些石窟空间很大、结构怪异,明显为人工开采,但其中却无壁画、无佛像、无文字,史料也未记载过。从现象上看,它更像是一个大型的采石场。如果它是一个巨大的采石场,那么它开采的时间究竟是什么年代,所采的石头又用于何处?如果它不是采石场,那么这样一个庞大的洞穴究竟有何用处?它为什么一直尘封到现在才露出水面?这些疑问,现在都没有答案。更有人大胆地提出天外文明说——毕竟这个被称为"花山谜窟"的地方正好位于北纬30度的"神秘线"左右,与世界诸多大奇观诸如埃及金字塔、百慕大群岛、黄山等处于同一个纬度。

离花山石窟只有数里地、现属于屯溪的篁墩也是一个谜。在中国思想界流行达千年之久的"程朱理学"的创始人程颢、程颐兄弟以及朱熹都跟篁墩有很大关系,他们的祖居地都是篁墩。据说,唐末农民起义时篁墩曾为黄巢部所占领,也正是因为那一次兵乱,程姓散落于全国各地,程颢、程颐的祖辈迁居河南,朱熹祖上迁至婺源。朱熹自序家世时,就曾毕恭毕敬地书上一笔——"世居歙县黄墩(篁墩)"。而后来的戴震,族谱显示,祖籍同样是在篁墩。这样的一个弹丸之地,竟然与中国历史上的几个大思想家有紧密的联系,这不是谜又是什么?

绩溪龙川的胡氏宗祠同样存在诸多之谜。那个偌大的祠堂,这么多年下来,竟没有一丝蛛网,这不能不说是一件怪事!当然,胡氏宗祠最大的谜团似乎是村里的胡氏与丁氏的关系了。龙川整个村落是按船形布局的,这当然是风水理念在徽州村落建设中的具体实施。从高空俯瞰下来,即使是现在,也可以看出龙川就像一艘大船一样,拴在河边。但船是会漂泊的,这样的漂泊,似乎又是不好的征兆,而"胡"与"浮"在当地方言中,是一个音——船当然不能"浮"走。于是,当年从桐城来的风水先生陆海鹤在村里转悠了很长一段时间后,突发灵感,他告诉胡氏人家:无水不能撑船,但水"涨"船荡,这条船就要浮(胡)走,为了不让船浮走,唯一的方法就是用铁"钉"(丁)将其铆住,才能稳住,但"钉"又不能太多,"钉"一多,船不堪重负,就要沉船。由此,胡氏便从外地请来了一户丁姓人家,划其一块田地,并为其在胡氏宗祠旁建了一座丁家宗祠。丁家祠当然比不上胡氏宗祠气派堂皇,它就紧挨在胡氏宗祠边上,局促逼仄。令人奇怪的是,自此之后,在龙川,胡氏一直兴旺发达,而丁氏几百年来,几乎是代代单传。从现今健在的祖孙三代算起,丁氏已是十六代单传了!

徽州还有《金瓶梅》之谜——《金瓶梅》的署名作者兰陵笑笑生究竟是谁？有一种看法是，《金瓶梅》一书诞生在徽州，是徽州人、明代兵部左侍郎汪道昆于万历十七年（1589年）将《水浒全传》第二十三回抽出，演义成百回巨著的。理由在于，《金瓶梅》一书中，涉及诸多徽派建筑、徽州物产、徽州用具、徽州方言、徽派园林、徽派盆景、徽派戏曲、徽州风俗、徽州商帮、徽州饮食、新安医学、新安画派等等。只要认真研读一下《金瓶梅》，就能发现该书的很多描写确与徽州有密切关联。尤其是语言，没在徽州生活过的人，就不可能有那样的语言方式。而且，《金瓶梅》成书的几年，正是汪道昆官场失意隐居的那几年，汪道昆完全有动机、有时间、有才气来写作这样一部"讽世之作"。

徽州同样是一个谜。从历史发展的角度来说，徽州可以说是历史遗留下来的一个保存相对完好的近古历史博物馆。这座博物馆看起来残垣破壁、野草杂生、蛛网遍布，但它一直闪烁着文明的光晕，体现着历史的痕迹，蕴含着曾经的田园理想。这座博物馆对于现今来说，远不止它的文物意义和历史意义，同时还有广泛的思想意义和人文意义。一个时代是有一个时代的价值和理想的，但不可否认的是，在人类身上存在着一种共通的东西，那是人们永恒的价值观，它像天宇上的太阳一样，遍洒光辉。

在过去徽州府的所在地歙县，曾经有一首很著名的谜语，是这样说的：

二人山下说诗(丝)文,三炮打进四川城,

十月十日来相会,三人骑牛一路行。

这几个字谜的谜底分别是"徽州朝奉"四个字,指的其实就是徽州。传说当年朱元璋到徽州,曾问徽州人有什么要求,徽州人便打了这个谜语。意思是说,徽州人从祖辈开始做生意,一直是皇恩浩荡得到皇帝许可的。朱元璋听后淡淡一笑,也懒得去深究了。谜语的深层含义还有什么呢?不得而知。徽州就像是一个由人类文化构造成的巨大迷宫,它在表面上所呈现的,只是最简单的和最基本的光华,它的真正内核,它所体现的精神和历史的内涵,却是隐藏在一片虚空和美丽之中。在更多时候,需要我们静下心来慢慢品味,然后细细去破解。

徽州还有很多谜。谜的意义在于,当我们对昔日以及将来缺乏整体了解的时候,它的支离破碎肯定是一个谜;而当我们自身,包括我们的知识体系还缺乏整体性的架构时,我们的支离破碎同样延续了这样的谜语。

世界就是这样具有辩证的意义。

又一个黄昏来临了,徽州浸淫在一片金色之中,树木金黄,虫鸟啾唧。晚霞中,人们依旧是在忙碌了一整天之后,开始松懈下来。村庄和山野,步入了另外一种节奏,也步入了另外一种生活。白天与夜晚的区别并不只是像黑白分明那么简单,有很多东西,并不似我们所想的那样在黑夜来临时归于宁静。在黑夜中,它们会积蓄力量,或者汲取营养;或者是,夜晚才是它们真正的活动之时,它们会活跃于黑夜里,夜幕降临,它们的舞蹈便开始上演了。

　　白天与黑夜是轮回的,四季也是。蝉也是。当一个蝉脱去了上一轮生命的旧裳,咿呀一声飞上树梢的时候,也就意味着,时间又重新开始。世界就这样在它的意识里轮回着,只不过,在轮回后的生命中,会不会残存着前世的记忆呢?

　　真实只有一次。人不能两次踏入同一条河流。

跋　语

当我写完这部关于徽州的传记的时候,2006 年已经落幕。2007 年的第一场雪在我的窗前飘飘洒洒。

写作似乎也是有着惯性的。它就像拉车。我的作息时间变得机械而呆板。写作就像一根无形的绳索,我用我的回忆和想象拉起徽州在电脑里蹒跚而行。我的一只脚踏进旁征博引的泥淖,另一只脚则踏进想象和思考的巫术。说巫术的意义在于,只有这种幻变的方式才能将自己的整个思绪潜入古徽州内心的波澜——而这样负重和窒息的生活终于结束了。我长吁一口气,身体回到了现实,但思想却一直刹不住车,我的灵魂还游走在烟雨空蒙的徽州。

也许对于我来说,能写作这样一部书实在是我的幸运。我出生在这片土地上,也成长在这片土地上。我一直想深入这片土地,同时也想挣脱这片土地;挣脱的愿望使我更加深入,深入又使我意识到更应该挣脱——这样的思考和行为方式看起来像一种悖论,但我的内心却再清晰不过。世界的至理就是悖论,就是各种力量之间的平衡。我觉得这不仅仅体现在我与徽州的关系上,还体现在一切法则上。

而我的写作,实际上就是我挣脱和深入的具体表现。

80多年前,梁启超在阐述中国历史时,曾经有一个观点,他认为中国历史可分为三个大段落:一是"中国之中国",即从与古埃及文明同时的黄帝时代到秦始皇统一中国,完成了中国的自我认定;二是"亚洲之中国",从秦朝到乾隆末年即18世纪结束,中国与外部的征战和沟通基本上局限于亚洲,中国领悟了亚洲范围内的自己;三是19世纪至20世纪,由被动受辱为起点,渐渐知道了世界以及中国在世界的地位。这样的说法,应该是很正确的。确切的情况在于,在前两个阶段,中国文化并没有显示出自己的短处来,并且还有一定的优势,而在后一个阶段,那种在发展以及文化中的软肋完全地表现出来了。这种情景,使得中国在很长一段时间里心浮意乱、无所适从。

在写作本书的那段时间里,很幸运的是我去了一趟大洋彼岸。这使得我暂时挣脱了徽州,进入了另外一种感觉。这样的感受作为一种新鲜的参照,是非常有必要的。那里是与徽州完全不一样的世界,它轻松、随意、健康、自由,它是另一种地方概念,也是另一种人文概念。我知道在我所见到的表面差异背后,存在着文化的内在控制力。一种文化取代不了另外一种文化,一种石头取代不了另外一种石头。并且我深有感触的一点是,从空间上来说,世界的任何一个角落都离我们如此之近,但从时间上来说,那种触手可及的东西看起来又是那样遥远。时间真是相对的,相对的意义在于,哪怕一点微小的改变和进步,都要耗去一代又一代的生命。

就人类文明的方式而言,人类的思想和文化一开始是在爬行,那时候的状态是蒙昧的;而后,在清楚地知道地球的形状、在明晰了人类与自然的关系以后,文明才算是直立行走;再以后,世界进入了现代化,人们依仗着科技创新的能力,开始了文明的跑步阶段……至于往后,人类最终要依托怎样的方式,才能挣脱人类自身携带的阻力,实现自由的飞翔呢?

我有时想,就现时地球上的文化延脉来说,任何文明都是有缺陷的,也有自身的优点。徽州文化乃至中国文化也是如此。在我看来,所有的地域文化都是人类文明的一个分支,就如同河流一样;虽然支流不一,流淌向不同的方向,但它们的实质都应是一样的,都源于人对世界的认识,源于人的意识对客观世界的反映。只不过这样的河流有清有浊、有浅有深、有湍急有舒缓,但淌着淌着,河流自然会交融相汇、彼此不分,成为一条宽广的大河。既然中国文化是人类文明的上流的诸多分支中的一种,即它就必定带有那个阶段文明的一些局限性,也带有人类自身的一些局限,它同样需要在与世界其他文化的交融和撞击中不断升华。

在我看来,五千年奴隶与封建社会的历史以及生存的自然环境造就了中国文化非常复杂的双重性。一方面,中国文化崇尚平和,崇敬自然、和谐与简单;但另一方面,中国文化"明儒暗道(法)"的特征又非常显著。这样的情况是再正常不过的,当一种文化和学说从专制的通道中出来的时候,就已经变形扭曲了。这样的存在还造就了中国文化的其他一些特质,比如说模糊性、虚伪性、实用性。这都是与西方很多思想文化所不尽相同的,也是与西方文化有差别和距离的。现在我们所说的西方文化,主要是指基督教的背景、希腊的理性思维、罗马的法律思想以及德国近代辩证法的结合。当然,对于西方文化来说,在它的发展中同样存在一个进步和提高的过程。

曾经一段时间里,我对于罗马文化非常感兴趣。因为我觉得罗马文化与中国文化在很大程度上存有互补性——中国文化所缺少的,就是罗马文化所拥有的;罗马文化所缺少的,也正是中国文化所拥有的。以我的观点来看,我觉得中国文化最根本的弱点在于对人性,也即人本身的陌生和忽略,这使得这种文化在原点上缺乏一个强硬支点的支撑。一方面重视人伦日用;另一方面又极其忽略"本心"。罗马文化呢,致命的弱点在于对人性无原则的迁就。这两种文化相遇得太迟,而它们如果能做到互补的话,就相对完美了。一种持久的文化一定是兼收并蓄的,它必定能够宽容地吸取着,处于一种蓄势待发的状态中。而真正的好的东西应该说是世界人类文明共同的产物,是不应该被赋予"东方"或者"西方"标签的。

我一直在想的是，尽管中国文化给这个民族的科学、文化、观念形态、行为模式带来了很多优点和缺点，但它一直在适应迅速变动的近代生活和科学，蹒跚而艰难地朝前走着。正是如此，我觉得，在保存自己文化优点的同时，如何认真研究和注意吸取像德国抽象思辨那种惊人的深刻力量、英美经验论传统中的知性清晰和不惑精神、俄罗斯民族忧郁深沉的超越要求等，使中国文化在更高的层次上重新构建，这应该是一件极有意义的事情。一个国家的真正崛起，最终是建立在这个民族人格和心智上升与拓展的前提下的。从这种意义上来说，在更高的层次上构建民族文化，应该是一件十分必要的事情。

在写作本书的过程中，我面临的最大问题在于：一是如何确定徽州在历史文明中的位置，如何将徽州摆在一个适当的地位进行表达。如果将徽州放在一种世界视野当中来审视的话，它本身会显得渺小而狭窄，但如果不纳入那种大的背景之下，它本身又会变成津津乐道的自恋或者自怜。二是如何确定语言风格。徽州一直不是大漠江北，在整体上它显得细致而精确，又显得苍古而沉重。所以我在整体风格上不可能洋洋洒洒、大开大合；而在更多的时候，出于介绍徽州的需要，我又不得不用一种直白的语言方式加以描述。这样的反差在不知不觉中增加了写作的难度。一方面，我不能用一种呆板的语言来深入描写一个灵性的徽州，另外一方面，我又不能将徽州写得华而不实。也因为这一点，让我在写作的整个过程中显得踌躇伤神，费思量，又难忘。

现在的中国,正在以一种令人匪夷所思的速度发展着。历史以一种快速的方式迅速遁去,而未来则是山雨欲来"春"满楼。那种强烈变化所引起的震撼以及失落一直让我们困惑和迷乱。或许对于我们这一代中国人来说,身前身后的世界简直可以说是天壤之别。也许世界发展到今天这个地步,便只有世界史,没有地方史;只有人类史,没有区域史了。而接踵而来的光怪陆离,真的谈不上是人类的胜利和失败,或者是荣光和耻辱。这样的状况同样也是一个悖论,是这个世界无数无法解释和沟通的悖论群中的一个。

徽州老了,所以它在更多的时候,已变得失语和沉默。而我的任务和责任,就是诠释这种沉默。我尽量避免在这样的写作中露出破绽,但我知道,错误有时候会不可避免。就像唐德刚评价冯友兰的《中国哲学史》,第一版错误百出,到了二三版后再慢慢改正。在与徽州接触的过程中,我就像一个考古工作者,一往情深,战战兢兢,专注地诠释那些古化石的纹理。这样的化石深埋,它曾是时间的一部分,不过早已魂归故里,回归那不可捉摸的虚空。

老徽州

前言　那时花开

2007年国庆"黄金周"的那几天,我和家人住在太平湖边一座宾馆里。阳台正对着太平湖。那几天,一有时间我就坐在那间大大的阳台上,有时候看书,有时候则放眼远眺烟波浩渺的水面。那几天的空气能见度不是太好,我只能看到不远处湖面上的小舢板,在宽阔的水面上缓缓地游动,就如同一只水蛭一样。据说,旧时的石埭县城,就淹没在这一片水面之下。20世纪70年代修建陈村水库的时候,县城整体搬迁,除了能带走的,其余的都留在水下了。当时淹没的,就有包括县城的很大一片地方。人可以逃离,记忆可以带走,而那些带不走的,如水草和光影一样,袅袅地或隐或现。我不由得想,那些曾经的时间、地点、事件和人物,都化成水了吧?或者,蒸腾为云,消失在一片空蒙之中?

每一个人都有着自己刻骨铭心的记忆,它深埋在自己的心灵深处,间或会如薄雾一样若隐若现。比如我,这个世界最初呈现给我的画面,就是旌德县城横跨徽水河的中东门桥,一座非常漂亮的桥,石墩上架着很长的石板,构成了古桥的主干;两边是木质的栅栏。在桥的中间,有一个亭子,供行人休息。这座亭子非常漂亮,翘起的飞檐,整体线条非常流畅。这座中东门桥是旌德十景之首"三桥锁翠"中最有名的,在她的上方,有建于清代的一座石拱桥,叫上东门桥;在水流的下方,有建于明代的另一座石拱桥——下东门桥。这三座桥静静地横跨徽水河,桥下,河水清而微泛涟漪,两岸是杨柳依依。凭想象,你就可以知道这个地方的静谧和优美了。

"三桥锁翠"一带,是我在童年时待得最多的地方。几乎整个夏天,我都泡在徽水河里,游泳,捉鱼,嬉戏。有很长一段时间,我还跟一个叫"毛头"的同学,在河里翻沙子,从里面寻觅一些破烂宝贝。县城边上的这座河流还真是藏匿了很多东西的,有一次,我竟然从沙里捞出半截玉镯来。更厉害的是他,有一次,竟然从水里捞出一块金光灿灿、貌似金砖的东西,上面还刻有字。他大喜过望,一溜烟地跑回家了。我后来竟一直忘了问他是真金砖还是假金砖。童年的心思真是天上飘忽不定的云。那时我们常去的,还有宝塔脚那一带,宝塔就是县城里的文昌塔,位于一个小山坡上。在宝塔的周围,有一棵硕大无比的银杏树,少说也有五百年了,树枝虬劲,延伸得老长;树干粗大,要好几个人才能合抱得过来。这个地方不仅仅是县城孩子们的玩耍中心,也是鸟儿的天堂。各种各样的鸟都栖息在宝塔顶、银杏树上,叽叽喳喳的。有时候一起飞起来,像天上飘过一片云。只可惜,在我小学的时候,这棵银杏树被当时的县政府派人砍了,他们把银杏树锯成了木板,造了两排县政府的宿舍。银杏树消失了以后,这个文昌塔仿佛一下子失去了生命似的,就像一片干鱼,直挺挺地挂在那里,鸟也飞得不知所终了。

  记忆中的老县城就那样一点一点地消失了,仿佛黑夜来临,一点一点地吞噬着色彩。自老银杏树遭砍之后的一段时间里,常去玩耍的那一排小山坡消失了,小山坡上茂密的女贞树林消失了;又过了一段时间,往西门去的路上的那一片池塘消失了,那一片长着水葫芦的池塘曾经如宏村的南湖一样漂亮。池塘被填平了,上面盖起了房子。再后来,我去读大学了,县城里很多徽式老房子慢慢消失了……再后来,就是20世纪90年代的工业化浪潮了,乱七八糟的新房子代替了黑白诗意的马头墙。慢慢地,这个小县城最后一条古街——北门老街也集体消失了,北门成了一条嘈杂的、宽敞的街道。县城成了一座闹哄哄的集市,像徽州所有的县城,以及中国所有的县城一样,杂乱而繁荣,街上拉着横七竖八的广告横幅,空气中飘荡着各种促销的高音喇叭声,农用车、三轮车、摩托车呼啸着从身边掠过……现在的县城给人的感觉,白天像一个小商品市场或者工地,而晚上呢,更像是一个夜总会或者舞厅——在夜晚的县中心广场上,仍然是用高音喇叭放着舞曲,成百上千的人在那里围着中心雕塑起舞,远远地站在高处看,就像夏天夜晚打谷场上围着灯光铺天盖地的飞蛾——这样的场面,真的是让人五味杂陈。我生长的县城,已不再是当年宁静的小城了,它满是喧哗和骚动,满是欲望和杂乱。这是农业化向工业化过渡时的喧哗,是充满欲望的骚动。

老徽州就这样远去了,就像一只蝉,在蜕下自己的壳之后,"呀"的一声飞得无影无踪,然后,一阵风卷起,将脱落的蝉蜕也卷得荡然无存。只有当夜深人静,雾霭从四面的山峦潜入时,我似乎才能找到一点当年的静谧,间或嗅到一些熟悉的味道。记忆中的影像开始慢慢复原。不过一切都很短暂,当太阳升起的时候,宁静很快散去,一切又变得繁杂、喧哗与骚动。当一切都变得面目全非的时候,徽州,你的名字还叫徽州吗?

亏得有老照片,因为有老照片的存在,那些记忆才能得到实证,得以导引。它让我确定我的记忆是真实的,并且,追随它的提示,走上一条寻觅之旅,深入我未知的某段历史。老照片都是黑白的,这同样印证了我关于过去的记忆,在我的印象中,过去的时光似乎都是黑白的,跟彩色没有关系。老照片给人的感觉,仿佛就是空蒙世界发过来的一张张明信片。从那些粗黑粒子组成的影像中,是可以嗅到历史味道的——就像打开一个陈年久远的檀木箱子,一种浓重的霉味夹杂着芳菲扑鼻而来。老照片还像是从时空围墙那边探过来的一枝花——不是鲜花,枯萎着、凋零着,别有一番岁月的滋味。

曾听徽学专家鲍义来先生讲过一个故事——"文革"中,鲍义来曾经在徽州呈坎村搞工作组,当时正逢扫"四旧"。有一天,鲍义来无意中去了一家祠堂,发现村里从各家搜来的"四旧"堆成一座小山,这当中,就有无数信札和照片。因为一直无人过问,到了夏天,山洪来了,漫进了祠堂,这些文书、信札、照片全被洪水冲走了。鲍老师每每谈及此事,禁不住会唏嘘不已。关于老照片,我家同样有遗憾的事:在新中国成立前,我的一个舅爷爷曾经在歙县城开过很多年的照相馆,来他店里照相的人络绎不绝,这个照相馆,曾经留给多少徽州人美好的记忆呢!后来,照相馆公私合营,惨淡经营了一段时间后,终于倒闭。那些曾经作为资料的老照片,最后竟无影无踪,片纸未存——在现实都变得荒诞扭曲的情况下,又有谁,会去珍惜往日的时光呢?往昔就是一杯慢慢变凉的乌龙茶,只有时来运转、时光静好的时候,才会有心情细细地品尝。

现在,终于有新的机缘让我开始重温这慢慢变凉的乌龙茶了——从20世纪末开始,我便有意识地收集一些徽州老照片了,没有其他的想法,只是想了解一个远去的、真实的徽州。我不求照片原版,只求照片真实可信。我只是想通过这些照片影像,勉强地拼凑起一个消失的老徽州,管窥一些历史的雪泥鸿爪,让包括我在内的人对老徽州的认识变得更有质感。曾经看过意大利电影大师安东尼奥尼的一个电影《放大》,在电影中,有一个摄影师,因为一个偶然的机会,拍到一张非常重要的照片。不过在照片中,影像是模糊的,看不清楚到底在做什么。于是摄影师试图放大照片——照片被接二连三地放大了,到了后来,照片只剩下粗大的颗粒,那些具体的影像,却无影无踪了。老照片的意义同样也是如此——也许,老照片留存下来的,只是过去的断章和片段。至于想把老照片无限地延伸出去,想推断出历史的全貌,恐怕只是一种缘木求鱼——佛经说:将来之事不可追,现在之事不可追——更何况过去的时光呢?

对于出生于徽州、成长于徽州,后来离开徽州又情系徽州的我来说,真正的老徽州,早已成了废墟之地,充满那个时代斜阳的忧伤。每一个人都是独一无二的特殊个体,每一个时间的节点也是,世上万物,正是在某个点上偶然交错,充满不重复、不可知的玄妙。没有过去,没有未来,只有当下。聊以自慰的是,通过这些老照片,我已感觉到了徽州的忧伤,已成为我的忧伤,如花一样在静夜之中开放。

第一章　那些山川

叙述老徽州的历史,还是先从我的家族开始吧——我大舅家尚存半本《汪氏族谱》,这是我的一个亲戚当年从"文革"的火堆里拣出来的。那一年,家家户户都在烧"四旧",连我母亲的老家歙县慈姑那么偏僻的一个地方也不例外,我很多亲戚家的纸质东西全都被烧,包括字画、古书以及文书等,当然也包括族谱。这半本族谱记载了汪氏自始祖之后一直到元代的情况。所以从元明之后,慈姑汪氏的有关情况就变得不甚清晰了。对于逝去的光阴而言,现在的旧事重提,似乎都有纪实与虚构的成分,它们是那样紧密地结合在一起,合而为一,难分彼此。历史就是这样一种东西,它在很多时候看起来强大有力,但在另一些时候,却显得脆弱无比,像一个精巧的花瓶一样不堪一击。历史在被复述的时候,实际上就是被篡改的时候。不可避免的支离破碎,也构成了历史的特质之一。就徽州人而言,一直有"徽州八大姓"和"新安十五姓"的说法。所谓"八大姓",指的是程、汪、吴、黄、胡、王、李、方诸大姓,倘若再加上洪、余、鲍、戴、曹、江和孙诸姓,则称为"新安十五姓"。这些名门望族早期都来自中原,几乎都是从黄河边南迁过来的,然后辗转到这个群山环绕的地方扎下根来,聚族而居,繁衍成长。徽州"八大姓"中,首屈一指的是汪姓。汪姓的来历,族谱交代得很清楚:汪氏第一始祖姓姬,周朝鲁成公黑肱的次子。第一始祖天生异禀,一生下来,左手上就有一个似"水"字的掌纹,而右手上则有一个"王"字的掌纹。为此,就取名为"汪"。长大之后,因姬汪聪明敦厚,有功于鲁,于是被封为上大夫,迁居至颍川(今河南境内),号汪侯,也由此,便改"姬"为"汪"姓了。在此之后汪氏似乎经历了很多变故,先是迁至楚国,助楚抗秦,后来又助秦统一中国。汉朝时,汪家一直从武,先是有一个人在汉相萧

位于云岚山的汪华公祠

何军中当过中军司马什么的,后来又有十三世祖作为祎将军跟随名将马援出征匈奴,立过一些战功。到了三国时期,汪家出了一个重要人物,那就是东吴名将汪文和。汪文和是汪姓第三十一世祖,族谱上说他"为人多智略,膂力绝人",汪文和曾参与镇压黄巾之乱,被封为龙骧将军,后来南渡长江,被东吴孙策表授为会稽令,同时令封淮安侯。汪文和也是汪姓进入徽州的第一人,他将全家搬至徽州,开始了在徽州的生活。

  汪姓四十四世祖汪华,是徽州一个神灵似的人物。族谱说汪华的母亲郑氏在怀孕之前曾梦见一黄衣少年拥五彩祥云自天而降,因而有孕。汪华的出生地是现在的绩溪县华阳镇。他自幼丧父失母,9岁为歙县郑村的舅父收留,14岁拜南山和尚罗玄为师,武艺超群。汪华成年之后,适逢隋炀帝暴政,天下大乱。汪华发动兵变占据歙州,击退官府围剿,相继攻占宣、杭、睦、婺、饶六州,拥兵十万,号称"吴王"。据说汪华治理有方,统治时期,六州十年不见兵戈,百姓得以安生,一派和平景象。在此之后,汪华接受了唐朝李渊、李世民的招安,被封为越国公,总管歙、宣、杭、睦、婺、饶六州。贞观二年,汪华奉诏晋京,被授为左卫白渠府,统军事掌禁兵。太宗征辽,汪华留京,任九宫留守,权力很大。贞观二十三年,汪华卒于长安。关于汪华的死因,汪家一直流传是被李家秘密斩首的,并且尸首分离,首级不知去向。后来汪华得到平反昭雪,安了一个金头,"御赐棺木",尸体被运送回了徽州,葬于歙县云岚山,建祠于乌聊山。

按照家谱上的说法，汪华共有9个儿子、25个孙子，大都散落在徽州各处，9子分别为建、璨、达、广、逊、逵、爽、俊、献，所以有"徽州郡十姓九汪皆出其后"之说，徽州的汪姓，几乎都是汪华一门延续下来的。从族谱上来看，我外公所在的慈姑汪氏这一系是汪华的第七个儿子的脉系。汪华的第七个儿子名叫"爽"，也被尊称

汪华像　　　　汪氏始祖像

1949年前的绩溪县汪公大帝庙

为"爽公"，但身份已是平民了。汪华的灵柩从长安运回之后，汪家老七分配到的任务就是定居云岚山附近的慈姑，看守父亲墓地。对于这项使命，爽公一直恪守不怠。从此，这一支汪姓一直生活在慈姑，在这个地方积薪传火、繁衍子孙。慈姑实在是一个弹丸之地，按现在的行政区划，它位于歙县城北七里的地方，属于桂林镇江村行政村，是一个只有十来户人家的自然村。在我大舅保留的那半本汪氏族谱中，上有"慈姑的八景"：版塘云影、丛林巢

鹤、西岭归樵、前村雪竹、金山夕照、石井寒泉等。在我看来,这八景实在是稀松平常。在皖南山区,随处都有着这样的景观。而且慈姑属丘陵区,红土多,树木少,尤其缺水,风景一点也不优美。20世纪70年代我来这里时,就更可怕了,当时慈姑一带正闹血吸虫病,村庄荒芜,人口稀少。那一年我只有十来岁,走在县城至慈姑的路上,几乎看不到行人,只见阴风扑面,两边随处可见的都是坟墓,还有大片裸露的红土,以及风化的红石头。那样的感觉就如同浮士德走在通往地狱的道路上似的。那一天我们在慈姑阴森森的堂屋里住了一宿,第二天,我便吵死吵活着要离开了。

1929年的徽州村落

当然,以上我列举的,只是徽州汪姓的脉络,实际上徽州任何一姓追究起来,都有这样的根与须。一个家族就像一株巍峨的大树,春去秋来,树繁新枝,叶生叶落。每一个人都是树上的叶子,生长一季后便翩然落下。叶子与叶子之间的关系,是随枝枝丫丫走的。每一片叶子之间,都有着不可分割的联系。

作家汪曾祺也是歙州汪家一脉的,在 1989 年 11 月所作的散文《皖南一到》中,汪先生这样写道:"歙县是我的老家所在。在合肥,我曾戏称我是'寻根'来了。小时候听祖父说,我们本是徽州人,从他起往上数,第七代才迁至高邮。祖父为修家谱,曾到过歙县。这家谱我曾见过,一开头是汪华的像。汪华大概是割据一方的豪侠,后来降了唐,受李渊封为越国公。越国公在隋唐之际是很高的爵位,隋炀帝时期的司空杨素就被封为越国公。他在当地被称为'汪王',甚至被称为'汪公大帝',据说汪家的老祠堂很大,叫作'汪王庙'……汪家是歙县第一大姓,我在徽州碰到了好几位姓汪的。我站在歙县的大街上想:这是我的老家,竟有一种说不出来的感情,慎终追远,是中国人抹不掉的一种心态。而且,也似无可厚非。"

汪曾祺一脉极可能是徽商避扬州的战乱而逃至高邮的,对徽州,自然有一种特殊的亲切感。那一年汪先生到徽州寻根时,我恰巧在屯溪工作。我和几个朋友陪着汪先生在徽州转了几个地方。我理解一位老人对故土的眷恋。说不清,道不明,剪不断,理还乱。

叶挺的照片

还是先说黄山吧——如果说黄山很多年前的面貌仍让人感到如此清晰,那真得感谢新四军军长叶挺。他是一个倜傥而潇洒的美男子。1938年3月,他率先遣人员离开南昌转赴徽州岩寺镇,将八省区红军游击队整编成新四军。此后不久,新四军将军部搬到离岩寺镇100公里左右的泾县云岭。1939年初,因为与副

叶挺　　　　　　迎客松　　　　　　云谷寺

军长项英的矛盾,叶挺一时负气出走,离开了新四军,去了重庆。时任中共中央军委副主席的周恩来专程从延安赶到重庆,做通了叶挺的工作,并陪伴叶挺重新来到皖南,以调解叶挺与项英的矛盾。

周恩来和叶挺是由重庆绕道广西桂林、湖南衡阳,并经浙江金华、建德等地进入江西的,到了江西之后,叶挺直接去了黄山,周恩来则会见了国民党江西省主席熊式辉以及第三战区司令长官顾祝同。1939年2月22日,周恩来先经江湾到了歙县岩寺,视察了新四军的军部旧址,检查了兵站工作,拜访了当时国民党三十二军集团军总司令上官云相,还在岩寺江家祠堂做了一场生动的形势报告。第二天,周恩来动身去泾县云岭的新四军军部,先赶赴黄山,与在黄山的叶挺会合,一同游览了黄山。叶挺亲自担任摄影师,拍下了300幅左右的照片。

周恩来、叶挺在去泾县途中

周恩来在黄山

周恩来和叶挺来黄山的时候,黄山已进入第一次开发的后期,刚刚修建完从云(谷寺)到北(海)的石阶路,并且新修凿了从山脚到天都峰的磴道。这项工程是1934年开始的,直至1937年才得以完成。至此,人们可以通过鲫鱼背到达天都峰的峰顶。从照片上看,周恩来、叶挺一行登临了天都峰,并摄影留念。一路上,叶挺拍摄了大量照片,下榻黄山脚下时,在桃花溪小补桥上,叶挺还专门为周恩来摄下了一个珍贵镜头。第二天上午,周恩来、叶挺一行乘汽车到了太平县仙源麻村新四军兵站视察,然后转道去了泾县的新四军军部。

叶挺的这一组关于黄山的照片,是我们迄今为止看到的20世纪30年代最全面的黄山的照片。从这一组珍贵的照片中,我们几乎可以看出当时黄山的风貌。不过有关黄山景致的照片,数百处、上千里都是一样的,那些黄山的奇松怪石,不会有太大的变化。尽管叶挺的这一组是黑白照片,现在看起来粒子粗大、照片发黄,但看得出,那是一个晴朗的天,几乎没有游人,与现今黄山山道上到处人满为患不一样。因为黄山风景如此秀丽,周恩来、叶挺等人心情大好,在照片中,他们一个个看起来神采飞扬、兴致勃勃,也难得有如此的好心情享受这少有的人间仙境。

天都峰鲫鱼背

莲花峰

旧时的黄山

　　一般来说,明朝徐霞客的游记,让黄山始为人知。不过由于交通和地理原因,外地人很难一睹黄山的芳容。黄山的第一次开发是在 1930 年。当时,一直"锁在深山人未识"的黄山,在国民政府的组织下,开始了开发活动。这次动作的首倡者是国民党元老许世英,他是安徽至德(今东至县)人,曾担任安徽省省长,对黄山很有感情,也知道黄山的价值。1932 年,许世英邀集皖籍同人张治中、徐静仁,安徽省主席刘镇华等,发起筹备黄山建设委员会,许世英亲任主任。1934 年 11 月 12 日,许世英带领刘镇华以及省建设厅厅长刘贻燕、民政厅厅长马凌甫等人及大批技术人员,在黄山住了一周时间,对黄山进行了较为周密

许世英

的考察，在此基础上，草拟了黄山建设的五年计划。

1935年1月1日，许世英在《徽声报》上发表《黄山建设之意义》一文，阐述了黄山

黄山建设委员会文件

建设的必要性："一以光大名胜，公之于世，游者有愉悦之精神，发高尚之思想；一以开发利源，使山不爱宝，于吸收游资繁荣而外，复得收增进生产之效。"1935年，黄山建设委员会制订了黄山风景区初步建设方案，划定风景区范围：南起歙县汤口镇，北至太平县甘棠镇，东起谭家桥，西至力溪坦，绘成黄山风景区管辖图，报安徽省政府和行政院内政部核准备案。为了鼓励开放，吸收资金，黄山建设委员会拟定《黄山公有土地放租章程》并呈行政院核准备案，划拨了一块区域向社会各界公开招租。由于黄山的吸引力，加上地租极便宜，承租建筑者十分踊跃，当时的一些政要，如南京国民政府立法院院长孙科、副院长邵元冲，中委褚民谊，汪精卫夫人陈璧君，财长孔祥熙等纷纷带头承租，在上海的一些社会名流如段祺瑞等人也纷纷在黄山买地盖房，黄山的旅游开发势头看好。

1934年8月，岩寺至黄山长途电话架设完毕；1934年，上海中国旅行社向黄山建设委员会租地，建设了黄山旅舍。舍址在汤池之南，倚山面水，风景极佳。1935年8月，汤茅公路开工，公路由

汤口起,至逍遥亭止,长约4公里;1936年,黄山设立了警察局。

应该说,南京国民政府对黄山的开发是很重视的,毕竟这一片大好山河离南京不远,算是南京的后花园。在开发期间,南京的国民党政府元老们十分关注,纷至沓来。1935年8月,国民党元老张静江、吴稚晖来黄山考察;1935年9月,国民政府主席林森遍览黄山各处胜景。林森前脚刚刚离开,国府立法院院长孙科后脚就到,同样兴致勃勃地游览一通,称黄山之胜在一"奇"字。

1934年《黄山游览必携》编者退思居士

正是在黄山开发的大背景下,1936年5月间,地质学家李四光带助手来黄山考察。李四光来到海拔高度720米处的慈光寺时,发现了极其明显的U形谷。谷的西侧为朱砂峰,东侧为福长岩,谷底有小溪流过。谷的东壁下部保存了几条平行排列的冰磨条痕,这正是长江下游某些地段第四纪冰川活动的证据。李四光

李四光

综合考察成果,用英文写成《安徽黄山之第四纪冰川现象》一文,附了 8 张照片,发表在 1936 年 9 月出版的《中国地质学会志》第十五卷第三期上。这篇论文发表后,引起了中外学者的关注。知名冰川学家、德国人费斯曼教授(时任国际联盟派驻南京中央大学教授)读了李四光的文章后,大为吃惊,两次跑到黄山去看冰川遗迹,承认了这个"翻天覆地的发现"。

1936 年,黄山办事处升格,改为黄山管理局筹备处。

1936 年,黄山建设委员会修建完成云(谷寺)北(海)石阶路。同时,新辟天都磴道。1937 年,经鲫鱼背至天都峰顶的石阶路完工。

1947 年 9 月 30 日,安徽省政府主席李品仙再次行文上报内政部行政院,进一步明确黄山辖区范围。

1949 年 7 月,黄山解放。皖南行署派吕士华、田照、胡连生、赵洪歧、蒋万生 5 人接管黄山,成立"黄山人民管理处",科级建制,下设文教科、林业科和温泉招待所。

立马空东海,登高望太平

黄山有不少人文景观,但至今为止,最有气势的,莫过于云谷寺正对面石壁上镌刻的"立马空东海,登高望太平"10个斗大的字了。这10个大字,从1500多米高的青鸾峰顶顺势而下,气势磅礴,笔走龙蛇,不禁让人叹为观止。

很少有人知道,这10个字是川军将领唐式遵在抗日战争期间写

唐式遵

的——1938年冬,徽州成为东南一带的抗战后方,除新四军外,还驻有大批国民党抗日军队,其中驻扎在歙县唐模一带的,是国民党上将司令唐式遵所带的第二十三集团军。唐式遵部本系川军,他早年是一个读书人,酷爱书画,风流倜傥,写得一手好字。练军

之余,唐式遵一直颇有闲情逸致,经常与当地文化人在一起舞文弄墨,品茗谈艺。唐模离黄山并不远,闲暇之时,唐式遵还经常带一帮同僚到黄山游历。

一段安定的时光之后,第六战区长官顾祝同命唐式遵部迁至婺源。此时,唐式遵对黄山已有感情,颇感不舍,也很想在这块地方留下点什么。唐式遵召集手下文武开会,表白说:我对黄山很有感情,现在军部就要迁出黄山,我想在黄山留一巨幅摩崖石刻,表达抗日决心,鼓舞人们的士气,请大家帮着斟酌一下。半小时后,有人拟就了"立马空东海,登高望太平"的对联。唐式遵一看,大声叫好,对联既有气势,也一语双关:"东海"指的是日本小国,"太平"则是指离黄山不远的太平县。"立马空东海",大气磅礴地体现了国人藐视日本蕞尔小国,显示了决心抗战到底的大无畏精神;"望太平"则表现了中华民族对于和平的企盼和追求。这副对联,浑然天成,算是绝佳组合。又请徽州当地的几位书法大家各写了几幅字,然后选了一幅,落下了自己的款。

对联写好后,唐式遵率参谋长吴鹤云等人去黄山实地考察,几个人跑遍了前山后山,最后选择把字刻在青鸾峰上,理由有三:一是这里是登山必经之地,路人能看到;二是青鸾峰高1589米,平整光滑,适合刻字;三是"空东海""望太平"在此地比较适宜。地点确定了,唐式遵很高兴。但这幅大字由谁来执笔呢?唐式遵就找了当地的书法大家罗长铭,罗长铭听说要写那么大的字,也不知怎么搞,有人建议先用米撒在纸上,然后,用笔来勾勒。于是在黄山半山腰的慈光阁,由罗长铭先用米在纸上撒字,撒完之后,大家就对这些字"品头论足",进行修改,待形成一个个大家共同认可的字后,就由唐式遵的上校秘书、本地书画世家出身的张君逸用笔把它们勾起来,画下来。

下山之时,有人在黄山入口处看到一块很大的石壁,又建议唐式遵也为这里书写一幅字。这一幅字,唐式遵同样让张君逸来执笔。张君逸先是用斗笔写,写好了到现场一看,哎哟,太小了。最后改成抓笔来写,用双手抓着一支粗毛笔,在地上铺满纸。唐式遵一看不错,当下就认可了。

很快,唐式遵离开了徽州,临走之时,唐式遵安排了一个副官

登高望太平

留守,具体落实雕刻一事,并且从手下新七师调一个工兵排,协助施工。他们找到了当地最好的刻字工胡义和,一番讨价还价后,商定:材料由军方筹办,每个字付100元法币,落款字不计费;运输等杂活由辅佐的工兵排负责。胡义和接了这个活后,又找了刻字工宣庆发、王文声、孟海波等8人帮忙。施工之时,工兵排由侧面打洞眼上山,将绳子吊在山顶一棵3丈多高的大松树上,另一端则系在刻字工人身上。施工期间,工兵排和几个刻字工就住在山下。这样,经过半年的施工,这10个字终于被镌刻在青鸾峰的石壁上。

"立马空东海,登高望太平",这10个字,每字面积有6平方米,其中"平"字一竖长达9.4米,字与字之间相距5米,字为阴文,深度有5寸。这10个字是黄山,也是安徽最大的摩崖石刻。

而进黄山处的"大好河山"石刻,每字有2平方米。因石壁不高,所以是由刻字工搭脚手架刻上去的,未让工兵排协助。这4个字的镌刻也很顺利,仅两个月就完成了,共付给工钱50元,落款是"中华民国二十八年,唐式遵题"。

令人扼腕的是唐式遵的结局,这个写得一手好字的国民党儒将,在新中国成立之后,仍然坚持在四川南部"打游击",弹尽粮绝后,依然不肯投降,最后被解放军当场击毙。唐式遵是在整个解放战争中,被击毙的国民党军军阶最高者,为陆军上将。一代儒将落得如此下场,不禁让人唏嘘。

黄山与名人

有关现代黄山的记忆,除了开发之外,还与一些名人的足迹有关。比如恽代英,这位早期共产党人,在就任宣城安徽省第四师范教务主任时,曾两次步行到黄山考察。第一次去黄山是1921年的寒假,恽代英带领9名学生徒步游山,在黄山住了3天。后来,恽代英在芜湖与曾经的同校美术教师巴叔海相见,谈及这次游历,恽代英感叹道:黄山景致很好,惜在冬天,天都峰未能攀登,同行10人,只花了十一二元钱。

青年恽代英

1921年6月,恽代英第二次游黄山,同行者有旌德籍学生梅大栋等5人。梅大栋后来是皖南共产党创始人之一,他于1925年

11月在家乡旌德县三都创建的中共旌德三都补习学校支部,被认定是皖南第一个党支部。关于这一次与老师恽代英同游黄山,梅大栋曾在他的日记中有详细的记载:21日,入山过小补桥,游汤池、紫云庵、慈光寺、文殊院,宿狮子林;22日登始信峰,上清凉台,由松谷庵下山,经沟村、饶村返回仙源。这一次游黄山,因为天气大好,恽代英尤为愉快,即兴赋诗三首,以咏黄山之行,其中一首《登始信峰》写道:

> 久闻人说黄山好,今日欣登始信峰。
> 列嶂有心争峻秀,古松无语兀能钟。
> 置身霄汉星辰近,俯目尘寰烟雾封。
> 到此方知是云海,下藏幽壑几千重。

与恽代英悄然而至相比,张学良将军一行来黄山更是毫无声息。这一段历史直到近来,才为人们知晓。1937年11月中旬,原东北军总司令张学良在国民党一个宪兵连的押解下,从浙江奉化雪窦山赶赴黄山,随行人员中,有张将军的夫人于凤至等。按照原先的安排,张学良和于凤至等人是要在黄山住上一段时间的。到达黄山后,张学良一行全住在黄山山脚茅棚温泉附近一座据说属于段祺瑞的别墅里。两天之后,张学良和于凤至乘车去了屯溪,参观了老街上的旧货摊、古董摊、商铺,买了一些毛笔、徽墨和宣纸。这一次行动,是张学良被软禁后外出路程最远的一次。没

梅大栋　　　　　张学良　　　　　于凤至

想到的是,张学良在屯溪老大桥游玩时,被地方政府的一个官员看到。当辨明是张学良时,这个官员大惊失色,立即报告了当时在安庆的省政府主席刘尚清。刘尚清来自奉系,是张学良的老部下。听到报告后,刘尚清不敢怠慢,当即向徽州行署表示,第二天赶到黄山看望张学良。这个消息立即传到了蒋介石那里,蒋介石担心生变,下令将张学良转移出黄山。这样,张学良当晚回到黄山脚下后,接到了紧急通知,第二天清晨出发,赶往江西萍乡。身居黄山仙境,张学良还未来得及登山,就像一只笼中鸟一样被提走了。曾经倜傥潇洒的少帅,对于与黄山的擦肩而过,心中肯定会有些愤然吧。

当然,比起政界要人,来黄山最多的是文人墨客,其中,以绘画大师黄宾虹、张大千、刘海粟与黄山的结缘最为传奇。1883年,19岁的黄宾虹第一次登临黄山,这时候的他,已随父亲从浙江金华回到老家歙县,住在离县城不远的郑村。这一次的黄山之行,

黄宾虹

并没有给黄宾虹留下深刻印象,毕竟,少年不识"美"滋味。不过1901年黄宾虹的第二次黄山之游却让他"顿悟"——此时的黄宾虹已37岁,艺术上渐入佳境。登上玉屏峰后,黄宾虹极目远眺,黄山之美给了他强烈震撼,在他看来,前后左右的黄山图,分明是一幅幅高悬的山水画。当晚,黄宾虹躺在文殊院的僧榻上,辗转反侧,难以入眠,他在游记中写道:

是日向晚风渐紧,闲步文殊台,左望天都,右盼莲花,而天都峰麓,积雪如盐……卧宿云房,衾寒若铁,风号振屋,覆瓦大可数尺,飘动欲飞。披衣启户,月色朦胧,朔气凛冽,恍疑大千世界都在惊涛骇浪中。天都、莲花宛然若失,不知其在云际也。

更让黄宾虹兴奋异常的是,这一次在黄山,他竟跟300年前的画僧渐江一样,看到了神秘出没的黄山白猿。黄宾虹在日记中兴奋地写道:

有二猿从峰顶超越,已而交臂徐行,上绝顶去,宇宙之大,神奇儵恍,无所不有,造化无穷,悉未足以状云容之妙也。

不知黄宾虹这次所看到的白猿,是否就是数百年前长啸以和渐江笛声的莲花峰顶的老猿。应该是这样吧,物是人非,黄鹤已去,只有白猿犹在莲花峰。

黄宾虹这一次的黄山之行共完成了30多幅写生,黄山让他心中澎湃着山水气象。自此之后,黄宾虹六上黄山。每一次,黄宾虹都痴痴地沐浴在山水之中,沐浴在清风明月之中,沐浴在自己的冥想之中。黄山让他感到身心俱轻,感觉到人与自然的相融为一,感觉到自己的灵魂在舞蹈。后来,黄宾虹遍走中国的名山大川,先后登临山东历山,漫游了江苏的虞山、太湖,浙江的天目、天台和雁荡;又去江西,游匡庐、石钟山;入福建,游武夷;赴广东,登罗浮,游越秀;远至广西,畅游桂林、阳朔、昭平、平乐;又自湘水入湖南,登衡山,游岳麓,放舟洞庭。不过在黄宾虹心中,黄山才是生命中对他影响最大的,也是他觉得最美、最不可思议的。这个时候,千山万水的巍峨气象,已在他心中消解成浑然气韵,又随着笔墨在宣纸下挥洒成千沟万壑。这样的化实为虚,化山为气,化气为象,化象为画,无论对于山,对于水,还是对于人,都是一种造化,一种无上的机缘。

绘画大师张大千一生中3次登临黄山。1927年,张大千和他的二哥——画家张善孖以及弟子游览了天海、始信峰。4年之后,张大千和张善孖等又登黄山,张大千在文殊院写下"云海奇观"4

张大千

字,后被刻于石碑上。1936年,作为黄山开发委员会的委员,张大千第三次登黄山,此次同行的,还有画家徐悲鸿、谢稚柳等。由于时间充裕,张大千充分领略到黄山的美轮美奂,尤感心旷神怡。回到南京之后,张大千篆刻了一方"三到黄山绝顶人"的印章,以志此行。后来,张大千曾挥笔作《黄山松石图》,并题诗:"三到黄山绝顶行,廿年烟雾黯清明。平生几两秋风屐,尘蜡苔痕梦里情。"至于绘画大师刘海粟的一生中10次上黄山,已成为众人皆知的佳话了,这里就不再赘述了。黄山如画,又有谁,不想做一个画中人呢?

第二章 那些城镇

在我的印象中,童年时生活的旌德县新桥算是一个最美的地方了。这个坐落在距县城五里路的倚山面水的村落并不大,也没有什么名气,不过它却在胡适的日记中偶露过——胡适14岁离开家乡绩溪上庄去上海时,曾在新桥住了一晚。当天,胡适日记中落了一笔"宿新桥",便笔尖一转,移到他处了。胡适应该是从上庄步行到新桥的,在新桥歇了一宿,然后继续前行,从泾县乘船沿青弋江去了芜湖,再转道上海。不知当年的新桥给胡适留下了怎样的印象,也

1945年旌德文昌塔下留影
（方跃庭提供）

许根本就没留下印象。毕竟,这是一个普通得不能再普通的小山村。

不过在我眼中,这个小山村却是美丽而独特的,它依山面水,面朝徽水河,背倚大柳山。它的命名,是因一座横跨徽水河的漂亮而精致的石拱桥。这座桥建于清朝顺治年间,桥身长满了爬山虎,夏天的时候,整座桥身都掩蔽在绿色之中。桥的两边,各有一条窄窄的小街,小街的两边是简朴的徽州民宅,青石板铺就的路总是干干净净的,小街上还有一些杂货店和面点店;而离桥不远处,有一个油坊,黑咕隆咚,里面一直有水碓在转动,时间绵长而幽远……新桥的旧时景象就这样尘封在我的记忆当中。其实何止是我呢,每一个生活在徽州的人,都有一个属于自己的"新桥"。

在外人看来,无论从哪条道路进入徽州,映入眼帘的都是一幅清新淡雅的水墨长卷图:青山逶迤、绿水蜿蜒、树影婆娑的水口,绰楔峥嵘的牌坊,粉墙黛瓦的民居,钩心斗角的祠宇;桥吐新月,塔摩苍穹……徽州,就是一幅宁静自得的《清明上河图》。绿色的背景下,黑白相间的屋舍平易而自然,就像是从土地里长出来的,或者像树木结成的果实。徽州号称5000村落,古徽州一府六县,以及隶属老徽州的旌德县和太平县,在风俗和文化上,几乎都是一致的。每个县都有一些比较著名的村落,比如说歙县的昌溪、雄村、郑村、黄村、许村、汪满田、大谷运、紫阳、北岸、桂林、杞里、三阳坑、潭渡、棠樾、江村、大阜、深渡,现在隶属屯溪区的隆阜、篁墩,隶属徽州区的唐模、呈坎、潜口、岩寺、西溪南、灵山、富

休宁溪口关帝庙

溪,隶属黄山区的仙源、甘棠、焦村、麻村、岭下村,绩溪县的龙川、湖里、上庄、棋盘、长安、扬溪、伏岭、胡家、石勘头,祁门县的祁山镇、张村庇、渚口、马山、白塔村、洪村,休宁的五城、万安、黄村,旌德的江村、庙首、朱旺、兴隆、三溪、乔亭,黟县的宏村、西递、南屏,婺源的小起、汪口、江湾、清华、虹关、溪头村等等,这些村落,千姿百态,源远流长,各具个性和特色,每一个村落都有每一个村落的历史,每一个村落都有每一个村落的景色,每一个村落都有每一个村落的人物。

徽州虽然美好,不过在我看来,很多关于老徽州的文章,都不可避免地存在着某种误区,那就是过于扩大往昔的美好,以至在很多人的印象里,农耕时代的老徽州就如陶渊明笔下的"桃花源"一样和谐圆满。其实,老徽州也是有明显疤痕的,虽然旧时的徽

徽州人在山里的水田里耕作

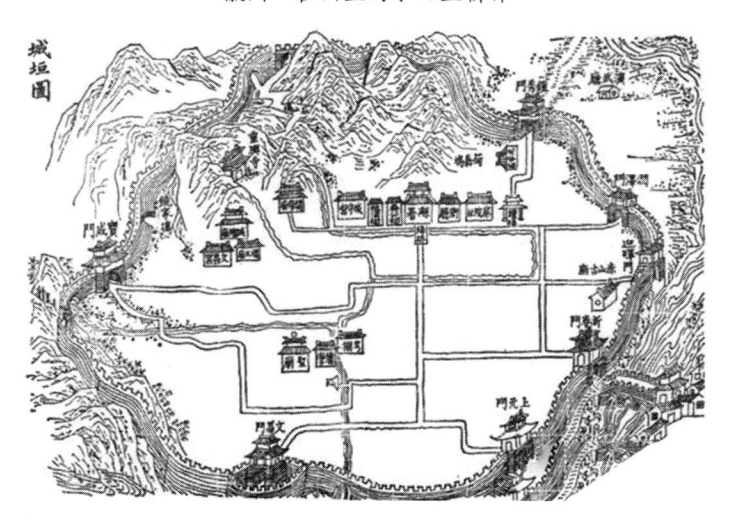

清同治年间祁门县城垣图

州青山环绕、绿水长流，但很多村落，自晚清之后，尤其是遭受太平天国兵燹之后，整体上已显破败，呈江河日下之势，很多村落看起来破烂不堪。并且，以现代公共卫生的角度来说，村落和居民在习惯和传统上不可避免地有着诸多陋习，显得陈旧而落后。这一点，当年日本作家芥川龙之介以及夏目漱石等来中国后所写的游记都有大篇幅的提及，很多欧洲人在撰写有关早期中国的见闻录中，也持相同的看法。他们不约而同地提及了

老皇历

晚清的乡村

中国城镇的破旧、坍塌,脏、乱、差,花草树木稀少,土地荒芜,池塘中的水浑浊不清,人们的精神面貌颓废而邋遢等状况。

当然,就中国村落的状况而言,应该说,徽州的村落,从总体上看,还是相当有特点的,在某种程度上,它所体现的也是中国文化在居住上"天人合一"的思想和理念,也能代表中国古代民居的特点。也因此,有人在评价徽州古村落时,冠之以"中国近代博物馆"的称谓……不管怎么样,距离和时间都是可以产生美的,只有失去的,才是弥足珍贵的。徽州村落所呈现的面貌,毕竟代表着一段具有诗意的田园生活,也代表着那个时代相对纯朴的心灵。

郁达夫笔下的屯溪

郁达夫与郭沫若、成仿吾

下面这篇题为《屯溪夜泊记》的散文是著名作家郁达夫撰写的。1934年初春,徽杭公路通车,时在浙江的郁达夫、林语堂、潘光旦等几个颇有影响力的文化人,由东南五省交通周览会组织,结伴沿新建的徽杭公路从杭州来徽州观光。按行程,他们本来是要去黄山和齐云山的,但因为安排方的原因,黄山没有去成,只好逗留在屯溪和休宁一带。这时候正是初春时节,淫雨霏霏,天气阴冷。可能因为到了徽州后的安排不周,加上诸多私事的不顺心,文人气极重的郁达夫在徽州的起初几日过得很不开心,以致在笔下流露出一贯的愤懑和颓废。不

杭徽公路沿途的徽州风光

民国时期黟县境内的公路

民国时期杭徽公路沿途黟县之风光

民国时期杭徽公路开通

过从郁达夫的这篇著名的文章中,仍可以看出当时徽州特别是屯溪的一些情况。

屯溪是安徽休宁县属的一个市镇,虽然居民不多——人口大约最多也不过一二万——工厂也没有,物产也并不丰富,但因为地处在婺源、祁门、黟县、休宁等县的众水汇聚之乡,下流成新安江。从前陆路交通不便的时候,徽州府西北几县的物产,全要从这屯溪出去,所以这个小镇居然也成了一个皖南的大码头,所以它也就有了小上海的别名。"生意兴隆通四海,财源茂盛达三江",这一副最普通的联语,若拿来赠给屯溪,倒也很可以指示出它的所以得繁盛的原委。

我们的漂泊到屯溪去,是因为东南五省交通周览会的邀请,打算去白岳黄山看一看风景;而又蒙从前的徽州府现在的歙县县长的不弃,替我们介绍了一家徽州府里有名的实在是龌龊得不堪的夜宿店,觉得在徽州是怎么也不能够过夜了,所以才夜半开车,闯入这小上海的屯溪市里。

虽则小上海,可究竟和大上海有点不同。第一,这小上海所有的旅馆,就只有大上海的五万分之一。我们在半夜的混沌里,冲到了此地,投各家旅馆,自然是都已经客满了。没有办法,就只好去投奔公安局——这公安局却是直系于省会的一个独立机关,是屯溪市上最大并且也是唯一的行政司法以及维持治安的公署,所以尽抵得过清朝一个州县——请他们来救济。我们提出的办法,是要他们去为我们租借一只大船来权当宿舍。

这交涉办到了午前的一点,才兹办妥。行李等物,搬上船后,舱铺清洁,空气通畅,大家高兴了起来,就交口称赞语堂林氏的有发明的天才,因为大家搬上船去宿的这一件事情,是语堂的提议,大约他总也是受了天随子陆龟蒙或八旗名士宗室宝竹坡的影响无疑。

浮家泛宅,大家联床接脚,在篾篷底下,洋油灯前,谈着笑着,悠悠入睡的那一种风情,倒的确是时代倒错的中世纪的诗人的行径。那一晚,因为上船得迟了,所以说废话说不上几刻钟,一船里就呼呼地充满了睡声。

第二天,天下了雨;在船上听雨,在水边看雨的风味,又是一种别样的情趣。因为天雨,旅行当然是不行,并且林潘全叶的四位,目的是只在看看徽州与自杭州至徽州的一段公路的,白岳黄山,自然是不想去的了,只教天一放晴,他们就打算回去,于是我们就有了一天悠闲自在的屯溪船上的休息。

屯溪的街市,是沿水的两条里外的直街,至西面而尽于屯浦,屯浦之上是一条大街,过桥又是一条街,系上西乡去的大路。是在这屯浦桥附近的几条街上,由他们屯溪人看来,觉得是毛色完全不同的这一群丧家之犬,仅在那里走来走去地走。其实呢,我们的泊船之处,就在离桥不远的东南一箭之地,而寄住在船上,却有两件大事,非要上岸去办不可,就是:一,吃饭;二,大便。

况且,人又是好奇的动物,除了睡眠、吃饭、排泄以外,少不得也要使用那两条腿于必要的事情之上,去做些不必要的事情;于是乎在江边的那家饭馆延旭楼即紫云馆,和那座公坑所,当然是可以不必说,就是一处贩卖破铜烂铁的旧货铺,以及就开在饭馆边上的一家假古董店,也突然地增加了许多顾客。我在旧货铺里,买了一部歙县吴殿麟的《紫石泉山房集》,语堂在那家假古董店里,买了些桃核船、翡翠、琥珀,以及许多碎了的白瓷。大家回到船上研究将起来,当以两毛钱买的那些点点的瓷片,最有价值,因为一只纤纤的玉手,捏着的是一条粗而且长,投入松菌的东西,另外的一条三角形的尖棕而带着微有曲线的白柄者,一定是国货的小脚;这些碎瓷,若不是康熙,总也是乾隆,说不定恐怕还是前朝内府坤宁宫里的珍藏。仔细研究到后来,你一言,我一语,想入非非,笑成一片,致使这一个水上小共和国里的百姓们,大家都堕落成了群居终日,专为不善的小人团。

早午饭吃后,光旦、秋原等又坐了车上徽州去了。语堂、增嘏,歪身倒在床上看书打瞌睡,只有被鬼附着似的神经质的我,在船里觉得是坐立都不能安,于是乎只好着了雨鞋,张着雨伞,再上岸去,去游屯溪的街市。

雨里的屯溪,市面也着实萧条。从东面有一块枪毙红丸犯处的木牌立着的地方起,一直到西尽头的屯浦桥附近为止,来回走了两遍,路上遇着的行人,数目并不很多,比到大上海的中心街市,先施、永安下的那块地方的人山人海,这小上海简直是乡村角落里了。无聊之极,我就爬上了市后面的那一排小山之上,打算对屯溪全市,做一个包罗万象的高空鸟瞰。

市后的小山,断断续续,一连倒也有四五个山峰。自东而西,俯瞰了屯溪市上的几千家人家,以及人家外围,贯流在那里的三四条溪水之后,我的两足,忽而走到了一处西面离桥不远的化山的平顶。顶上的石柱、石磉、石梁,依然还在,然而一堆瓦砾,寸草不生,几只飞鸟,只在乱石堆头慢声长叹。我一个人看看前面天主堂界内的杂树人家,和隔岸的那条同金字塔样的狮子(俗称扁担)石山,觉得阴森森毛发都有点直竖起来了,不得已就只好一口气地跳下了这座在屯溪市是地点、风景最好也没有的化山。后来上桥头的酒店里去坐下,向酒保仔细一探听,才晓得民国十八年的春天,宋老五带领了人马,曾将这屯溪市的店铺民房,实行了一次火洗,那座化山顶上的化山大寺,也就是于这个时候被焚化了的。那时候未被烧去而仅存者,只延旭楼的一间三层的高阁和天主堂内的几间平房而已。

在酒店里,和他们谈谈说说,我只吃了一碟炒四件,一斤杂有泥沙的绍兴酒,算起账来,竟被敲去了两块大洋,问:"何以会这么的贵?"回答说:"本地人都喝的歙酒,绍兴酒本来是很贵的。"这小上海的商家,别的上海样子倒还没有学好,只有这一个欺生敲诈的门径,却学得来青胜于蓝了,也无怪有人告诉我说,屯溪市上,无论哪一家大商店都有讨价还价,就连一盒火柴、一封香烟,也有生人熟面的市价不同。

傍晚四五点的时候,去徽州的大队人马回来了,一同上延旭楼去吃过晚饭,我和秋原、增嘏、成章四人,在江岸的东头走走,恰巧遇见了一位自上海来此的像白相人那么的汽车小商人。他于陪我们上游艺场去逛了一遍之余,又领我们到了一家他的旧识的乐户人家。姑娘的名号现在记不起来了,仿佛是翠华的两字,穿着一件黑绒的夹袄,镶着一个金牙齿,相貌倒也不算顶坏。听了几句徽州戏,喝了一杯祁门茶后,出到了街上。不意门头又遇见了三位装饰时髦到了极顶,身材也窈窕可观的摩登美夫人。那一位引导者,和她们似乎也是素熟的客人,大家招呼了一下走散之后,他就告诉了我们以她们的身世。她们的前身,本来是上海来游艺场献技的坤角,后来各有了主顾,唱戏就不唱了。不到一年,各主顾忽又有了新恋,她们便这样的一变,变作了街头的神女。这一短短的历史,简单虽也简单得很,但可惜我们中间的那位江州司马没有同来,否则倒又有一篇《琵琶行》好做了。在微雨黄昏的街上走着,他还告诉了我们这里有几家头等公娼,几家二等花茶馆,几家三等无名窟,和诨名"屯溪之王"的一家半开门。

回到了残灯无焰的船舱之内,向几位没有同去的诗人们报告了一番消息,余事只好躺下去睡觉了。但青衫憔悴的才子,既遇着了红粉飘零的美女,虽然没有后花园赠金、妓堂前碰壁的两幕情景,一首诗却是少不得的;斜倚着枕头,合着船篷上的雨韵,哼哼唧唧,我就在朦胧的梦里念成了一首:

新安江水碧悠悠,两岸人家散若舟;

几夜屯溪桥下梦,断肠春色似扬州。

屯溪老街

虽然郁达夫在上篇文章当中没有说屯溪什么好话,但在现在黄山市屯溪区的老桥下,仍立有一块大石头,上面注明郁达夫曾在此上岸,石头上面还镌刻着郁达夫的这首诗。现在的徽州人,仍以郁达夫到过屯溪而自得,至于文章的确切意蕴,谁还会认真计较呢?

屯溪的由来,同样也是因为水,"溪者,水也;屯者,聚也。诸水聚合,谓之屯溪"。另一种说法则是:三国时,东吴孙权曾经在这里屯兵,所以取"屯"为名。这两种说法哪种准确,已是无法证明了。不过屯溪位于诸水汇聚之处,地理上得天独厚的优势却是公认的。虽然屯溪城区不大,但山清水秀,江回峰转,空气宜人。尤其是新安江穿城而过,迤逦动人,为山城平添了很多风韵。当年的新安江还可以通船,江上帆樯林立,桅火与街灯相映生辉,应该是相当漂亮的。

徽州府志中的屯溪图

20世纪80年代末，我大学毕业后，曾经在屯溪工作过两年，住的地方，就在华山脚下的一排老房子中。这房子是我中学教历史的朱老师借给我的，让我初来乍到落个脚。当时图方便，也就在那里住了一段时间。那排老房子应该是民国之初建的，当时已破烂不堪，但就是在那间不大的老屋里，竟然聚集了七八户人家，都是一些老人。在这样的地方"蜗居"，明显是憋屈的，晚上7点不归，就要跟屋里的老人打招呼留门，否则他便会毫不客气地把门拴上。因为户与户之间仅是木板相隔，彼此的动静，都能听得一清二楚，连晚上隔壁老人的鼾声和小便声也不例外。最可怕的是屋子里的蜘蛛，大得惊人，张开时竟如小孩手掌一般，看得让人毛骨悚然。这样的屋子,哪里能住人呢？一有时间,我就在附近的屯溪大街小巷闲逛,懒得回家；一日三餐,基本也在老街的小吃摊上解决。那时的老街,应该与旧时的老街区别不大,一派古风古韵。冬天的时候,实在没地方去了,便在门口晒着太阳,听邻居有一搭无一搭地谈起屯溪和徽州的旧事。据那些老人说,1949年前的屯溪中心,就在华山脚下的老桥头一带：往东,是著名的老街；往西,是黎阳和西镇。黎阳、西镇一带是横江与率水二河之间的三角形沙洲地带,当年也是屯溪最繁华的地带。至于老街的名称由来,出自一位清朝诗人的诗作《屯溪春色》：

1933年11月屯溪河边公园建设

"率口访古坊,老街品茶茗。"屯溪老街最大的特色就是古风古韵,这里行人如织,窄窄的青石板路面的两旁挤满了商铺,商铺的门楼上悬挂着各种招幡,完全是一幅现实版的"清明上河图"。

屯溪老街在徽州一直算是颇有特色和规模的,虽然屯溪这个地方原先只是休宁的一个镇,但水路货运很发达,客商往来较多,长此以往,屯溪老街自然上了规模。不过在1929年4月,盘踞在徽州乡下的土匪朱富润(又名朱老五)带领100多人杀进屯溪,向屯溪商团要枪要钱未成,一气之下,竟将屯溪商会会长汪德光的"德厚昌"杂货店浇上煤油,付之一炬。大火烧了几天几夜,一时间将老街的店铺烧掉大半。这是屯溪历史上最大一劫,后来有民谣:屯溪浇得苦,害在朱老五,屯溪浇得光,祸起汪德光。20世纪30年代,老街开始重建,规划时街道比原来拓宽了一倍。老街的建设前后花了4年多时间,新建的建筑基本保持原来的风貌。到了1939年7月,日本人对皖南发动空袭,两枚燃烧弹落在屯溪西镇街,顿时将繁华的西镇街烧为灰烬。西镇街的焚毁给屯溪的有

20世纪20年代屯溪华山脚下人家

关人士提了个醒,时任安徽省皖南行署主任、"一·二八"淞沪抗日名将戴戟将军决定,修建3条马道将屯溪老街分割,由一条长街分为4段,3条横道分别以民族、民权、民生命名,也就是现在的上马路、中马路和下马路。

屯溪老街集中了一批老字号,比如说经营南北百货、药业的商号郑泰景、余福泰、裕和祥、鸿泰(大同)、震大、九华、胡同和、新昌、石翼农、同德仁、程德馨等。其中,郑泰景商号为徽州规模最大的南北杂货店,该店资金10万元,从业职工60余人,经理郑吉人。晚清休宁人汪静波独资开办的鸿泰布店,以及后来歙人王仲奇与休宁五城人胡玉华合资开设的大同布店,年批零营业额均达20余万元,这在当时的徽州,算是很大规模了。20世纪30年代以后,大同布店成为徽州该行业的龙头老大。屯溪老街上著名的店面还有自清咸丰年间就一直开设的程德馨酱园、建于明崇祯十三年的石翼农国药店、清同治二年创设的同德仁国药店等。这些本土商号,都是在徽州很有名的。

那时候的老街还有一些土特产商铺,以批发为主,兼营零售,有郑泰景、裕和祥、余福泰、李长兴、苏德源、曹新盛等商号。土特产商号的基本特点是前店后坊,自主经营。郑泰景主营南北杂货、粮、油、锡箔等,畅销不衰;裕和祥以经营海鲜、桂圆见长,桂圆年销量达10万斤。余福泰、同益生产的顶市酥、双益龙凤红烛也很有名,能同时销售到沪、杭一带。经营绸布业的大同商号,其染坊染制的"万年青"土布,在徽州本土很是紧俏。创设于清同治年

清道光《休宁县志》《屯浦归帆图》

间的同昌成、恒大成,以及创立于民国初年的立裕、民国十四年的瑞木祥茶庄,为屯溪四大茶庄,其经营的内销花茶,深受民众欢迎。除此之外,民国年间老街还有胡益隆"陈腊"黄酒、毛恒丰的"堆花"白酒销售,这些当地品牌,在徽州也有一些名气。

　　值得一提的是老街上的照相馆——民国以前,徽州尚没有照相这一行业,长辈想留个遗像给后世,一般都是请画师画像,也就是"容",一般都是画一个人的坐像。徽州有一个习俗,每年春节期间,家家户户都要挂"容",也就是祖宗像祭祀。不过"容"看起来千篇一律,个性不足,很难体现真实面貌。屯溪出现第一家照相馆是在1918年,当时有一个叫程兆丰的当地人,在外地学会了摄影后,看屯溪还没有照相馆,于是买了机器设备回到徽州,在屯溪开了一家。照相馆在屯溪开办之后,一开始当地人还不太敢去,说是照相会取人魂魄,不吉利。不过慢慢地,屯溪乃至徽州人接受了这种方式,半惊半喜地去照相馆拍个照片,洗出来,让亲戚朋友传看。

徽州容像

程兆丰的照相馆生意变得越来越好。由于生意兴隆,1923年,屯溪又出现了第二家照相馆——"我我轩"照相馆,老板叫方宜生,除了照相,还兼卖一些相框之类的东西。又过了些年,一个叫王焐的,也在老街附近开了一家照相馆,据说此人原在军队从事专业摄影,摄影技术比较专业,拍的照片自然、光鲜、漂亮。很快,这家照相馆成为生意最好的一家,人们都愿意到这里来拍照片。王老板经常把自己拍的一些美女相片夹在柜台板上做广告,没想到的是,这些美女照片经常被人悄悄偷走。王老板没办法,只好在每张用于广告的照片上盖上"从王焐处偷来的"的字样。这下,人们才不好意思拿了。1930年左右,屯溪又开了家照相馆,叫"兆丰照相馆"。兆丰照相馆是当时的兆丰旅馆的老板办的,老板看照相馆生意太好,便花钱买了好器材,又从外地请了照相师傅,也开了一家。兆丰照相馆开了以后,生意也很好。到了抗战爆发后,由于大批从沿海以及安庆来的人口拥向屯溪,屯溪的照相馆又多了好几家。这当中有一些是从省会安庆迁来的,有一些是从江浙迁过来的。到1951年工商登记发证时,屯溪共有照相馆7家,它们分别为:艺华、留真、昌明、光明、巴黎、留园、黑白,从业人员23人。

徽州人家(许若齐父亲儿时)

除了照相馆,屯溪生意红火的还有徽菜馆。1930年前后,屯溪有近10家比较大的菜馆,全部经营徽菜。当时最有名的徽菜厨子是陈华贵和程灶奎,主要业务是送酒席上门。那时的物价还是比较便宜的,钱很值钱,5元一桌的酒席可以吃上鱼肚、海参,最高标准一桌只有20元,而且山珍海味俱全,另有烤鸭、烤方(猪肉)等。当然,酒席不是一般人家所能负担得起的,平民们喜欢的是风味小吃。屯溪的风味小吃,比较有名的有程新茂的冬瓜饺、眉毛酥、枣仁糕等,徽州当地的油煎毛豆腐以及江西的敲梆饺在当时也很普遍。抗战时期,由于屯溪人口众多,各种各样的小吃更是流行:李正茂的虾米豆

千年徽州梦·老徽州 | 251

腐干、海阳楼的小笼包,以及河街老光的肉粽、"味真"的葱油饼、"醉乐春"的八宝馆等,在当时都很有名。当时驻军在徽州的唐式遵、张宗良等军政要员,在老街闲逛一遍书画古董店后,往往会在老街的饭店里点几个菜和小吃,呷上点小酒,喝得红光满面,然后悠悠然回部队营地。虽然前方硝烟弥漫,但大后方的日子,也过得气定神闲。

对于老街,最熟悉不过的,就属我的朋友,同样也是作家的许若齐了。自打祖父辈起,许家就在屯溪老街开了一个中医诊所,医术世代相传,在屯溪一带很有名气。打小起,许若齐就看见家里常常坐满了三教九流的求诊者,一番"望、闻、问、切"之后,他的父亲便会唰唰地开好药方,递给患者,同时不忘叮嘱一句:药到同德仁去抓。许大夫所说的这个同德仁,是老街上的一个老字号药店,是休宁前辈老乡程德宗、邵远仁于同治年间合办的,之所以取名"同德仁",寓意是"同心同德";也将开办时间同治年的"同"以及兴办人程德宗的"德"、邵远仁的"仁"藏了进去。"同德仁"制药在屯溪一带颇有名气,许若齐听自己的父亲说,每逢"同德仁"杀鹿制药之时,就像是老街人的节日一样。那一天一大早,"同德仁"就会组织一干人抬着披着红布的活鹿四处巡游,一路敲锣打鼓,放着鞭炮。等绕行半个屯溪后,回到药店门口,点香焚烛,众目睽睽之下,一刀宰杀活鹿。然后割鹿茸、鹿鞭入药。这一套繁复的程序和仪式,足以证明"同德仁"的货真价实。

抗战爆发后的一段时间,屯溪一度变得繁华热闹。当时,安徽省会安庆沦陷,在安庆的安徽省政府以及国民党机关大批渡江南迁,拥往位于皖南山区的徽州,驻扎在屯溪以及歙县岩寺一带。国民党第三战区长官司令部、安徽省主席行署、皖南行署、国民党安徽省党部等三四百个大小机关单位全迁来屯溪。与此同时,由于江浙各大都市相继沦陷,苏南、上海、南京等地大批党、政、军、特机构也内迁徽州;京、沪、宁、杭、芜各地商贾,尤其是一些徽商,也来徽州躲避战火。同时内迁的,还有一些重要的金融机构,有先期来徽州的中央银行、中国银行,也有后来迁来的交通银行、中国农民银行以及各地方银行等。徽州一带成为一个真正的"大后方",最多时,屯溪人口激增至20多万。人口的增多,带来了市场的畸形繁荣,很多行业也随之兴起,比如说钟表店、眼镜店、西药店等;饮食服务业更是异常红火;其他诸如梨园、歌馆、舞厅乃至赌场、妓院、烟馆等,也呈繁荣昌盛之势。屯溪一度被称为"小上海"。人口的众多,也带来了文化的繁荣,当时的徽州曾出版好几份报纸,比如发行量较大的《徽州日报》《徽声报》《皖报》《复兴

民国时期的《徽声日报》

日报》等，还办有综合性杂志《皖南人》。甚至《中央日报》也曾在屯溪办有当地版，《中央日报·屯溪版》第一号报纸于 1942 年 11 月发行，是 4 开日刊报纸，分国内新闻、国际新闻、地方新闻和文艺副刊 4 个版。

抗战前后徽州的这一段历史，是徽州历史上的一个特殊时期。让人可惜的是，

上官云相

关于这方面的文章和资料不多，对这一段历史加以全景式描写的文学作品也很少。从一些零星的资料来看，这一段历史还真算是丰富有趣的，比如现在屯溪徽州区以及歙县附近的不少地方，还留下了当年国民党军队的抗日标语。我在歙县郑村汪家大屋内，就看到有一面墙上，至今还留有国民党军队的军事作战地图。据说，这个屋子当年就是国民党第六战区副司令长官上官云相的司令部。那一次我怔怔地在老屋里转悠，对着地图看了很久。对屯溪乃至徽州的这一段历史，我一直怀有浓厚的兴趣，兵荒马乱时节，萍水相逢之时，该会出现多少故事呢？也许，真应该去写一写这样的故事。

徽州府歙县

再说郁达夫——郁达夫1934年所见的屯溪，虽是皖南行署的所在地，但从历史上看，屯溪很长时间只是休宁县一个相对繁华的小镇，在规模上根本比不上相隔数十公里的歙县县城，也就是老徽州府所在地徽城镇。所以，对于正宗的徽州人而言，徽州的中心还是徽城镇，也就是当年徽州府所在地和歙县县城，不是屯溪。

我对古老的徽城镇并不陌生。很小的时候，我就经常来到这里，那时我外婆家就住在斗山街的老房子里。我最熟悉的，就是弯弯曲曲的斗山街，以及附近的徽州师范校园。后来我知晓，斗山街的得名在于旁边有一座小山，七个山头相连，状如北斗七星般排列，称为斗山；也因此，相连的这一条街，就被称为"斗山街"了。这一条隘窄弯曲的斗山街，可谓藏龙卧虎，当年，它集中了歙县很多有钱有势的家族。有很多钱的徽商，在赚足了钱之后，都先后在这里购置房产,街上依次有汪氏大宅、杨家大院、许家大院、潘家大院等等。不过,在我出生之时,这些有钱人都已经消失了,尚存的只是神秘的大宅。在我童年的印象里,那些大宅门似乎是永远关闭的,只有厚厚的大门毫无表情地面对街道。步行在斗山街上,走在迷宫似的古巷中,总有一种异样的感觉,仿佛穿越时空隧道,我周围的碧苔、碎瓦、

清代手绘安徽歙州郡府老地图

荒地、古树,似乎都不属于当今的世界,它们的心思全在过去的时光之中。斗山街的人,也是很少串门的。我甚至连对门家都没有去过,也很少见有人过来。而走过一些虚掩的大门,瞥到里面的一些人,眼神似乎也是怪怪的。那时,古老的徽城镇留给我的疑问和不解实在是太多,每次上街,当我穿行在街中心那座高大精致的许国八角牌坊之下时,我就会想:这样一个精致的石头盒子是做什么的呢?还有上面那些字,我怎么也无法读懂,也懒得去认真领会。除了斗山街、八角牌坊之外,我还常常到旧县衙、八眼井,以及位于练江对岸的太白楼、渐江墓一带玩耍。不过对于它们的来历,我从来无心深入了解。我的舅公家就住在八眼井的旁边,在他家院子里,还长有两株据说有四五百年的石榴树,结出的

果实又大又甜——这些,才是我们真正感兴趣的。夏天,我们会去太平桥下面游泳,去练江的碎月滩捡石子,打水漂,或者提着弹弓去附近的徽州师范或者西干山、太白楼一带打鸟。有时候走得远一点,我们就骑车去十几里外的岩寺,逛逛老街,爬一爬那个七层的文峰塔。

抗日战争时徽州古城门

那时我当然不懂老徽州的好,也全然不懂皇帝大臣什么的。历史于我,就像很远处的山峦一样,只是一片不明所以的空蒙。在那个鄙夷历史的年代里,徽城镇给我最深刻的记忆是:乱哄哄的老街;老房子阴森恐怖;外婆的五香茶叶蛋烧得真好;还有,就是我的每一个舅舅都能烧一手正宗的徽菜。歙县给我的印象是热闹繁华的,它远比我的出生地旌德县要繁华得多。对于这一点,歙县人都有一种优越感,在他们眼中,歙县徽城镇是徽州府所在地,在徽州只有歙县人才算是"城里人",其他县的人都是乡下人。这也难怪,就商业、文化、教育的发达程度而言,歙县在很长时间里无疑是首屈一指的。县城比较大,也繁华热闹,城中心有阳和街、中心街、西南街、小北街、大北街、南街、斗山街;县衙一带有上路街、新民街、后街;城外有西关街、北关街、渔梁街。这些街道四通八达,人来人往。

有时候,闲着无事时,外公与外婆也跟我们谈起一些旧时的掌故和历史——旧时的歙县,有很多老字号,在古街上有两个铺面最为有名,一是集和堂药店,另一家则是唐益隆酱园。这两家老板都是绩溪人,从清朝同治年间就在徽城镇开店了。集和堂药店一直最有声誉,生产的药货真价实,歙县当地很多名医都指定患者拿着药方在这里抓药。而唐益隆酱园的虾仁豆干、黄豆酱油,味道无比鲜美。当然,在徽城镇很有名的店铺,还是我舅公等人开的照相馆。当时歙县的四邻八乡人士,都在这里拍照片。值得一提的是,1934年左右,歙县诞生了第一份报纸,由歙县许村商人许伯棠创办。许伯棠很热爱文化,赚了很多钱后,先是在歙城南街上办了一个紫阳书局,不久,又请了当时的著名才子汪蔚云来办《徽声日报》。《徽声日报》办了几年,在歙县一带发行得不错,甚至也有了一些分类广告。但到了1937年,日本人派飞机轰炸皖南,在歙县境内投下了两颗炸弹。一时歙城大乱,《徽声日报》也跑掉了几个员工,《徽声日报》便"树倒猢狲散"地停刊了。

旧时的徽城镇热闹,徽城镇附近的渔梁也热闹。渔梁是新安江上一个重要的码头,是徽州通往江浙一带的货物集散地。据说,当年渔梁的街道长达两里路,远远长于现在的小街。街道两旁都是酒店、客栈、商店,徽商、水手和往来的客人云集于此。这样的情景,应该跟沈从文笔下的凤凰有得一比。当年徽州有八景,"渔梁送别"就曾被列为一景,但它指的不是当地的兴旺情景,而是指在渔梁送别亲人下新安的悲壮场面。时人有诗描绘道:

欲落不落晚日黄,归雁写遍遥天长。

数声渔笛起何处,孤舟下濑如龙骧。

漠漠烟横溪万顷,鸦背斜阳驻余景。

扣舷歌断蘋花风,残酒半销幽梦醒。

不过在进入20世纪40年代以后,随着徽商的衰落,渔梁的繁盛也逐渐地式微了。

渔梁也是我四舅母的老家,一直到现在,我四舅母家在渔梁的祖传老宅还在。在老宅中,有一棵数百年的石榴树,虬枝茁壮,到了初秋,树上满是金黄色的果实,又大又甜。后院所倚的小丘中,还有一个小洞穴,冬暖夏凉,简直是一个偌大的天然贮藏室,可以贮存红薯、甘蔗等很多东西。20世纪八九十年代,因为老宅破败不堪,电视剧《聊斋》剧组还特意寻觅到这里取景拍了好几集。对于渔梁,我最难忘的记忆就是,20世纪70年代初,我和我哥哥曾陪我的四舅舅,徒步从斗山街走到这里,迎娶了四舅母。

那场结婚仪式现在看起来如此简单,简单得好像连串鞭炮都没有放,新郎官的旁边,就我跟我哥两个伴郎。当时,四舅舅推着一辆崭新的"永久牌"自行车,我拎着一篮鸡蛋,我哥则提着一篮水果糖。歙县当地的风俗,是由"童男子"陪着新郎官迎亲。我和我哥那时只有十来岁,当然是"童男子"。我们去的时候有3个人,回来时则变成了4个人。我的四舅舅用他的"永久牌"自行车驮着我的四舅母,年轻的四舅母一脸幸福地坐在后座上,甜蜜地低垂着眼睫。我们则像王朝、马汉一样跟在他们的后面慢慢地跑着。身后,是变得越来越模糊的渔梁,那些老房子远远地回望过去,就像一堆老人挤在一起,在向我们眺望。

最佳之处是水口

民国时期安徽黟县太白楼

这一张老照片,是民国时期的黟县太白楼。当时,这座太白楼位居黟县碧阳镇的入口处,巍峨矗立,曾是当地一大景观。当然现在这座楼早已不存在了。当年的徽州,几乎所有古老村落的入口处,都有一些漂亮的景观和建筑装点,潺潺河流旁边,或一丛绿林,或一座宝塔,或一袭亭台,或一幢楼宇……这些,就是在徽州村落整体建筑格局中有"门户"和"灵魂"之誉的水口。

说到水口,就不能不提风水。在农耕社会中,出于认识上的原因,人们总是把吉凶祸福归因于各种神祇和自然力量,人类不由自主地产生了对自然力的崇拜。在这当中,山川的形状首先被附会成世事兴衰的原因,随之而来的一整套的堪舆风水理论应运而生,牵强附会地对应着人与自然的关系。"水口者,一方众水所总出处也"。古代风水师缪希雍在《葬经翼》中的这一定义,大体点明了水口在村落空间结构中的方位。徽州村落的建设一般都有些美学追求,它多选在山脉的转折或两山夹峙、溪流左环右绕之地。村落的水口,是最讲究的一个章节,就像一篇文章的开篇——它距村庄距离近者几十米,远者一二里甚至更多;有一层水口,也有多层水口。如平原处无山可依,则多选流经村落的河渠下游。当然,除了美学追求之外,水口还有着防卫、界定、实用、聚会、导向等功能。徽州村落在规划之初,往往要请"罗经师"或者"阴阳生",也就是风水师对周围的地形地貌进行观察和测量。风水师最关注的核心一般有两点:一是环境的整体领域感。领域感能培养村民的归属意识和安全意识,有利于培养宗族的凝聚力、向心力。在一般情况下,一座村落,背后要有祖山、少祖山,前面要有案山、朝山,左右要有连绵的山峦,一般叫护沙或左辅右弼。村址四周的山岭一般呈闭合形状,大体要有中轴,景观要近于对称,山形要有层次。这样的要求,实际上是在隐喻和对应衙署的公堂,希望子孙能走政途。其中,"学而优则仕"的主流思想贯穿于风水理论中。二是村址附近最好有圆锥形的山峰,以在村子东南方,即巽方最好。尖尖的山峰一般就叫"文笔峰"或者"卓笔峰",主文运;如果有整齐的一排山峰,就会叫"笔架山"。一座村庄,如果倚临文笔峰或者笔架山,那就比较理想了。

呈坎村南水口图

同治十一年(1872年)程可亭图,原载《新安罗氏族谱》

如果环境不很理想,也可以通过人工方式来补救,例如用庙或者用亭来补缺,用塔来取代文笔峰,改称"文峰塔"等。另外,凡有文笔峰的村子,在村前面对文笔峰的地方,要有一口天然的或人工的池塘,称为"砚池",文笔峰投影于其中,叫作"文笔蘸墨"。这样的安排,目的是为了激活村落的文气。除此之外,因为圆锥形的山峰是"火形",怕引火进村闹灾,所以要用水池消解。当然,风水的定义,随了固定的原则之外,随意性也很大,村落的布局,很大程度上也是根据风水师的意愿改变的,只要风水师能自圆其说,村民们自然也很乐意地接受。

我们再以徽州的古村落呈坎村为例。

歙县呈坎文昌阁

歙县呈坎上观水口园林

呈坎村下观全景

呈坎村内景

这一组照片，是20世纪三四十年代的歙县呈坎村的影像，照片来自呈坎人氏罗来平。罗来平退休之前，是安徽省建设厅的高级工程师，一辈子对自己的家乡呈坎无比热爱，也对现在过度旅游开发损害古村落原貌的某些现状相当不满。他所追忆的，一直是山清水秀、天人合一的旧时村落。对于罗来平来说，记忆中的呈坎可能是他这一辈子最钟情的地方了，每一次谈到呈坎，罗来平总显得眉飞色舞。也的确,这个千年古村的确有很多令人骄傲的地方,其他的不说,单是编于宋代的《罗氏宗谱》由理学大宗师朱熹作序这一点,也够人们自豪和欣慰的了。

在《罗氏宗谱》的序言中,朱熹对呈坎充满着溢美之词,朱熹不仅称赞呈坎为"江南第一村",而且在序中也提到了自己的祖居地曾在呈坎附近的朱村。在这篇《罗氏宗谱》的序言之后,朱熹郑重地署上了自己的名字:"同里眷弟,朱熹拜序。"有史如此,当然是呈坎人值得自豪的一件事。除了朱熹亲自写的序言,呈坎最有名的,就是罗氏宗祠了。罗氏宗祠始建于宋末元初,待它完全落成时,已是70年后了。这样的建筑方式,是典型的古典风格,就如同欧洲兴建庞大的教堂一样。有很多精美的东西,非得有时间的积淀才行。就家族祠堂的恢宏和壮观而言,罗氏宗祠可谓首屈一指——祠堂占地5亩多,建筑面积达3000多平方米,北侧有厨房、杂院,南侧有女祠,整个祠堂气势非凡,精雅恢宏,直到今天,这座祠堂还足以睥睨周围的其他建筑。

呈坎四面环山,正好处于一个盆地当中,风水中的"左青龙右白虎,前朱雀后玄武"概念,正好与村落一一对应——村落藏于群山环抱的"龙穴"之中,以万物精华的"气"为凝结点,构成这独特而封闭的空间。呈坎村同样拥有漂亮的水口,有精妙的布局,整个村落由青石板路以及小河连接起来,显得曲折幽深,自成格局,以至有人称呈坎村为"八卦村"。不管这种说法是否准确,不过呈坎呈现出的布局精致和玄妙却很明显。跟徽州的其他古村落一

实业救国的罗泽之在南通(中间戴眼镜者)

样,呈坎也出过不少人才,比如当年在南通的著名徽商罗泽之以及曾任孙中山秘书的罗会坦等。关于呈坎村,我还有另一个情结——我的外婆就是呈坎人。这个偌大的罗氏宗祠也是我外婆的宗祠,当然,就女性而言,她们在徽州一直没有什么地位,在嫁人之后,是不允许进入本姓祠堂的。外婆叫罗莲子,不过自从嫁给我外公后,就很少有人知道她的名字了。在外婆身上,还藏有一个身世之谜,那就是外婆的右脚小拇指的指甲,竟分成两瓣。这一个秘密每代单传,在我的一个舅舅,以及我的一个表妹身上,同样也有这种奇怪的生理现象。后来我看到有关移民史的书籍,上面提及这个标志,说凡是有这样标志的人,都带有外族的血脉。这样的判断不知道是否属实,不过中华民族的发展过程是一个各民族大融合的过程,外婆身上如果带有这样的秘密,也不是一件奇怪的事情。如果这个事实成立的话,也意味着外婆这个家族同样带有某种不为人知的秘密,尽管它的宗祠是那样的堂皇和恢宏。

跟所有徽州女人一样,外婆16岁的时候就嫁给了我的外公。这一桩婚姻,在走过了半个多世纪以后回看,可以说不是一桩伟大的婚姻,也不是一桩美满的婚姻,它只是一桩普通寻常的婚姻。婚姻的结果,是他们的命运永远拴在了一起,呼吸与共,子孙满堂,至于其他的,则没有什么了。外婆在嫁给外公之后,她便由呈坎来到了徽城镇,如所有的徽州女人一样,充实而无聊地度过了自己的一生:丈夫外出经商,自己在家哺育着儿女,过着与世隔绝的生活。到我出生之时,我眼中的她,已变成一个身材臃肿、喋喋不休的老太婆,整日在老房子里如陀螺一样旋转不止,怨声不断。虽然呈坎离歙县县城算不上太远,但自从她来到县城后,就很少回去了。嫁出来的女儿如泼出来的水,更何况她早已不属于自己了——只属于丈夫和孩子。在一生当中,外婆不停地生孩子,一直到生不了为止,所有的梦想和情趣都变得烟消云散。这也是一个人的人生吗?过程如此繁缛,终究毫无意义。

可以想象外婆的心思——闲时,应是冬天吧,与冬天一般的老年,当儿女们都一一长大离开的时候,当外公如一头老牛般早早歇息的时候,当自己实在没什么要忙的、闲下来的时候,在幽静的斗山街,外婆会怔怔地坐在老房子的中堂里,怔怔地注视着天井之上的天空。燕子南归了,麻雀也不啁啾了,外婆眺望着天空上闪烁的星星,耳边是老屋子石缝里蟋蟀的啼鸣。一切都那样空,连所有的声音,也是从空空的地方传来的。这个时候,外婆应该还会想起呈坎吧,想起那个古村落,想起一些只属于她的童年往事。对于呈坎,对于这个世界,外婆还没有完全地读懂它就离开那个地方了,并且,再也回不去了。

旺川村史

徽州人的乡土观念强,是因为家乡格外美丽。在徽州的每一个村落,都可以找到无比挚爱她的人,我中学时的语文老师曹健,就是一个无比热爱家乡(绩溪旺川村)的人。

很多年前,我就去过旺川。因为去胡适的老家上庄,要经过这个村子。在我眼中,旺川只算是徽州一个不大不小的古村落,实在没有什么过人之处,也没认真地品味。这些年,因为曹健老师不断地寄给我一些资料,我才了解这一座看似平凡的徽州古村落——从我的母校旌德中学退休之后,曹健老师就回到了旺川村,跟村里几位老人一起自发编撰旺川的村史。这个现今3000多人的村庄建于宋景德年间,距今已有1000多年的历史。据说,鼎盛时期的旺川曾有宗祠厅宇40处、书屋会所8处、石桥16座、牌坊12座、水碓13处,村内街巷道路均是花岗岩铺就。村里文风兴盛,从宋到清,共出了进士6名、举人20名、贡生76名。当然,最使我惊叹的是,曹健老师曾寄给我的一份厚厚手稿的复印件,是抗战后定居台湾地区的大学教授曹升之写的,一共74页,将近3万字。文稿的每一个字都工工整整、清洁秀丽。这份手稿是晚年的曹先生对绩溪和旺川的地理、民俗、宗谱、民生状况、婚丧仪式的详细的记录和整理。一位一直漂泊在外的老人,在生命的最后时光里,独自在字里行间去追寻家乡的记忆,从中得到某种程度的满足,不能不说是一件令人感慨的事情。

曹健老师和他们编著的《旺川村史》还整理了一些村中名人的事迹,比如,我国著名的天文学家曹谟以及近代史上的才女曹诚英等。关于曹诚英与胡适的爱情故事,一直是我感兴趣的。曹诚英是正宗的旺川人,她的父亲名叫曹耆瑞,曾是一个徽商,早年曾在四川做过生意,娶过一个川妹子为妻。之后去了武汉,开了一爿文房四宝店,经营字画业务。曹耆瑞年纪大了之后,把店面交给继子曹继发经营。曹继发继续文房四宝经营的同时,又拓展了茶叶经营,在茶叶的包装和品质上进行了改良,生意做得非常出色,又在汉口等地增开了很多店面,有一段时间几乎垄断了武汉三镇的茶叶市场,成为武汉三镇富商巨贾之一,还曾当选为汉口徽州会馆董事及绩溪同乡会会长。曹诚英应该是曹耆瑞和在旺川的原配所生,童年时在旺川长大,聪明伶俐、漂亮,成年后外出读书。她应该是作为江冬秀的伴娘认识胡适的,后来,胡适去杭州养病,曹诚英正好在杭州,通过汪静之,算是真正地走入了胡适的生活。每一个人的时光都是一条线,撞上了,缠上了,都算是一段尘缘。

在旺川村的公路边,有一座很不引人注目的坟墓,长满萋萋青草,墓碑上写着"曹诚英先生之墓"。让很多人意外的是,死后的曹诚英就安葬在这里。当地村民介绍说,从1958年起,曹诚英回到了绩溪,住在县城,有时也来旺川。她很少跟当地的居民接触,当地人也不知道她是做什么的,只晓得她曾经是一个退休教授,更不知道她与胡适的那一段情缘。一直到近年,人们在追溯起胡适的这一段情缘来,才想起这个被历史遗忘的悲剧人物。在结束了那段短暂而美好的情缘之后,曹诚英发愤读书,并在胡适的帮助下于1934年到美国留学。几年后回国,曹诚英先后执教于安徽大学、四川大学、复旦大学及沈阳农学院,在经历了一段短

绩溪旺川村

时间的婚姻后,终身未再嫁。到绩溪之后,她谢绝了与外界的来往,只是将她一直珍藏着的一大包与胡适的来往资料交于汪静之保管,直至1973年落寞地去世。在她的遗稿《无题·临江仙》中,她写道:"老病孤身何所寄? 南迁北驻迟疑。安排谁为决难题? 哥哥多病废,质仰死无知! 徒夸生平多友好,算来终是痴迷。于今除却党支持,亲朋休望靠,音讯且疏稀。"晚年的凄清之景渗于纸上。

曹诚英去世后,村里人遵从她的意思,把她安葬在旺川村的公路边。岁月留给她的,最终是化蝶的相思。曹诚英还是幻想着有朝一日胡适在回老家的时候能够彼此相望,很多年未见胡先生了,就是死,也想彼此见上一面。这又是怎样的一番情丝呢! 现在的旺川,提及曹诚英与胡适的爱情故事,曹姓人士至今仍是一声长叹。

徽州的村落就是这样,每一个村落都有一些不凡的人物和故事,如果溯本求源的话,更显源远流长。现在,曹健老师他们已编辑出版好几本书了,整理的都是旺川的旧人旧事。不过旺川的故事远没有完。旺川与其他的徽州古村落一样,是一株千年古树;在她的上面,悬挂着无数果实,也飘摇着无数叶子。尽管每一片叶子都显得自在自由,但她与根,与脚下的土地,都是紧密相连的。

江　村

　　我相对较为熟悉的徽州古村落,还有旌德县的江村,这是一个我童年时记忆深刻的地方。在我的记忆中,这应该是旌德县最大的一个村落,充满着寂静和神秘。小时候我知道的是这个村子里有一个老中医,仙风道骨,家里藏有很多古书。虽然"破四旧"烧了一些,但传说在他家的屋顶,还藏有很多。在新中国成立后,老中医是江村最有名望的文化人,"文革"后期时,他还经常写一些古诗,投到当时的《旌德文艺》发表。当时我也读不懂古诗词,只感觉他的诗,跟别人的不太一样,心中一直存有某种疑问和仰望,这是对他,也是对那个逝去的时代。自从我离开旌德后,就再也没有见过他了。老中医一直活到 90 多岁。

　　江村依山面水,山是金鳌山,从形状上看像一个巨大的鳌;水是一个人工的池塘,叫"聚秀湖"。这座古村落的起源,可以追溯到公元 600—630 年,当时江淹的五世孙江韶从宣城迁徙至旌德,见"金鳌山峰峦回合,山水清明,环绕双溪,别成一境,有蓬勃不可遏之气,遂卜居焉。名其地为江村"。

太平天国运动之前的江村,应该是江村发展过程中的最高峰,据说那时江村人口已达6万。村落庞大,道路宽阔,井然有序。村口簇拥着一片大树林,有银杏,有香樟,粗壮得十来人都合围不过来。不过在经历过一番烧杀抢掠之后,江村人口锐减,一蹶不振。村口很多宗祠和老树都不见了踪影,只剩下两株数百年的红豆杉,看起来郁郁寡欢,依旧屹立在村口。值得庆幸的是聚秀湖还在,一派神奇地把周围的远近山峦尽收水中。

江村最值得一提的,是它的宗谱。1917年,江村的清末翰林江志伊开始组织大量人力物力编修宗谱,1926年得以完成。这套《济阳江氏金鳌派宗谱》清晰翔实,从地理、人物、世系、志传、墓志表等多方面记载了江姓的延脉。宗谱定稿之后,被祖籍为江村的文化学者江亢虎博士带到巴拿马万国谱牒大会上进行展示,同时

清代教育家江志伊　　　　江亢虎

向会议代表展示的中国谱牒还有爱新觉罗家谱和曲阜孔姓家谱。由此可见江氏族谱的代表性。当然,《江氏宗谱》在徽州并不是一个独特现象,诸如此类的族谱和家谱,徽州几乎每一个村落和姓氏都有。

江上青

在北大任教时期的江绍原

江村在近现代史上异常兴旺发达,出了很多大人物,比如民国代总理江朝宗(江世尧)、民国安徽省长江绍杰、民国海军将领江泽澍,此外,还有革命烈士江上青等。除了大人物外,江村还涌现了一些文化名人,他们是清翰林编修江志伊、美国加利福尼亚大学名誉博士江亢虎、文化学者江绍原、发明"人痘接种法"的医学家江希舜、著名数学家江泽涵等。值得一提的是江亢虎。他在民国初年是一个很有影响力的人物,是民国初年中国社会党的创始人,社会主义的提倡者,一个自由知识分子。美国记者斯诺在《西行漫记》中写道,毛泽东在跟他的谈话中,提及自己是读了江亢虎的书后,才慢慢了解社会主义的。另外一个值得一提的就是江绍原了。江绍原

幼年时的江绍原和他父亲

江冬秀和她的三个儿子

也是民国初年的著名才子,早年毕业于北京大学,曾参加过"火烧赵家楼"运动。五四后江绍原赴美留学,回国后在任教的同时,创办《语丝》杂志,这在当时是一本非常有影响的刊物。江绍原与胡适和鲁迅的关系很密切,除了编辑组稿之外,自己也写一些文章,著有《中国古代之旅行》、《发·须·爪》、《血与天癸》、《宗教的出生与成长》(译)等。当然,在江村土生土长的是胡适的夫人江冬秀。江冬秀在与胡适结婚前,一直生长在江村。江村与胡适的家乡上庄只有一山之隔,在它们中间,有一条蜿蜒的山间石板路相连,两地相距15公里。当年,从美国归来的胡适就是翻山越岭走了15公里山路来江村迎娶江冬秀的。江冬秀虽然不甚有文化,但她家学渊源,曾外祖父吕朝端及外祖父吕佩芬是旌德县庙首的父子翰林。

江村目前尚存的老屋,值得一提的是"茂盛堂",它是民国代

江冬秀捐款修的古道

民国代总理江朝宗

总理、北平特别市长江朝宗的祖屋，属于明代建筑，占地10余亩，依山傍水而建，气势很是庄严不凡。另外一个，则是"暗然别墅"了，这座中西合璧的建筑是民国安徽省长江绍杰1927年所建，整个建筑与邻近的徽派建筑不同，门楼是圆的，也没有天井，不设"三雕"，从建筑风格来说，可以说是中西一体。值得注意的是别墅的名称，江绍杰为什么把自己的别墅命名为"暗然"呢？是生逢乱世，辞旧迎新，一切都由不得自己，只好躲在这个小山村中独自怜惜？一个从专制政治舞台上隐退下去的人物，除了很多东西不可言说之外，剩下的，就是不可抑制的凄清了。

同样感到"暗然"的还有江村。当现代世界的风暴卷起之时，这个曾经风光的古村落就像是一场大爆炸后的微尘，飘摇于风雨之中，她唯一的可能，就是像一头老龟一样，苟延残喘，做着益寿延年的千年之梦。不只是江村，似乎整个老徽州，都是这样。

第三章 那些事儿

在近代,对徽州影响最大的事件,莫过于太平天国与湘军以徽州为战场而进行的争斗了。徽州之所以成为清军和太平军鏖战的地方,财富的争夺是重要原因之一。徽州的富庶让太平军垂涎,也让清军绝不放弃;除此之外,就是战略地位,徽州位于吴头楚尾,山深势险,太平天国定都南京(改"南京"为"天京")后,徽州算是天京的一道重要的屏障,是天国王朝战略进攻和防御的腹地。这样重要的地理位置自然成为兵家必争之地。曾国藩率领湘军北上之后,充分认识到徽州在战略上的重要性,有一段时间,他也把湘军大本营设在祁门县的洪家大屋,不惜一切代价与太平军进行了艰苦卓绝的拉锯战。据统计,当时在徽州大大小小的战役不下百次。太平天国战争在徽州持续时间之长久、涉陷地域之深广、交战次数之频繁、损失之惨重,是历史上绝无仅有的。兵燹加剧了徽州的衰落,也使得徽州一蹶不振,陷入了长期的靡顿状态。

在经历了清末太平天国的兵燹之后,徽州元气大伤,归于沉寂,就像一个奄奄一息的动物一样,悄然地躲在山坳里,舔着自己的伤口。进入20世纪后,全国各地风云变幻,先是清末新政,然后是辛亥革命,革命党推翻了清政府。接着,又是民主政治的试验,袁世凯试图恢复帝制。然后,北洋军阀互相争斗。孙中山组织北伐……在这个过程中,徽州的郡县,也随之发生了一些改变,衙门的头头们如走马灯一样来来往往。不过从总体上来说,徽州仍旧一如既往地沉寂着,一切的进入都显得很滞后,人们依旧日出而作,日落而息。当然,在内部,也跟山外的世界一样,不知不觉地发生着一些改变。从徽州近现代所发生的一些大大小小的事件中,同样可以管窥中国的艰难变迁。

到了1934年,徽州又开始遭遇大规模的战争了。这场战争源自中国工农红军深入徽州腹地。为了抗日救国,反击国民党反动派对工农红军的"围剿",中共中央及中央军委决定以中国工农红军第七军团为北上抗日先遣队,由闽、浙、赣地区向北挺进,以吸引和调动一部分"围剿"中央苏区之敌,配合中央红军主力即将实

方志敏

行的战略转移。红七军团以及后来改编而成的红十军团1万多人,在方志敏等人的带领下,由江西转道徽州北上,进入了徽州的祁门、黟县、太平、绩溪、旌德等县。在太平县的谭家桥,北上抗日先遣团与围堵的国民党军队进行了激烈交锋。由于寡不敌众,时年22岁的师长寻淮洲身负重伤,撤退到泾县茂林时牺牲。之后,红十军团被改编,化整为零进行了3年游击战争,一直到1937年抗日战争爆发后,南方八省游击队统一整编为新四军,红十军团才编入了新四军第二支队。

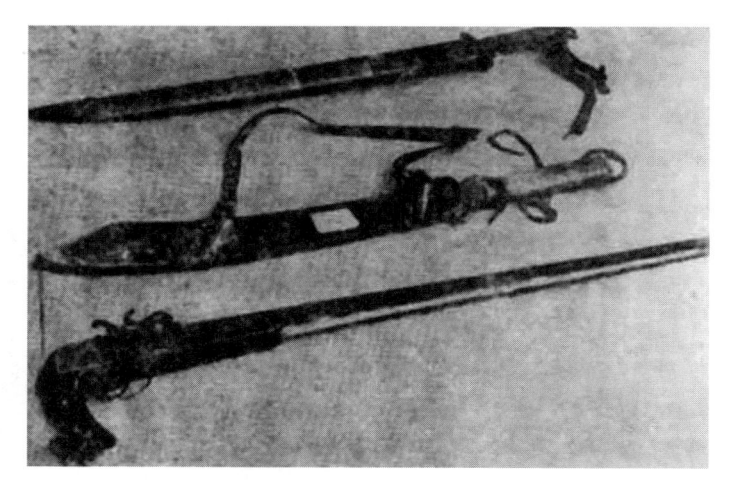

中国工农红军北上抗日先遣队赠给皖南农民团的部分武器

抗战时的徽州

徽州由沉寂转为热闹,是抗日战争爆发之后,南京失守,江、浙、沪、皖一些党政机关迁来徽州。徽州腹地屯溪、岩寺、黟县一带变得非常热闹,屯溪变成了皖南的"小上海"。除了一些行政机构和商业公司之外,徽州还有大批兵马来来往往,如走马灯一样。1937 年 11 月,国民党第三战区前敌指挥部(薛岳部)迁来歙县查坑,1938 年春移驻屯溪阳湖;同时,参加淞沪会战的国民党第十九集团军(总司令罗卓英)退守皖南,分管皖南防务,总部驻歙县棠樾,1938 年秋调防江西瑞金;1938 年 9 月,第三十二集团军(司令上官云相)自江西进入皖南接防,总部驻在棠樾和郑村一带,上官云相自己住在歙县徽城镇城西西干山房,1941 年调防江西;1940 年秋第二十三集团军(总司令兼第三战区副司令长官唐式遵部)沿江南移,司令部驻歙西唐模,接替皖南防务,1942 年调婺源驻防;1942 年冬,第二十三集团军副总司令陶广率部由浙江于潜进驻棠樾接防,1943年1月该部改为苏浙皖边区挺进军,陶广任总司令,抗战胜利后调离徽州。

因为有大批兵马驻扎在徽州,屯溪自然成了国民党大员,特别是军事要员集中的地方。虽然这些国民党高级官员和将领行程匆忙,但在徽州也留下了一些逸事:1943年,国民党中央当时的中央委员、教育部长陈立夫到屯溪视察工作。国民党安徽省党部皖南办事处准备了一幅长约三丈的蓝布白字横幅,上写"欢迎中委陈立夫先生指导皖南党务"字样,挂在汽车站出口处的马路上。屯溪一帮党政军头目聚集到汽车站候车时,才知道陈立夫下车后要弃车步行到黎阳,沿途将从省党部办事处大门口经过。因为办事处只准备了一条横幅,这些头头脑脑紧急决定,在陈立夫到达,看到汽车站的欢迎横幅后,立即将横幅从电线杆上取下,从后街跑步到数公里之外的黎阳,悬挂在省党部办事处门口。陈立夫到达屯溪的当天下午,在皖干团团部(现屯溪一中)作了一次讲话,重点解说《党员守则》。陈立夫给当地人的感觉是说一口浙江话,说话慢条斯理,仿佛胸有成竹。

陈立夫是抗战时到过徽州的最高官了。在他之下,应该是顾祝同——第三战区司令。第三战区司令部曾设在距离屯溪10公里处的潜阜,当时司令长官顾祝同经常来屯溪。每次到屯溪,顾祝同就住在阳湖一个大商人孙烈五的叔叔孙静山的家中。孙静山是一个茶商,经常去上海做生意。每次顾祝同来屯溪,孙静山都要从上海赶回来,陪顾祝同打麻将。顾祝同喜欢麻将,而抗战时的国民党安徽省主席李品仙,则喜欢听戏,1942年年底,李品仙冒着日军封锁长江的危险,偷渡长江来到屯溪,对当地士绅及党政机关的头目进行慰问,还在屯溪冲洗了几百张他自己的照片,签名赠送给当地一些要员,以示友好。在屯溪的头头脑脑知道李品仙喜欢看戏,特意在第二天,也就是元旦为李品仙安排了一场京剧演出。当名演员钱艳秋演唱《临江驿》正高潮时,机要人员匆匆进来,递给李品仙一份急电。李品仙一看,原来是立煌县(现金寨县)失守,大惊之下,赶忙离开剧院。第二天李品仙就离开屯溪,赶往北方了。

在黄山最有影响的,当属第三战区副司令长官唐式遵,除了前文所述在黄山留下巨幅摩崖石刻之外,唐式遵在其他方面给徽州人留下的印象也较深。唐式遵在徽州期间,曾在屯溪后街一个邵氏老宅中住过,唐式遵是一个对生活很讲究的人,他将这幢房

顾祝同　　　　　　李品仙

屋修饰一新,开挖了鱼池假山,又让人栽种了一些名贵的花草树木。因为唐式遵的书法不错,当时徽州很多人都向他求字,唐式遵也来者不拒,每每酒后笔走龙蛇。屯溪当地很多人家或店铺都挂有唐式遵的字。这些书法作品除了观赏功能之外,还有着保护伞的作用。那些官兵们分不清唐老总和这些人家或店面有什么交情,看到唐式遵的字,就不敢胡作非为了。唐式遵还喜欢收藏古字画,喜欢到处淘古董字画。他的做派颇有米芾之风,一般不肯花大钱去买,每当看到好字好画,便说要借去看看,但一借之下总是不还。当地很多古董店老板只好把好字好画收起来,不让唐式遵看到。据说唐式遵调离屯溪时,光字画古董,就带走了十几箱。

徽州除了驻扎大量国民党军队之外,有一段时间,成立之初的新四军也来到了这里。1938年2月起,按照国共合作抗战的协议,南方八省13个地区游击队的7000名红军游击队员,陆续聚集歙县岩寺及周边地区,改编成国民革命军陆军新编第四军(即新四军),共分一、二、三支队。来自南方各地的共产党游击队都从四面八方会聚到了徽州。陈毅率李步新领导的皖浙赣游击队500余人,最先到达徽州岩寺。4月4日,新四军军部也从江西南昌迁至岩寺。到了4月20日,新四军集结完毕,军部及直属总队驻岩寺镇,军长叶挺、副军长项英住在岩寺的金家大屋,军部机要科设在洪桥东头屋子里,军部其他的直属机关均设在岩寺及岩寺周围。与此同时,新四军的一支队驻潜口,司令是陈毅;二支队驻琶扩,司令是张鼎丞;三支队驻西溪南,司令是张云逸。4月底,三战区司令长官顾祝同、副司令长官上官云相视察了整编后的新四军。4月28日,全军集结后开始东进,离开了徽州,军部也北上进驻泾县云岭。

为国共双方都接受的新四军军长叶挺在来到岩寺以后,一直忙于整编,工作重点是与国民党战区司令官在各方面进行衔接。当时,叶挺分别拜见了当时驻屯溪的第三战区前敌总指挥薛岳、驻歙县的第十九集团军军长罗卓英、皖南行署主任戴戟等其他国民党军政要员。叶挺利用自己与顾祝同是保定六期同学的关系,在整编等很多问题上,据理力争。顾祝同顾及叶挺的面子,不得不作一些让步。有一次,新四军聚集在鲍家祠堂召开各支队营以上干部大会,叶挺针对当前的抗战

上海煤业救护队从温州、南昌等地向皖南岩寺新四军伤兵医院运送医药用品

上海慰劳团向岩寺新四军敬献锦旗,前排左三为项英

形势和新四军的前景,发表了热情洋溢的讲话,并请来十九集团军军长罗卓英讲抗战的经验和教训。工作之余,叶挺、项英、陈毅等新四军领导还与当地民众经常来往。叶挺就经常到岩寺当地一个叫罗敏修的医士家中下棋。岩寺有一个叫叶石的农民,原籍广东,听说叶军长是广东人,一定要见见老乡,也受到叶挺的热情接待。

抗日战争期间,徽州各界民众对抗战的支持是巨大的,为了解决徽州大批驻军给养等问题,地方各界联合部队有关部门成立了战地服务团,成员大都是当地的进步青年,他们散发宣传资料,刷标语,举行集会,到部队进行慰问演出,办墙报,画漫画(画在整

新四军集中在岩寺

幅白布上,便于流动展出)。战地服务团还在岩寺一带办起了农民夜校,穷人的孩子上夜校,书本笔墨全由部队供给,所用课本也由部队编写。大批部队在徽州一带驻扎,给当地带来了一股生气。至今,在岩寺还可以看到很多战地服务团刷写的标语。

营救美国飞行员

抗战期间,徽州当地影响最大的事件之一,就是歙县五指山一带的村民营救美国飞行员了。这个事件,与第二次世界大战美国空军一次奇迹般轰炸东京有关——1942年4月18日,美国空军16架B-25B轰炸机在中校军官詹姆斯·H.杜利特尔的带领下,从"大黄蜂"号航空母舰起飞,躲过日军雷达的搜索,秘密飞赴东京。作战飞机全部采用同一条航线,进入东京上空之后,突然投下炸弹。成千上万的炸弹雨点般落下后,东京一下成为一片火海,日本民众被这突如其来的轰炸惊呆了,日本军方也一下慌了手脚。这16架轰炸机在顺利完成轰炸东京的任务后,立即离开战场向中国飞去。按照原定计划,轰炸机编队将飞赴中国浙江衢州机场降落,同时将浙江丽水和江西南昌两个机场作为备用机场。由于轰炸机编队在太平洋上是提前起飞,多消耗了一部分燃料,等机群飞到中国东南部时,燃油明显跟不上,电子设备同时也

11号机组员在"大黄蜂"号航空母舰上 B-25 轰炸机前合影

出现了故障,机组与机场之间,飞机与飞机之间,相互联系中断。在这种情况下,16架飞机的80名机组人员,根据事先制定的特殊情况处理方案,决定自行弃机跳伞。坠落在歙县五指山的,是美国空军轰炸机编队的第11号机组,共有5名美国飞行员,分别是格兰宁、莱德、葛登纳、波尔茨和凯柏勒。当地村民在得知消息之后,立即在山区开展了搜寻工作。5名美国飞行员很快被发现了。又饥又渴的美国飞行员见到救援的村民和官兵,就如同见到了救星一样。当翻译曾健培问他们有什么需要时,美国飞行员波尔茨说需要一瓶啤酒。在当时,啤酒是非常稀罕的东西。让波尔茨倍感意外的是,曾健培居然为他搞来一瓶"上海"牌啤酒。在后来的回忆中,波尔茨将这瓶啤酒称为"一生中喝到的最可口的啤酒"。

随后,当地人将这5位飞行员送至歙县县城,然后转道集中,回到了美国。

这一次美国空军秘密轰炸东京,以及中国普通民众对美国飞行员的救援,也成了二战期间中美联合抗战的一段佳话。直到20世纪末,当时被救援的美国飞行员还来到了中国,与仍在世的救援民众重新回顾这一段历史,重温生死友谊。

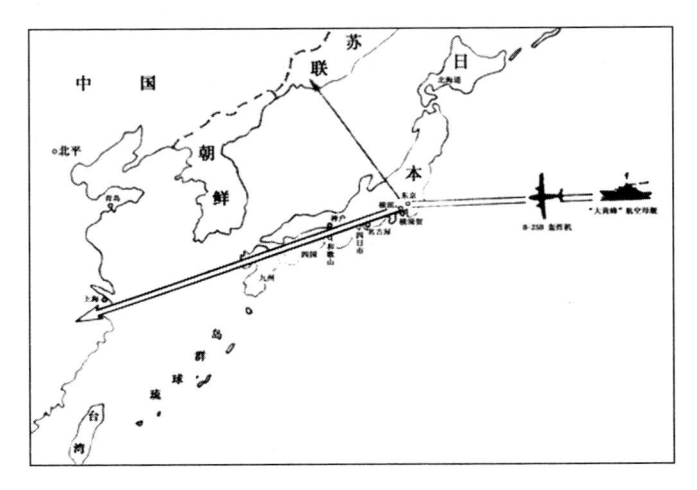

杜利特尔轰炸机队空袭日本示意图

抗战期间,由于皖南地形复杂,并且集中大批抗日武装,日本军队对徽州一直不敢贸然进犯,只是多次派飞机对徽州各地进行轰炸。日军飞机经常轰炸歙县、屯溪、绩溪、旌德、太平等地。在屯溪,仅1939年7月22日这一天的轰炸,就炸死屯溪市民47人,伤100多人。屯溪西镇街的精华——数百年的石翼农国药店、贾振泰瓷庄、同福宝批发商店以及几家百余年的古董店等,都在轰炸中毁于一旦。抗战期间,日军对歙县的轰炸至少有20多次,炸死炸伤歙县居民100多人。在绩溪,日军至少轰炸了五六次,其中1938年2月的一次轰炸,死五六人,伤10余人;1940年11月5日,绩溪临溪一带又遭到敌机轰炸,当地群众被炸死近20人。在旌德,1941年7月29日,旌德县城遭到日军飞机猛烈的轰炸,6架飞机共在旌德县城投掷炸弹12枚,旌德县城居民伤亡117人,其中死亡43人;县城中心的中东门桥上一次落下了3枚炸弹,当场炸死20多人,建于明朝的古桥也被炸毁。这一次轰炸给旌德人留下了巨大的阴影,老人们每每说起这一段经历,都心有余悸。我小时候在河边纳凉,还听一位老人细细地向人描述当时的惨

被营救的11号机5名机组人员在歙县国小合影

烈:一位裁缝的妻子肚子被炸开,肝肠流了一地;一位妇女身子被炸成了三段,面目全非;还有一位来城里卖瓜的乡下人,一声巨响之后,人被炸得连影子都没有了。这些灾难,是自太平天国之后留给徽州最痛苦的记忆,很长时间里徽州人都无法忘记。

雄村中美合作所

　　抗战后期,徽州除驻扎众多国民党部队之外,还有一个神秘的国民党机构潜伏在青山绿水之中。这就是由国民党军统与美国海军部情报局合办的中美合作所雄村训练班。1943 年 5 月,经过近两年的谈判,中美特种技术合作所正式成立,戴笠任主任,美国海军准将梅乐斯任副主任,中方参谋长李崇诗,美方参谋长贝乐利,下设军事、情报、心理、气象、行动、交通、经理、医务、总务等 9 个组和 1 个总办公室、1 个总工程处。之所以成立这样的组织,是 1941 年珍珠港事件后,美国海军情报所向军统美国站站长肖勃联系并提出意向的,目的是双方共同收集和交换日本的情报,其内容共 10 项,主要有:军统局向美方提供日本陆海空军在华活动的一切情报,协助解决美方人员在华期间的食宿交通问题;美方无偿供给军统局必要武器、无线电器材、气象器材及交通医药器材;美方人员在华享受外交人员待遇,并帮助军统局训练特务

1943年戴笠在中美合作所成立文件上签字

部队等。

中美合作所成立后,陆续在重庆磁器口渣滓洞设立了集中营;在福建建阳设立了东南办事处,下辖上海、闽侯、定海、漳州4个情报站;在安徽雄村、临泉,湖南南岳,河南临汝,绥远陕坝,贵州息烽,江西修水,福建漳州、建瓯,浙江瑞安,广东梅县等地,开办训练班培训特工。戴笠等人之所以选择徽州雄村,是因为这里是中部战场的大后方,地理位置隐秘,离前方战区也不远。所以,当1943年夏天戴笠陪同梅乐斯及美国军事顾问团到东南地区考察时,一眼就相中了雄村。戴笠和梅乐斯当即决定在这里设置一个特种技术训练班,同时确定以驻广德县王岭的忠义救国军(中将马志超任总指挥)为东南地区主要受训对象。

中美合作所雄村训练班从1943年6月第一期开始,到1945

戴笠送给梅乐斯的签名照

中美合作所美方领导人梅乐斯

年8月第八期时结束,共计两年零两个月,共训练学员6000多人。各期训练班情况具体如下:

第一期1943年6月至12月,共受训6个月,学生为3个中队300多人;

第二期1944年1月至3月,共受训3个月,学生为5个中队600多人;

第三期1944年4月至6月,共受训3个月,学生为7个中队900多人;

第四期1944年7月至9月,共受训3个月,学生为4个中队600多人;

第五期1944年10月至12月,共受训3个月,学生为6个中队800多人;

第六期1945年2月至4月,共受训3个月,学生为8个中队1000多人;

第七期1945年5月至7月,

共受训3个月,学生为9个中队1200多人;

第八期1945年8月开训半个月即停办,学生为9个中队1200多人。

雄村中美合作所本部设在雄村崇报祠;美国教官住在竹山书院的桂花厅;学员分居雄村南厅、社祠及山斗村一些屋舍内;电台、气象站是新建的房子;秘书室、医务所、总务组会计股、副官股、图书室等,都设在当地百姓家。在河边桃花坝新建的一排平房内,还设有一个美国专家医疗所。除此之外,雄村中美合作所还设有一个禁闭室,在村中的李王庙内,该禁闭室不大,只能容纳10人左右。

第一期训练班举行开训典礼大会时,戴笠亲自来到雄村,典礼在雄村的曹氏老祠堂内举行。戴笠慷慨激昂地阐述了训练班

中美合作所教员和学员合影

雄村学员在训练

的意义,要求学员努力学习,遵守各项规章制度,争先创优,争取把美国人的新式武器带回部队。戴笠在雄村的那几天,就住在雄村著名的竹山书院里,这里整洁安静,在院子里,生长有很多古老的桂花树。3天后,戴笠转道返回重庆。训练班课程中国课为:三民主义、步兵操典、政治、筑城、通讯、防毒、特工、情报、化装、擒拿、游泳、国术等。当时,授课的中国教官有李立三、吴涌泉、黄升之等;美国教官有贝乐利、荷兰、汤姆生、贺登等十几人。美国人上课主要是教授新型武器射击,如机关炮、肩射火箭炮、洛易士机枪、汤姆生机枪、左轮手枪的性能和射击,再就是制作炸药以及爆破技术。美国教官讲课,会配一个中国翻译。每当进行重机枪、卡宾枪训练时,都会在雄村的对岸架设靶子,学员们都在这边进行射击,新安江的上下船须停下,射击后方可通行。雄村中美合作所参训人员除了忠义救国军人员外,还有屯溪缉私处及淳安的鲍步超第七纵队的部分人员。参加训练的士兵,来时都不带武器,训练只要合格,每位学员都会发一支美制卡宾枪或汤姆生枪,以示奖励,让他们带回部队。

雄村训练班的训练极其严厉,生活也很艰苦。受训期间,每天都要举行升旗仪式,由副主任在河边大操场作升旗讲话,所有官兵学员笔直站立。有时候讲话长达一个多小时,学员们也必须一动不动地听讲,即使是三九三伏也不例外。学员平时所吃的,都是些糙米,有时候连菜都没有,只有几个辣椒;学员们平时穿粗布军服训练,早上起床只有5分钟,一天3操9堂课。参加培训的学生,课程安排得很紧,星期一至星期六都是上课和训练,只有星期天休息,但不得外出,必须整理内务和休息。课外都集中在队部休息,晚上一般也安排自修或听指导员讲政治;逢到外出,也由中队长带领。各单位的官兵也很少自由活动,原因是村里路上都有岗哨,管理很严。当然,受训期间,也发生了一些事故,其中以1944年第三期训练班出事最多:有一次,一个学员在上游泳课时溺水身亡;还有一次上实弹射击课,一个学员因隐避不当而被打死。训练过程中,曾有忠义救国军的几个学员吃不了训练的苦,商议集体逃跑。结果被抓回2人,训练班特意召开大会,决定枪毙两个学员。由于一个学员认罪态度较好,由美教官出面担保,另一个学员则由特务连带去附近山上执行了枪决。

应该说,雄村中美合作所的训练还是相当有效果的,每期训练结束时,是学员们最开心的时候,成绩合格的学员都得到了卡宾枪等新式武器。这些人在回到原部队后,以传帮带的方式将自己学来的一些战术和技术教授给自己的同伴,在一定程度上也提

美国教官合影

高了部队的战斗力。忠义救国军的驻地与苏、浙较近,平时,他们以游击战为主,经常潜入沦陷区,破坏日军的仓库和道路;同时,也执行一些奇袭和暗杀任务。第四期学生毕业后,由上尉助教郭志丰和巫铭田率领第一中队的十几名学生,执行了一起去浙江沦陷区的破坏任务。他们化装成渔民的模样,成功炸毁了诸暨大桥和杭州日军仓库。这一次行动影响很大,雄村训练班为此还将这些老学员特地请回,向新学员传授战斗经验。这些老学员到来时,训练班全体列队欢迎,并在竹山书院门前的操场上大放爆竹以表庆贺。

值得一提的是雄村中美合作所美国教官在徽州的生活。雄村中美合作所陆续来的美国教官共有41人,他们归属美国海军领导。一般情况下,雄村训练班本部少将副主任郭履洲对他们不管不问,这些生性自由的美国教官整日待在寂寞的山区,哪里能耐得住寂寞呢？很自然地，在两年多时间中，也会犯下一些事来：有一个星期天，三四个美国教官与翻译一起去歙县城内一个姐妹酒店喝酒，几个人都喝多了，然后摇摇晃晃地在街上闲逛，发现有一头骡子拦在路边挡住了他们的去路，骡子的主人也不在旁边。一个美国教官立即掏出腰中别着的卡尔德手枪，对着骡子的腿就开了一枪。听到枪响，附近的百姓立即拥了出来，其中一个就是牲口的主人。主人向翻译官抗议，自己是从富堨乡来城里送货的，现在牲口被打伤，开枪者应该赔偿。翻译官只好两面调解。最后美国教官只好赔一部分钱给牲口的主人。

在雄村期间，美国教官惹的一件大事就是集体强奸了一个当地妇女。事情的前因后果是这样的：雄村有一个寡妇，有 4 个小孩，最大的 11 岁，最小的只有 3 岁，由于生活比较困难，村里的长老就安排她替美国人洗衣服，以获取酬劳。有一天，这女子下午送洗好的衣服去八角亭美国教官住所，四五个美国教官正在室内光着身子洗澡。这个乡下女子哪里见过这阵势呢，想把衣服丢下就走。哪知一进屋子，一个美国教官兽性大发，把她按在床上，就将她强暴了，其他的几个也蜂拥而上，一直把女子整治得瘫倒。女子跌跌撞撞回到家中之后，一个月都卧床不起。村里的长老愤愤不平，想找训练班理论，不过这个事最终还是不了了之。

当然，在雄村这样风景秀美的地方生活，自然会发生一些故事。对于雄村当地女子来说，那些衣着英武的士兵是很有吸引力的；同样，对于身强力壮的官兵来说，那些纯朴而秀丽的女子更是宛若天仙。尽管训练班有严格规定不允许官兵与地方女子搞对象,但仍有一些情愫在悄悄开放。这也难怪,只要有男有女的地方,就一定有情爱生长,即使是最严酷的环境和最严格的管制,也不能阻止人性和情爱。中美合作所结束之时,有好几对恋情浮出了水面,好几个官兵跟当地女子结了婚。

1945年8月15日,也就是日本宣布投降这一天,戴笠再一次来到雄村。这一次戴笠仍是从屯溪转道,随员约有50人,一起同行的还有梅乐斯准将及翻译官等。到了雄村后,戴笠仍住在竹山书院之内,梅乐斯和翻译等住在洪家社屋的主任办公室内。8月17日,戴笠在早晨升旗时对全体学员进行了训话,他说,根据最新得到的消息,日本已无条件投降,这是一件振奋人心的大好事,同时,训练班也即将宣告结束(该班的第八期只开训了15天左右)。这一次,要从第八期训练班中,抽调500多名官兵编一个临时第一支队,由上校支队长文琪率领,从新安江乘船出发到杭州,再去上海接收日寇物资。梅乐斯接着上台也讲了话,其话大意是:雄村的训练班办得很好,学生们在受训期间很认真,肯学习,纪律好;美国对中国抗战一直是积极支持的,不仅从道义上,也从装备上。现在抗战胜利了,我们大家都感到很光荣,抗战胜利,也有大家的一份功劳,希望各位今后继续努力为国争光。梅乐斯讲完话后,与戴笠一同回到了主任办公室。第二天,戴笠一行即离开了雄村。雄村中美合作所也宣告解散。

婺源"回皖运动"

现代徽州历史上的另一件影响较大的群体事件,就是发生在婺源县乃至徽州各地的婺源"回皖运动"。

很早以来,婺源一直是徽州府所辖的六县之一,它不是徽州最大的县,也不是徽州最重要的县,但历史上对徽州影响很大的"程朱理学"的代表人物朱熹,祖籍就是婺源。这一点让徽州人尤其是婺源人一直引以为傲。婺源之于徽州,正像曲阜之于山东的地位一样。正因如此,发生在20世纪三四十年代的行政区划更改,在婺源乃至徽州引起了一番骚动。

1934年9月,蒋介石为了方便对中央苏区的"围剿",将婺源划属江西,隶属于江西省第五行政区,当时给出的理由有三条:一是政治和地理上的需要,因为婺源在安徽省的最南端,大部分面积突入江西境内,为浮梁、乐平、德兴三县所环抱,一切政务设施均感不便。其二,军事"围剿"的需要,"值'剿匪'工作特别紧张

1943年3月26日婺源的"回皖运动"

之际,肃清'零匪'之一切必要措施,如团队之防堵以及'围剿'计划等等,甚形隔阂,实予'赤匪'以窜扰苟延之机会。一经改隶,则事权属于一省,责任既专,指挥尤便,扑灭'残匪'计日可期"。其三,交通需要,"婺白、婺德两路,一由婺源经德兴之九都至白沙关,一由婺源至德兴香潭,此两路关系'剿匪'军事及地方交通至为密切,若不将婺源划归赣辖,则两路分属两省,运输管理均觉不易统筹,值此'匪患'未靖之秋,断不容稍涉松懈,致误时机"。

婺源划归江西省所辖的消息传出后,在徽州尤其是婺源县内,引起了很大反响。很多徽州人尤其是婺源人似乎很难接受这种文化传统上的分割,婺源当地的民众与乡绅、民间社团,在外的婺源籍人士纷纷以上书、游行、散发传单、抗议等各种形式来表达自己的不满。长达十数年的"婺人返皖"运动,也由此拉开大幕。要求回皖的理由主要集中在三个方面:一是"习俗悬殊",二是"经济差异",三是"文化偏离"。在婺源人乃至徽州人看来,习俗是地域风格的构成要件,经济是地域形象的创建基础,文化是地域风格的传承平台。在这三点上,"徽"与"赣"都有明显的区别,强行改变隶属,有诸多不妥,也会伤害当地人的感情。划归后不久,正好是中秋节,一些婺源人气急之下,竟在地方特产江湾月饼上,公开压有"返徽"字样,以表示自己的不满。

1938年抗战爆发之后,婺源的"回皖运动"势头减弱,当时全民抗战,对这一件"小事",国民政府无暇顾及;当地的民众也以大局为重,不再提及。抗战胜利之后,"婺人返皖"的呼声再度高涨,很多当地人纷纷上书请愿,同时以游行示威等方式,要求回归安

1947年3月26日婺源澄坑小学生要求"回皖"

1947年4月2日婺源街的　　　1947年4月2日婺源街头的
"回皖"气氛　　　　　　　　"回皖"标语

徽徽州。徽州各县市对于婺源的行动,也有大规模的声援。其中有极端者,以"头可断,血可流,不回安徽誓不休"的口号来表明决心。婺源当地人在推出的"婺人返皖"宣言中,甚至模仿孙中山的《国父遗嘱》,口气十分强硬:"我安徽省徽州婺源县,向来物华天宝、人杰地灵,为程朱之阙里,中华之奥区。今日沦入赣人之手,实我皖人之第一大省耻。为今之计,必当唤起民众,联合一切平等待我之外省人,驱逐老表,恢复河山。"

"婺人返皖"的高涨情绪前后持续了1年多。1946年12月底,南京国民大会期间,徽州同乡会通过胡适,将"婺人返皖"请愿书呈内政部长张厉生代交蒋介石。胡适是坚定的"婺人返皖"支持者,"徽州人岂肯把朱夫子的出生地划归江西,他们还把二程先生的祖先算是徽州人呢"。国民政府在压力之下,只得派员到婺源进行实地勘察,听取民意。1947年8月16日,国民政府作出决定,将婺源重新划归安徽,隶属安徽省第七行政区。消息公布之时,婺源乃至徽州人奔走相告,击掌相庆。《休宁县志》记载了当时徽州人内心深处的喜悦,海阳、屯溪街头鞭炮齐鸣,人头攒动,万人空巷。

到了1949年,由于婺源由解放军"二野"解放;以屯溪为中心的徽州地区为"三野"部队接管,在两支部队军管会分割的体制下,婺源县于同年5月再次脱离安徽徽州政区,划归江西。现在,婺源隶属江西省上饶市,不过人们在习惯上,仍称之为徽州婺源。

第四章 那些徽商

"前世不修,生在徽州,十三四岁,往外一丢。"这一首脍炙人口的徽州民谣,说的是徽州人外出经商的传统,也是徽州男子的人生经历。我外公很小的时候,就跟很多徽州男子一样,承担起

下新安江

谋生的重任了,他先是到屯溪舅舅家,帮舅舅姚沛然做一些下手活。成年之后,外公先是回到歙县,把婚结了,然后跟很多徽州男子一样,下新安江去了浙江。外公先是去了浙江兰溪县(今兰溪市)给人打工,后来又到了金华,帮人经营布店。1940年左右,我的外公已积累一些资产了,手头也有一些余钱了。于是他将我的外婆和母亲接到金华,准备大干一场。让他没想到的是,日本鬼子进攻金华,外婆和母亲差点被日本鬼子的飞机炸死。外公无奈,只好放弃自己在金华的生意,回到了歙县老家。

自此之后,外公就一直生活在歙县了,他先是在歙县开了一家杂货店,维系着一家几口人的生活。当然,在这个过程中,外公一直不甘心自己的命运,时刻等待着机会。好不容易熬到抗战胜利,外公准备出山继续未竟的事业,没想到内战爆发,外面继续在打仗,不少在外的徽商都回到了故里。三年内战过去之后,新中国成立,让外公更没想到的是,政策又不允许个人做生意,要求公私合营了。在这种情况下,外公被安排到国营百货公司卖布,每天用一把尺子,丈量着将一捆捆布匹卖掉。他这一辈子卖出的布,大约有一火车拉的那么多吧。数十年来,许多歙县家庭,都从县百货公司那个白净且温文尔雅的职员手中买过布,在他们身上,都有着外公的指印呢!在我看来,这个一辈子谦恭少语、在县里很有名的政协委员"汪老好",一直到死,都对自己一辈子经商不成功的经历心有不甘。大约是从30岁起吧,外公喜欢上了酒。每天下班回到家中之后,他都要喝上两盅,好的酒当然是喝不起了,只能喝劣质酒,下酒的,顶多也是两块豆干,或者几粒花生米。每天晚上,外公都独坐在桌前,默不作声,静静地喝着自己的酒。旁边是一大堆调皮孩子在吵闹,还有外婆的斥骂声。而外公只是像一尊泥菩萨一样喝自己的酒,然后漠然上床睡觉。想起来,外公是有自己酸楚的。生不逢时,个人的命运如此渺小,只能是喝酒丧志吧。

外公的人生轨迹,实际上也是徽州无数男人的人生轨迹。后来,我曾经在我的大舅那里看到过一本厚厚的黄皮册,那是外公的祖上在浙江湖州开钱庄时的账本。从账本上看,当时汪家在湖州的买卖兴旺发达。汪家在湖州到底是什么样的状况?它是如何发达的?后来又如何会衰落,然后撤回了歙县慈姑?⋯⋯这一段历史,对于汪家来说,已经成为永恒之谜了。外公家的历史,实际上也是绝大多数徽商的历史,跌宕起伏,扑朔迷离,已然成为虚空。

扬州的汪氏家族

2002年初,我曾参加过一次"寻访徽商故道"的行动,沿当年徽商下新安的水路,一路行走,一路探访,依次去了浙江兰溪、金华、义乌、海宁、杭州、上海、苏州、扬州、南京等地,每到一处,就细细了解徽商当年的故址和旧事,采访一些当年的徽商及相关人士。在金华,我拜访了当年跟我外公在一起做生意的许宝仁老人。许宝仁当时已81岁,仍说着一口流利的歙县话。回忆起当年的金华、兰溪,许宝仁介绍说,当时在外的徽州人的交流语言仍是家乡方言,不仅徽州人之间说,甚至有很多本地人也跟着说,很多人都以会说徽州话感到光荣呢!跟我外公一样,如果不是日本鬼子的入侵,许宝仁本来也有一个很好的前程,他的父亲许春池是当时"裕源"和"济源"两家钱庄的掌柜。许宝仁生在金华,后来回歙县读书,16岁时又来金华学生意,这个时候,时局已发生了很大变化,他父亲已于两年前为躲避日本人的轰炸而死于非命,两家钱庄也因为战乱而破产。许宝仁不屈服于命运的安排,决心从头做起,进了徽商开的"大新福"布店当学徒,可不到两个月,金华沦陷了,许宝仁的梦想彻底破灭,他的生活也愈加困顿,只是靠摆布摊维持生活。新中国成立后,他成了国家正式职工,生活才稳定起来。

那一次寻访,在杭州,我们去了张小泉和胡雪岩纪念馆;在上海,我们到了当年徽商极为活跃的上海南市区老街道,当时老街道还没有拆迁,有一些街道的名字听起来就很有意味,"会馆码头街""会馆街""会馆后街"……很明显,这是当年各路商会会馆集中的地方。虽然行色匆匆,资料匮乏,我们已无法确定哪一幢旧房子跟徽商有关,但可以肯定的是此地随处都有徽商的足迹。在扬州,我们穿梭于一些古巷落之中,扬州的古巷就像是悠久的历

当年徽商极为活跃的上海南市区

史,曲曲折折,幽秘深邃。在这样的古巷里,隐藏着无数苍茫而寂寞的故事,到处都可以看到徽州的痕迹,比如说那些盐商故居的马头墙、精致的砖雕和木雕;著名的康山草堂和小玲珑山馆虽然觅不到踪影了,但平山堂处"新安汪应庚"的石刻大字仍然留在那里,昭示着曾经的历史。就连扬州的大小餐馆,也都有一道著名的小吃"徽州饼",这自然也是当年徽商不经意间留下的。在扬州的小巷之中,我们还幸运地找到了好几位徽商的后人。

时年83岁的汪礼珍就是旅居在扬州的徽商后代。汪礼珍是安徽旌德人,退休之前是扬州市七中的教师。汪礼珍一直没有去过旌德,只是小时候经常听家人唠叨着老家旌德,从而明白了自己的一脉渊源。在冬日暖暖阳光照耀的庭院里,老人打开了话匣子,向我们叙述了一个旌德籍扬州盐商家族的故事。这一切,正浓缩了徽商在扬州的兴衰史。

汪家原先在旌德时,从事服装制作及销售,19世纪初,为旌德地区服装名商八大家之一。到了太平天国时,旌德地区饱受兵燹,汪氏产业被付之一炬,年方20岁的曾祖父(名字已记不得了)、曾祖母无可奈何来到扬州。与他们一道前来的,还有大批旌德人。当时的扬州,虽说康乾盛世已逝,但徽商仍旧很活跃,尤其是旌德人在扬州的非常多,扬州的弥陀巷内专门建有旌德会馆,扬州人也把经济上很有实力的旌德人称为"旌德帮"。一开始,曾祖父到盐号当伙计,含辛茹苦,勤劳致富。到第二代汪竹铭时,已成为扬州晚清盐业史上屈指可数的人物了。

汪礼珍的祖父汪竹铭是一个非常能干的人。作为父亲唯一的传人,汪竹铭读书之后一直从事盐务经营。30岁时,汪竹铭买下了当时很有名的盐店老字号"乙和祥",并夺得了外江口岸中商机最为活跃的江宁、浦口、六合的食盐专销权,一下发迹起来。谈及此时,汪礼珍老人深有感触地说:"人们印象中,扬州盐商生活奢华,但我的曾祖父、祖父生活节俭,终身不赌、不纳妾,几乎不曾有一天享受。"然而,一个人永远无法改变一个时代的命运。到了晚年,汪竹铭已明显地感到盐业的艰难,由于社会转型,当时的盐商已明显地在走下坡路。汪竹铭卒于1928年,享年68岁。长子汪泰阶继承了汪竹铭的事业,全面担纲起盐号,此时的盐业更是风雨飘摇,政弊、官贪、课增、费滥、产减、销绌、枭狂。汪泰阶在扬州盐业的回光返照中疲于奔命,仅仅过了8年,便不堪重负,于

徽商汪鲁门在扬州的故居

1935年因心肌梗死早逝,时年只有47岁。

汪泰阶的英年早逝,给汪家笼罩上了一层浓重的阴影。这时候,汪家决定不再抱着僵死的盐业,而欲在商海中另辟疆场。不久,抗战爆发,扬州沦陷,数百年的"乙和祥"在炮火中轰然倒塌。汪氏家族只好像当年撤离旌德一样,离开了扬州,逃难上海。汪竹铭的二儿子汪泰麟独具慧眼,在上海投资菜市口、三址坊一带,置业了三个弄堂的房地产,开始了更大规模的创业。而汪礼珍的父亲汪泰科则来到南京,立志光大汪氏旌德皮货业,在南京的三山街,以前店后厂的方式,兴办了"庚源皮货",由于经营有方,"庚源"很快成为南京皮货的龙头老大,并且被指定为外访或接待的首选定装。但不久,南京又被日军占领,"庚源"被抢烧一空!汪泰科孑然一身避祸上海,积郁成疾,不到50岁就早早地离开了人世。

扬州五亭桥

排行第四的汪泰弟最年轻,也最有活力,他所从事的是金融业。抗战前,他是扬州中国银行行长;抗战后,他和他的银行迁至上海。1942年,由吴四宝出面,黑道逼他迁银行去重庆,汪泰弟不从,没过几天,即遭人绑架,并遭绑匪撕票。他的死,一直是一个谜。

汪氏的第四代计有数十人,现在都卓有成就。大房的汪礼彰为留美博士,先在沪任中南银行经理,后为复旦大学教授。二房的汪礼珠、汪礼彪皆毕业于震旦大学,姐姐在郑州当高校教授,弟弟在深圳大亚湾核电站做高工。三房子女最旺,汪礼珍毕业于信诚女中,有32年教龄,桃李满天下;汪礼彤则属于出身富商追求革命的典型,年轻时读复旦大学便投身地下党秘密工作,后为南京工程兵学院教务长;汪礼或毕业于大同大学,后在鞍山铁塔厂任厂长……汪氏第四代的大多数岁月是在新中国成立后度过的,而祖父辈们的经商经历,对于他们来说,都是一种依稀模糊的背景。

那一次我们还在汪礼珍女儿谢乃安的带领下,参观了汪氏小苑,这是汪家早年居住的一座大宅,占地3000多平方米,建筑面积约1580平方米,存有老屋近百间,横三路,纵三进,中轴相贯,两厢相对,有供小孩读书的春晖室,长辈住的树德堂,还有正房、耳房、船厅、边廊、浴室、仓库。在建筑风格上,既有马头墙、青砖黛瓦的徽派风格,又有一些西洋建筑的痕迹。曾有上海古建筑专家评述:这实在是中国古典住宅园林中的精品,不可多得的明珠!

汪氏小苑

这幢大宅先是由汪竹铭于清末时购地承建,后来几个儿子又做了扩建装修,难怪整个大宅有着一种中西合璧的味道。几世同堂的胜景,随着盐商的破落而变得一去不复返了。

谢乃安一边走一边向我们述说着汪氏小苑的由来以及房屋的细节。她的口气非常平静,就像讲述着另一个家族的历史。在此之前,83岁的汪礼珍要亲自带着我们参观汪氏小苑,我们怕她年事过高,又怕一些事情触动她的情绪,婉言谢绝了。让她们高兴的是,这幢汪氏小苑在修缮一新之后就要开放了,无论怎么说,旌德汪氏还是向今人标明了一段历史,证明了自己的价值。

在汪家,我们还看到了一副录自汪氏小苑上的对联,其中一句是:"喜见梓材能作室。"我当时看了不由得怦然心动,忍不住告诉汪礼珍,旌德县城所倚着的,有一座大山,就叫"梓山",旌德也叫"梓山城",这个"梓材",就是指的你们来自旌德呀!汪礼珍恍然大悟。她深有感触地说:"我一直听到祖父、父亲、叔父们说起旌德,但一直不知'梓'的确切意思,现在,我终于明白了,由对联可以得知,他们一直是将自己当作旌德人来看待的,一直忘不了生养的土地。"汪礼珍说这话的时候,眼角湿漉漉的,那是一种百感交集的眼泪。

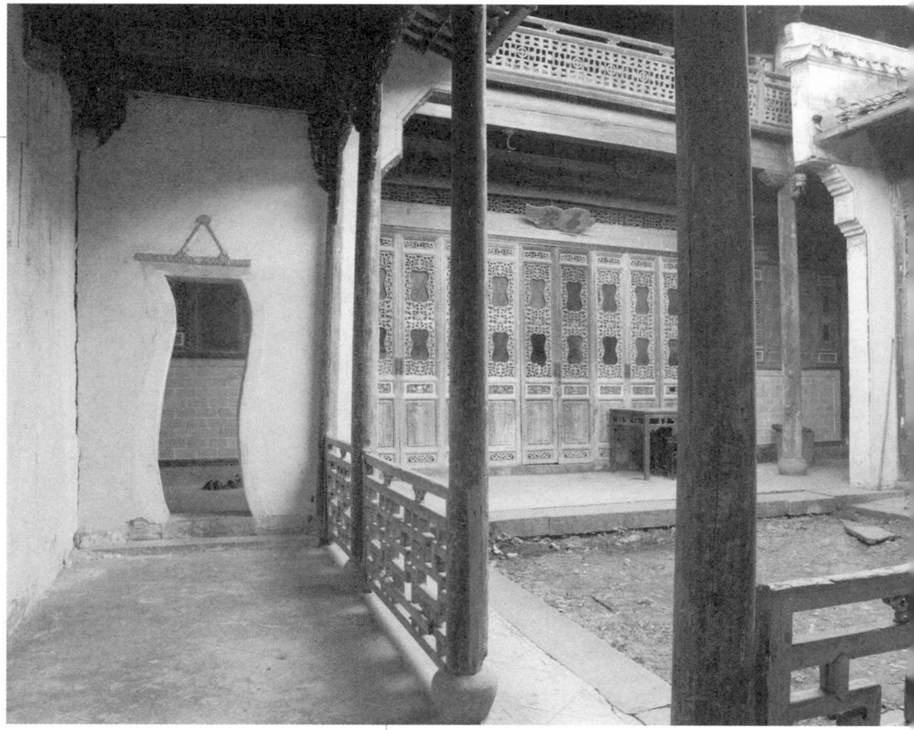

无徽不成镇

旌德汪氏家族在扬州的浮沉具有某种典型性和代表性。自古以来,在东南地区,就有"无徽不成镇"的说法,那是指自明朝嘉靖、万历之后,徽商在全国尤其是长江中下游一带的经济地位。虽然从清朝中叶开始,徽商从整体上呈式微势头,但在全国范围内,仍具有一定影响力。清末民初,在京城,徽商所开的当铺、银楼、布店、茶行、茶店有很多,仅小茶店就达数千家。在杭州的钱塘江畔,有一处码头由于徽州人太多,人们干脆称之为"徽州塘";歙县江村人在杭州聚居的里弄,也被称作"小江村"。徽州人在杭州主要从事的是木材贩运和加工,很多木商都很富有,在当地很有名。因为绩溪籍"红顶商人"胡雪岩、黟籍商人剪刀大王张小泉已成为徽商的金字招牌,所以在一般杭州人眼里,不少徽州人都很有钱。在南京,徽州的木商、粮商、典当商、丝绸商的势力很大。在扬州,晚清时徽商虽然衰败,但仍有一些盐商在当地很有势力,

在北京的歙县会馆照片

受盐商支持的典当业也相当红火。民国人陈去病在《五石脂》一书中写道：

> 徽人在扬州最早，考其时代，当在明中叶，故扬州之盛，实徽商开之，扬盖徽商殖民地也。故徽郡大姓，如汪、程、江、洪、潘、郑、黄、许诸氏，扬州莫不有之，大略皆因流寓而著籍者也。而徽扬学派，亦因以大通。

在苏州，徽商控制米、布、茶、木及丝绸与颜料等行业，特别是有色布，徽商所产青蓝布远销全国；苏州的一些其他行业，比如蜡烛店、酱园、漆园等等，有很多也是徽州人开的。抗战时期，苏州共有16家漆店，全部由歙县人开办。20世纪初成立的苏州商会，聚集了不少在苏州的商贾,有很多人都来自徽州。苏州商会首任总理尤先甲,祖籍就是徽州歙县。1905年,尤先甲与王同愈等筹设苏州商务总会,并被推选为首届总理,后连任五届总理及议董等职,长达20余年。在长江干流地带的其他大小城镇,如芜湖,米、木、盐、茶、典、布各行业,几乎都被徽商把控。1923年,黟县人朱晋

尤先甲,在苏州的徽商

侯还在芜湖创办了安徽银行股份有限公司,总资金20万银圆,其后在上海设立了分行,又与外商亚细亚煤油公司签订合同,在芜湖经销该公司全部产品。在汉口,徽商同样控制着盐、典、米、木、布、药材六大行业,徽商在当地还建有气派的"新安会馆",汉江边

河坊街曾是杭州最繁华的街道,这里有很多徽商的身影

还专门开有"新安码头",供徽商停泊船只。在黄梅与黄陂二县,"开张百货,通盐利,又皆三吴徽歙之人","城内半徽民"。由此可以窥见徽商的财力之雄厚。在淮安,"布帛盐鹾诸利薮,则晋徽侨寓者负之而趋矣"。在地处运河咽喉的山东临清,徽商最为活跃,光典当铺就开有百余家。

进入20世纪后,徽州人大量拥入新兴城市上海,上海成了徽商最集中的地区,徽州人主要从事棉布业、木竹业、茶叶、饭店业等。上海一带盛产棉布,徽商将收购、染色、运销联成一体,很是赚了一些钱。上海曾经最有名的"老介福"高档丝绸店,最初是福建人祝氏兄弟开办的,开办的时候,祝氏兄弟因为要考功名,就专门请了一个姓姚的徽商任经理,管理业务。上海另一家很有名的祥泰布庄是休宁籍的徽商汪宽也开设的,经营的祥泰毛蓝棉布的

徽州旧时的盛大庙会

质量超过当年信孚洋行风靡沪广的190号阴丹士林布。汪宽也因此成为休宁首富。上海造船业所用的良材巨木,几乎全部由徽商供应。徽商由江西、湖广、贵州、四川的深山中将木材沿河流运往长江、钱塘江,然后再沿江转运到上海一带;或者将青弋江上游的竹木,沿江漂运到芜湖,再转运至上海。有一个1950年的统计资料表明,歙县旅沪同乡会的1323名会员中,竟然有1303名属于工商界人士;在工商界的歙县人中,经营茶叶行业的人数占各行业的第一位。此外,上海的房地产业、钱庄业、典当业、纺织业、绸缎业、漆业、墨业、印刷业、百货业等,均有徽商涉足,有些还是上海商业界的著名商号,如胡开文益记笔庄店、胡开文墨店、汪裕泰茶号等。歙县冯塘籍的程霖生,在上海经营房地产业,在宝兴里、宝裕里建有住房1000余幢,被人称为上海"第八大象"(意为财主)。在上海八九家百货店中,有"恒兴"等三四家为徽商所开。上海市场上流行的"羊头牌""狗头牌"袜子,都是徽州商人经营的。其中,"羊头牌"所有者是歙县坑口乡商人姜锡山。姜氏在上海开厂制袜,1928年一度有雇工3000余人。徽州绩溪商人在近代上海多经营饮食业,有"金老乌龟"等著名招牌。据估计,1949年前仅在上海的徽商人口就有十三四万之多;又据统计,"1950年1月上海人口籍贯构成"中,安徽籍者为118567人,在上海各省籍人口中占第四位,在安徽籍人口中,徽州籍也居大半以上。

1949年以前的上海,"徽宁思恭堂"一度非常有名。所谓"思恭堂",最初是徽州府和宁国府的商人,在异乡为了解决本乡人安

上海老介福布店

上海福州路绸缎一条街

葬地而成立的一个组织，后来慢慢发展，自然而然地带有同乡会性质。徽宁商帮于乾隆中期在上海大南门外建立了思恭堂，也称为"徽宁会馆"。后来，思恭堂几度翻修扩建，一直坐落在上海的南大门外。抗战胜利后，在原徽宁义园东侧另建新馆（今徽宁路

625号），称原建筑为"老馆"。墓园首辟于斜土路251号，后于江湾、蒲松、闵行等处扩置，其中闵行杨家台墓园占地40余亩，这里也是思恭堂所在地。"思恭堂"的兴旺发达，似乎从另一方面证明了徽商在上海的辉煌。

出身于徽商世家的胡适曾说："一个地方如果没有徽州人，那地方只是一个村落。徽州人来了，就开始成立店铺，逐步扩大，把小村落变成小市镇了。"这番话道出了徽商在促进村落"都市化"方面所起的巨大作用，道出了徽商的真实情况。

民国时的徽宁思恭堂

祁红屯绿走天下

到了民国时期,传统意义上的徽商已式微。这当中主要的原因,是西方现代经济在中国的渗透。民族工业以及以手工业、原材料为主的中国民族商业资本在外国资本面前相形见绌,在激烈的竞争面前,很快败下阵来。不过由于徽州得天独厚的优势,徽商在茶叶、木材、文房四宝等土特产品上,还是有着一些优势的,也得以保留了一些徽商势力。

徽州自古就是一个产茶宝地。唐代诗人白居易《琵琶行》中有"门前冷落鞍马稀,老大嫁作商人妇。商人重利轻别离,前月浮梁买茶去"的诗句,这个"浮梁"就是鄱阳湖边上的重镇,当时应该是一个茶叶销售中心,销售的产品,主要来自偏北的徽州一带。晚清之后,徽州最大的支柱行业就是茶叶贸易了。徽州的茶叶作为国家出口茶的主要种类,外销数量直到清末一直呈上升趋势,1905年,祁红外销达6万箱,创历史最高水平。

旧时的茶铺

徽州人喝茶

当年不少徽州人出外谋生的首选行业,就是卖茶叶。胡适即是出生在一个茶商家庭,当年胡适离开上庄,去上海也是先在茶铺当伙计。胡适的父亲胡铁花在自撰的《胡铁花年谱》中这样写道:"余家世以贩茶为业,先曾祖考创开万和字号茶铺于江苏川沙厅城内,身自经理,藉以为生。"曾主持修建我国第一条铁路的詹天佑,祖籍原是徽州婺源,其父、祖父、曾祖父都是因为经营茶叶而去广东的,因为广州开埠,可以将中国的茶叶卖往外国。祖籍歙县后来成为经学大师的吴承仕,也是因父辈经销茶叶去京城的。马克思在《资本论》中提及的唯一的中国人王茂荫,歙县义成人,其祖父弃儒经商,跟着族人去北京后也是做茶叶生意,曾经在北通州设森盛茶庄。上海开埠后,徽州茶商将茶叶出口由原来的广州转变为上海,在大批出口中提取佣金。清末民初,仅绩溪一县在上海开设的茶号就有33家。抗日战争前夕,由于国民政府支持徽州茶叶,徽州的茶叶兴旺一时。徽州人在沪经营茶叶的人数达到了高峰,其中光歙县人在沪经营茶叶贸易的商号就数以百计。

1915年11月,徽州茶叶在巴拿马太平洋国际博览会获奖是一次重要的历史契机。当年9月,中国的远洋船"满洲"号载着中华总商会赴美代表团一行18人,从上海启程前往美国,参加在旧金山举办的巴拿马太平洋国际博览会。这是中国首次以中华总商会的名义参加国际博览会,代表团携带了一些产品参展,其中有休宁胡开文的地球墨、祁门胡日顺红茶、胡培春太和坑瓷土等。祁门茶商李训典受安徽实业厅的委托,以徽商代表身份参加了

詹天佑

老上海

这次博览会,专门推销皖南出产的红茶和绿茶。这一次博览会中国送展的商品大都获得金奖,北京政府农商部编印的《中国参与巴拿马太平洋博览会纪实》中记载:"获甲项大奖的有农商部选送的雨前茶、乌龙茶、祁门红茶、宁州功夫茶","获丁项金牌奖章的有上海茶叶协会选送的忠信昌祁门红茶"。

　　巴拿马太平洋国际博览会上的获奖,使得徽州茶叶名声大噪,在全国的销售量也大增。徽州各地,都开始创立自己的品牌,太平猴村的茶农王魁成,创制了"王老二奎尖",后来改名为"太平猴魁",成为徽州茶叶中的极品。当时徽州最有名的徽商,比如歙县首富吴炽甫等人,都是经销茶叶的。民国初年,当时徽州最大的茶商就是吴炽甫,吴家形成了茶叶收购、加工、窨制、批发、零售等一整套经营体系,经营范围遍及皖、浙、苏、闽、赣、鄂、冀、辽、

1929年,黄山茶亭中歇息的徽商

京、津、宁等地区，不仅如此，吴炽甫还在徽州设有吴介号、泰昌发等厂，收购黄山毛峰、老竹大方、街源烘青、屯绿等名茶。吴炽甫之后，最具影响力的是"茶叶大王"吴荣寿。吴荣寿20多岁就开始自营屯溪茶叶，逐步扩大经营范围，大兴土木，曾先后在屯溪街、阳湖等处扩建新建了怡和、怡春、水源、华胜等十多家大茶号，并在老街桥头开设吴亦隆大酱坊等。鼎盛时期，他每年经销茶叶达2万多担，占市场份额的一半左右。不过1929年朱老五火烧屯溪街之时，吴家街市上数十幢茶号被付之一炬，吴家阳湖大宅也遭洗劫，吴荣寿此后一蹶不振，郁郁寡欢，于1934年辞世。

1937年左右，徽州茶叶再次步入高峰，这当中有一个重要的原因是时任国民政府实业部次长的周诒春是徽州休宁人。周诒春是徽州茶商的后代，毕业于上海圣约翰

周诒春

大学，曾任清华大学校长，对徽州茶叶的品质和情况非常熟悉。1937年5月周诒春调任中国茶叶公司董事长，在上海就任后，他深知自己家乡茶叶的品质，以徽州为基地大力发展茶叶生产，注册了"屯绿"这一品牌，统一调配徽州茶叶进行出口。由于集中宣传，短短时间内，"屯绿"这个官方品牌名声大噪，不仅带动了徽州

茶叶的大规模出口,也提升了徽州茶叶的知名度和茶商的创品牌意识。有人统计过,1938年屯溪共有茶号287家,这当中不仅有本土的公司,也有当时江浙沪茶号在屯溪设置的分部,无论是销售单位,还是销售数量,都是史上最多。这一阶段徽州六邑实力雄厚的茶商都集中在屯溪制茶,"屯绿"年产量已达四五万担,中茶公司收购后直运上海售给外商开办的怡和洋行、锦隆洋行等出口,此种局面一直延续到抗日战争爆发后的几年。

汪裕泰与汪惕予

提起外埠的徽州茶号,当时上海的"汪裕泰"可以说是首屈一指。汪裕泰茶庄的创始人,是绩溪上庄的汪立政,创立时间是道光年间,同为股东的,还有胡适的父亲胡铁花。与"汪裕泰"茶号相关联的,是杭州的汪庄,也就是新中国成立后被称为"西子宾馆"的国宾馆。汪庄是汪立政的儿子汪惕予(自新)所建。在近代史上,汪惕予绝对算得上是个奇人,他28岁开始在沪悬壶济世,两年后,怀着"博通中外医学"的志向赴日本学习西医,4年后返沪行医,在上海创办了中华女子产科学校,又开办协爱医科汪惕予专门学校,同年被选为全国医界联合会会长。汪惕予花费了

大量时间研究中西医最新、最重要的学理,发行各种医书(含教科书)17 种,其中 16 种皆冠以"汪氏医学汇编",后来人称他为中西医结合的鼻祖。

光绪年间,汪立政去世后,汪惕予不得不接手了"汪裕泰"茶号。分身无法,汪惕予只好弃医从茶。汪惕予做生意也是个高手,他很快在上海连开了两家茶叶分店。一段时间之后,汪惕予决定把茶号扩展到杭州,想借"景以西湖美,茶因龙井名",他在杭州南屏山雷峰北麓买了一大块地,建起一个偌大的山庄,名为"青白山庄",后来改名为"汪庄"。这是一座三面临湖的大庄园,庄内亭阁高耸,楼台飞檐,假山重叠,石笋林立,绿树成荫,花团锦簇。除了风景优美外,汪庄还以春茶、秋菊和古琴闻名。庄内除设有"汪裕泰"茶庄门市部外,还辟有精室数楹,名为"今蜷还琴楼",专门用来珍藏古今名琴百余张,其中有唐开元年款"流水潺潺"琴、宋熙宁年款"流水断无名"琴、宋文与可藏"香林八节"琴。汪惕予将琴谱墨拓挂满斋壁,名为"琴巢"。楼前平台上更是修琴台一座,又取松烟造墨,皆仿琴形。汪惕予所做这一切并不奇怪,因为他本人就是一个"琴痴"。汪惕予的夫人赵素芳,也是一位善奏《胡笳十八拍》和《秋鸿》的古琴高手。

关于汪惕予与古琴,还有一个"石破天惊"的故事——1929年杭州举办西湖博览会,汪惕予任评议部委员。博览会艺术馆工艺组当时展出的唐代雷威"天籁"琴、元末朱致远"流水"琴、明代汪宗先"修琴"琴,都是他的珍藏。展览期间,有人在报上写文章

汪庄园景

汪裕泰茶庄

称:"天籁"琴是赝品。汪惕予情急之下,自己也写文章登报进行反驳。那位鉴定家也不示弱,又写了篇千字文答复,称:雷威斫琴,底板多用楸梓,楸梓色微紫黑,锯开可见;而这张"天籁"琴底板用的是黄心梓,黄心梓中心之色偏黄,因此肯定不是唐时之琴。

关于雷威琴的真假官司很快引起了人们的关注,那一段时间,很多人都在议论雷威琴的真假。事态发展到这一步,汪惕予急了,索性邀来众多琴坛同好与各方学者、行家,开了一个公开说

汪自新在杭州西湖边修建的汪园,即现在的西子宾馆

上海的汪公馆

明会,当众将这绝世名琴剖开,撬下琴底,横里锯开,一看之下,果然是发黑泛紫的一块"楸梓"!这一举动,在杭州城引起了轰动。各家报纸当然大肆渲染,斗大的标题"日夕望君抱琴至,空山百鸟

散还合"。那位鉴定家颜面尽失,羞愧之下,从此销声匿迹。这一次"剖琴"之事也算是一次无意之中的"炒作",汪惕予虽然损失了一把价值连城的古琴,却将"汪泰裕"名号弄成个震天响。一时间,数省茶民,几乎无人不知"汪裕泰"。

传奇徽商胡雪岩

与汪惕予的"富倾杭州"相比,徽商早期代表胡雪岩,更可以说是富甲天下。胡雪岩是绩溪湖里村人,照湖里村的说法是:胡雪岩3岁丧父,只是靠母亲给别人做针线糊口。6岁

胡雪岩在故乡的宗谱

时,胡雪岩就替人放牛了。13岁那一年,胡雪岩放牛时在一个凉亭里捡到一个蓝布小包,里面有一张300两的银票和一些碎银子。胡雪岩便把小包藏好,在那里等待失主来寻。一直到日落西山,失主——一个外出做生意的米商来了,胡雪岩将财物如数归还。这个乡下少年的行为感动了失主,于是米商在征求胡雪岩

母亲的同意之后,带着胡雪岩到了杭州。

故事带有明显的传奇色彩。这个精明的绩溪少年,从登源河到达临溪,又从临溪转道新安江,然后顺着新安江到了杭州。目前可以得到佐证的是,胡雪岩在杭州打了一段时间的短工之后,又到了一家钱庄当学徒,因为勤奋,肯吃苦,慢慢地被擢升为"跑街",并

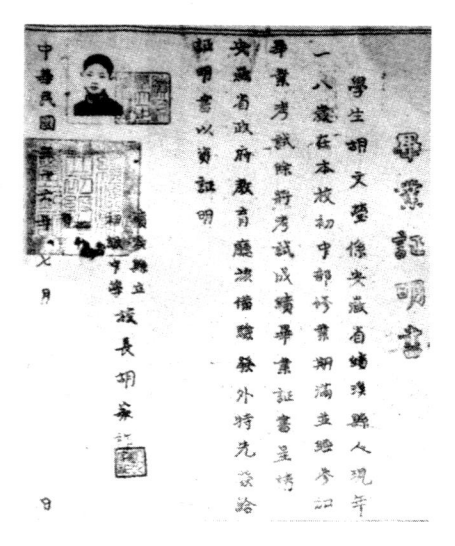

胡雪岩曾孙的学历证明书证明了胡雪岩是绩溪人

深得店主器重。胡雪岩是一个很聪明的人,尽管他书读得不是很多,但他天生就有那种良好的洞察力和大局观,也有着相当的胆略和处世能力。

关于胡雪岩的第一桶金,现在公认的说法是源自胡雪岩与王有龄的相识。有一则故事是这样描述的:胡雪岩到了杭州之后,一直在一家钱庄做伙计。有一天,胡雪岩看到一个穷困潦倒的书生在店里转悠,便上去跟他闲聊。一聊之下,胡雪岩发现这个叫王有龄的书生虽然生活窘迫,却才华出众,抱负过人,只是缺乏进京赶考的盘缠。胡雪岩想了一想,便偷偷地借出了钱庄的500两银子。钱庄老板回来后,一听胡雪岩竟将这么多钱借给一个穷酸

书生,大发雷霆,当时就让胡雪岩走人。胡雪岩无奈离开了钱庄。两年后王有龄中了进士被封官回来的时候,胡雪岩正在街头流浪。王有龄听说胡雪岩是因为这件事受累,发誓要帮助胡雪岩致富。靠着王有龄的资助,胡雪岩很快在杭州开了属于自己的钱庄。

胡雪岩的阜康钱庄

在胡雪岩的经商和人生之路中,有两个人对于胡雪岩至关重要:一个是王有龄,胡雪岩就是在王有龄的支持下淘得第一桶金的,并且在王有龄担任浙江巡抚时,胡雪岩甚至获得了以他的钱庄代理浙江省藩库的权力,这样,地方政府的银库直接成了胡雪岩的周转金。而另外一个人,则是官居更高位的左宗棠。在王有龄死于太平军刀剑之下后,胡雪岩又适时地联系上了左宗棠。当胡雪岩与更有势力的左宗棠形成了铁杆关系之后,胡雪岩更是长袖善舞,左右逢源,他先是为左宗棠办理粮草与太平军作战,然后帮助左宗棠与法国组织"常捷军"。1866年,胡雪岩又协助左宗棠创办了福州船政局,为左宗棠办理采借之事,并为左宗棠借了内外债1200多万两。在此之后,胡雪岩的生意越做越大,行业扩展为粮食、房地产,甚至买卖军火。他的钱庄也借助于湘军的力量,在全国遍地开花。胡雪岩与政治的结合越来越紧密。到了1878年,因为赞助支持左宗棠平定新疆有功,胡雪岩受到朝廷的嘉奖,被封为布政使,赐红顶戴,紫禁城骑马,赏穿黄马褂。

在这样的背景下,胡庆余堂轰轰烈烈地开业了。从开业的第一天起,胡雪岩就对外号称,胡庆余堂最大的特色就是"真""精"二字:店里的药材中,驴皮必购自河北辛集、山东濮县,山药、生地、牛膝、金银花非淮河流域的不取,当归、党参、黄芪必定去往秦陇办理,麝香、川贝必定是来自云南和四川……开张之初,胡雪岩头戴花翎,胸挂朝珠,身穿官服,站在大门口亲自接待络绎不绝的顾客。应该说,胡雪岩在经营上的炒作能力和品牌意识是极强的,他几乎是以一种现代理念来进行经营,也难怪他在商战中能

浙江杭州凤山水城门。清咸丰年间,太平军二度围攻杭州时,胡雪岩为清军运送粮草,船队在此遭炮击,被迫折回钱塘江

够战无不胜了。

这个成功的红顶商人在很长一段时间里一直是徽州人的楷模和榜样。"生子当如胡宗宪,从商要学胡雪岩。"对于徽州人来说,他们对于财富的认同度在某种程度上与儒学也有密切的关系,因为儒学最根本处在于济世情怀,而济世除了以"仕"作为手段,通过权力实现抱负之外,同样可以通过从商,以金钱的方式来实现。在徽州人的眼中,如果两种道路能得到统一,那将是一件非常完美的事情。正是因为这样的思想背景,胡雪岩格外受到徽州人的推崇,在徽州人看来,只有胡雪岩的人生才是最完美的,算是真正值得效仿的目标。

胡雪岩的成功,也给了一大批徽商以充分的信心,也提高了很多徽商抱团结伙的意识,各地纷纷成立了很多徽州商会。北京、上海、苏州、南京、武汉、扬州等地,都有很多徽州会馆。

小上海的繁荣

就徽州来说,自清朝咸丰年后,商业的重心已从歙县转向屯溪。到清末民初时,徽州六邑的茶叶、竹木、香菇以及其他土特产品,多在屯溪集散;煤油、食盐、绸布、南北货物等,都是以此为吞吐口。屯溪这时候很有点码头集镇的模样了,徽州的一些村落,尤其是休宁、黟县等地的人,也开始自发移民到这座慢慢变得热闹的山城。

民国年间,屯溪的商业重心居于黎阳西镇街至江西会馆处(今老街地段),这条街虽然不长,但人来人往,熙熙攘攘,很是热闹。有关资料称,1934年左右,屯溪有商店417户,从业人员4300多人,归为60个种类,行业有钱庄、当铺、银楼、衣庄、茶庄、绸布、中药、纸墨、饭店等等。这些店铺很多为前店后坊,从外面看,清雅的店堂,马头高墙,鳞鳞青瓦,雕梁飞甍。店堂上层临街,置以阁楼,可凭栏观景,活脱脱一幅《清明上河图》的景观。行业除主要分布于老街两侧外,一些商店、货栈还散布在细弄深巷内。这些巷弄曲折回肠,将老街和河街连在一块。那时的新安江水位还很高,在江的两岸有沿着水埠形成的河街。河街上比较著名的有万利馆和得利馆,这些都是酒肆,还有一些小吃店等。每当商船靠岸,货下物卸,渔埠头和盐埠头人声鼎沸,有骡马车辆铃铛声,船商、水客、栈行交易的讨价还价声等,杂七杂八,热闹非凡。夜幕降临之时,这一带更是热闹,茶馆、酒楼、旅舍、浴池、理发店等分布其中,人来人往,摩肩接踵。

1933年,屯溪开办的劝业场很让当时的屯溪乃至徽州热闹了一番。劝业场也称"劝工场"或"劝商场",是旧时中国陈列并推销商品的一种百货商场,由政府或者工商企业团体联合兴办。进入30年代后,在全国提倡国货、抵制日货的背景下,为适应现代潮流,屯溪警察局、安徽省第十行政督察区专员公署暨保安司令部及休宁县商会联合发起创设了屯溪劝业场。本地保安司令部司令汪汉兼任场长,场址设在新安江边旧称"太子庙"又叫"尼姑坟"的附近。初期,屯溪的劝业场很简陋,门面多用木竹搭架,用钉扎起来,门面以木板锯钉成图案,涂以红绿油漆,开业前,还请纸扎匠以花纸扎起一个牌楼,装上红绿灯泡装饰。劝业场大门是一座用木料做成的立体八字形门楼,正面书有"劝业场"三个大字,隶书,字体古朴遒劲。场面较宽大,筑有游廊、假山、亭台等。开业当天,鞭炮齐鸣,人山人海,人们从四面八方赶到屯溪看热闹。屯溪劝业场以"救济失业民众,提倡正当娱乐,提倡推销国货,辅助社会教育"为宗旨,故场内除设有国货陈列馆外,还设有电影院、大舞台、"校书"清唱的"小桃源"、民众书报阅览室、照相馆及各种游艺场所。"小桃源"在大舞台的南首;亭台边的空地,则用作变戏法和玩耍场所。劝业场开场后,为宣传陈列国货、推销商品,广泛通知屯溪各商店、厂家速将经营的国货或厂家出品的货物送交劝业场。屯溪劝业场还附设民众书报阅览室以辅助社会教育,向各地绅士征求书籍。劝业场的电影院还经常放映诸如《东北义勇军血战史》等有进步意义的电影,以教育民众。劝业场还出面邀请上海、杭州等地的一些著名艺术家来屯溪演出,一些有名的京剧演员如武生李明楼、麒派老生杨鼎浓等,都来过屯溪演出《火烧红莲寺》等剧。劝业场还编有《劝业日刊》,旨在"提倡国货,品评游戏,素描社会",定价本埠每月大洋两角,每日早晨由专差送达;外埠每月大洋3角,包括邮费。总而言之,屯溪劝业场有看的、有玩的、有听的、有吃的、有喝的,还有买的,就如同一个大观园一样。

  除了这些百货和杂铺,抗日战争之前屯溪最为红火的,就是木材交易。屯溪位于横江、率水合流之处,距屯溪5里地之闵口,河面开阔,依山转弯,形成天然之坞,系木材停泊最理想之场所。所以,附近的休宁、祁门、黟县、婺源以及歙南等地的木材,多由小河运送到这个地方聚集。木材的交易很有意思,一般是上午时,由卖方(行话称"上山")、买方(行话称"水客")和中间人(行话称"木竹")一起坐在聚集地附近的茶馆里,看着河里的木材,边喝

20世纪30年代大运河边的木材市场

茶边谈生意。每年由屯溪销往外地的木材,在10余万两(腰围9寸的木材,每50根为1两)以上,可见屯溪木材吞吐量之大。徽州的木材,一般都是谈妥后,扎成几层木筏,然后沿新安江一直放下去,放到杭州。杭州是徽州木商最主要的销售地,一直成立有徽州木业公所,会员有徽州各县木商数百人,其目的是维护徽州木商的权益,仲裁行业纠纷。该公所固定每年夏历六月初一为木商大会,不必再发邀请,会员准时到会。近百年一直如此,已形成了习惯和风俗。到了民国年间,又扩大为"新安旅杭同乡会",成为徽商大本营。清末民初,杭州徽商木行达数百家,仅休宁人开的就有五六十家,其中较大的有休宁木商江锦山开在闸口的木行、张彦昭的乾记木行、程友恭的三三木行,都拥资超过数百万。当年我姑姥姥的父亲姚沛然,最也是在杭州帮人做木材生意,等

1929年的徽州村落

学到了这一行的经验,自己探到路子后,就开始回到屯溪,自己开了一家木材行。抗日战争爆发前夕,由于国内战乱,杭州木市一落千丈,徽州木业所也被迫停业。木材销不出去,也影响了屯溪的木材市场。当时的《徽州日报》曾记述此事:

> 不料世事沧桑,物极必反。所有小资本之木商,均因折耗而收;大资本家亦收小范围或经营他业。故有山之户大都不能收十年树木之利;而无山之贫民,则因无事做,惟有采樵以糊口……回首当年,殊令人不胜今昔之感也。

黄山旅社

屯溪在民国期间有一段时间被称为"小上海",指的是它相对繁华,外来人口也多。因为外来人口多,屯溪也雨后春笋般出现了很多旅馆。在民国年间屯溪的 20 多家旅馆中,1934 年我姑姥姥的父亲姚沛然开设的"黄山旅馆",是一家比较大的旅馆,地址选在秀丽的新安江畔,濒河耸立,临窗眺望,远山近水,尽收眼底。黄山旅馆不仅风光美丽,而且服务优良,设备也领先于同行业,旅馆内设有电灯、电

黄山脚下的姚氏全家福

话、自来水(土制)、男女浴室、抽水马桶等。姚沛然在当时的屯溪算是一个不大不小的名人,他之所以有名,是因为他不仅有钱,而且为人仁义,慈眉善目,又极其开明。除了木材和旅社之外,姚家在屯溪黎阳的方口村有一个不小的庄园,里面种着蔬菜、水果以及花草什么的,还养着牲畜和家禽。姚沛然还算是一个很有性情的人,无事的时候,他就带着一大家人住在庄园里,享受着天伦之乐。姚沛然还写得一手好字,当时屯溪很多店铺的招牌都是他写的。姚沛然为屯溪的店铺写招牌,从不收钱,连烟酒也不要别人的。这一张照片是我的姑奶奶姚盛萱留下的,这是一张全家福,照片摄于1939年,地点是黄山脚下。姚沛然其时带领全家到黄山游玩,在黄山脚下拍摄的。照片上抱着小孩穿长衫的人就是姚沛然,当时他已有50多岁了,怀中的女孩是他最小的一个女儿,还未满周岁。因为创业艰辛,姚沛然的身体一直比较瘦弱。照片上正中位置的便是姚沛然的妻子汪悠嘉,她是屯溪附近的岩寺人,一个大家闺秀,读过书,能吟诗作画,拍照片时只有30来岁。姚沛然的第一个夫人因病去世,只留下一个几岁的儿子。汪悠嘉嫁给姚沛然那一年只有十几岁,汪悠嘉到了姚家后,便默默地将整个家担了起来,她的性格恬静本分,不多话,也不多事,一生中与姚沛然育有五个女儿一个儿子。

据姚盛萱说,1939年7月左右,日本鬼子的飞机时常对徽州进行空袭,在屯溪就炸死了好几个人,人们很害怕,四处流散。父亲姚沛然的生意也做不成了,一家人都待在庄园里,一有警报就躲进防空洞。飞机在西镇街投下炸弹后,他的父亲大约是又惊又怕,生了一场大病,足足卧床好几个月。后来,日本人不轰炸了,他的父亲的病也好了,为了庆祝,全家人便来到了黄山游玩。这张相片,就是在黄山脚下拍的。

在屯溪的姚氏一家

因为是见过世面又读过书的人,所以姚沛然在对待儿女大事上极为开明。姚盛萱记得父亲经常说的一句话就是:我有五个女儿,但我不为她们准备嫁妆,我要将她们送进大学,这就是最好的嫁妆!姚沛然显然极重承诺,他的五个女儿,老大姚盛萱毕业于上海同济大学,老二毕业于上海财经学院,老三毕业于上海外语学院,至于老四、老五,由于情况有变,就只读到高中了。这当中最有出息的要数老三了,新中国成立后到了北京科研单位,曾专门到苏联进行过原子能的研究,但由于身体不好,1964 年得了白血病去世了。

  我的外公,年轻时有一段时间从歙县来到屯溪讨生活,得到了他舅舅,也就是姚沛然的很大帮助。外公在姚沛然那里学会了一些做生意的方法,也学会了怎样做人。有很多人都说外公的性格跟他舅舅一样厚道。这张照片,就摄于外公在屯溪做学徒工的日子。照片上最右边那个微笑的年轻小伙,就是我外公,最中间坐着的,就是他的舅舅,也就是姚沛然。这张照片摄于杭州,应该是外公的舅舅带着一帮小字辈来杭州办事,然后带着一帮小字辈吃了一顿,又在照相馆拍了张照片留念。那时候拍照是一件很郑重其事的事情,拍照片就像过节一样令人兴奋。

姚老板和他的子侄,右一为作者的外公汪鹤皋

1949年屯溪解放,姚沛然就没有继续做生意了,当时他被定的成分是"资本家"。土改的时候,聪明的他主动将自己的庄园献出去了。1954年公私合营时,姚沛然更是深明大义,表现出了积极的合作姿态,响应政府号召,将自己的木材厂以及"黄山旅社"全捐献给国家,然后在家颐养天年。现在看来,平日少言寡语的姚沛然真是有智慧啊!1968年,姚沛然在屯溪逝世,而后,他的妻子汪悠嘉一直待在屯溪,住在靠新安江边的一幢小木楼里,每天做做家务,缝缝补补,想想外地的女儿。有时候实在无事的时候,就靠在江边的窗棂上,看湍急的江水,想岁月的无奈以及人生的无奈。姚沛然以及徽商曾经的辉煌,就如他脚底下的流水一样,悄无声息地淌走了。

第五章

那些桃李

旧时徽州不愧为"程朱故里",徽州人尤为重视的是子弟的教育,虽然徽州人从商的很多,但在骨子里,还是希望自己的子弟走"学而优则仕"的道路。那些赚了钱的徽商,一般除了花钱给自己捐一个官之外,就是花大钱兴教办学,培养自己的子弟,让他们读书受教育,早日走科举之路。也因此,在徽州历史上,优秀的教育家层出不穷,比如南宋理学大师、婺源人朱熹,元代歙县人郑玉,清代婺源人江永,休宁人戴震,以及清末民初的金榜、吴曰慎、汪宗沂、许承尧、吴承仕、

朱熹画像

陶行知、胡适等。他们都可以说是教育界的翘楚,也曾"桃李遍天下"。

徽州最早的状元,是南唐时旌德籍舒村的舒雅;最后一个状元,则是歙县籍的吴承仕。吴承仕的父亲是歙县人,当年做茶叶生意去了北京。清光绪二十七年(1901年),吴承仕17岁时,应试中秀才。翌年,又中举人。光绪三十三年(1907年),清廷举行举贡会考,吴承仕以殿试一等第一名被录取,并被点为大理院理事。徽州所属各县,科举中状元最多的是休宁县,自宋嘉定十年(1217年)至清光绪六年(1880年),休宁共出了19名文武状元,居全国各县之首。这一直是当地人自豪的一件事,休宁也因此自称"中国第一状元县"。

歙县郑村的汪宗沂是近代徽州教育史上的一个重要人物,堪称徽州旧学最后一座丰碑,是清代歙县教育基地"不疏园"的最后一任主人。"不疏园"在徽州历史上非常有名,它是汪氏培养子弟的私塾学校,曾经聘请了一批极有名望的学者来园任教讲学。当年的徽州大儒戴震和江永,都曾在"不疏园"任教,由此可见"不疏园"的分量。"不疏园"的主人汪宗沂本人也是一个才华横溢、胸有韬略的大儒,他是1880年的进士,也是王茂荫的女婿,曾被曾国藩聘为忠义局编纂,后任李鸿章幕僚,主讲安庆敬敷书院、芜湖中江书院、徽州紫阳书院,一生著述极丰,朴学、小学、音律、医学、兵法无所不精,有"江南大儒"之称。汪宗沂有两个学生非常有名,一个叫黄宾虹,另一个叫许承尧。他还有一个孙子,也是著名画家,叫汪采白。

徽州最早创办的新式学堂是 1900 年由牧师唐进贤创办于歙县城内北街的崇一学堂,这是一座外国教会办的学校。一年之后,《辛丑条约》签订,清廷"知耻后勇",陆续实施新政,诏令各地兴办学堂。徽州各界也加入了这场废科举、兴学校的教育大变革中,涌现出一大批教育先行者,代表人物有江彤侯、罗会坦、许承尧、胡晋接、方新等。江彤侯曾任当时的安徽省教育厅厅长,对于家乡徽州的新式教育,自然鼎力推进,也因此,当时徽州的中小学新式教育的规模和水平,一直走在全省前列。据《安徽省教育志》记载:1904 年,安徽省有小学堂 38 所,其中徽州有两等小学堂 4 所,它们是歙县官立两等小学堂、婺源官立城西两等小学堂、绩溪公立尚志两等小学堂、绩溪私立思诚两等小学堂。其中思诚学堂由绩溪县仁里村富商出资兴办,聘请了当时著名的教育家胡晋接担任校长,让他自由高薪聘请名流任教。胡晋接是绩溪县城东

吴承仕 　　　　　罗会坦 　　　　　胡晋接

徽州私立渭滨小学毕业照

1905年呈坎众川小学毕业照

人,其父曾主持绩溪东山书院,胡晋接从小随父在东山书院读书,受到良好的教育,并受到维新思想影响。胡晋接花高薪聘任了一大批当时的人才,如留日回国学生江鹏萱(镜川,婺源人)、程仲沂(宗泗,休宁人),歙县名儒毕醉春(恩桂,歙县人)等,这些人每人的年薪达400银圆,跟当时全国著名大学教授差不多。思诚小学此番举动,在徽州乃至全国教育界都引起了轰动。除了官办之外,徽州民间各界兴办新式教育也蔚然成风。如呈坎众川小学,由曾经担任过孙中山秘书的罗会坦出面集资兴办,1905年正式开学。首开风气的是男女同校,授课内容有国文、数学、自然、修身、音乐、体操等等,用的是上海商务书局印制的小学课本。至1910年,首届高中学生毕业,在校师生员工已达百余人,规模之大,在当时的徽州新式学校中颇有代表性。

值得一提的是后来曾任中华人民共和国国务院副总理的柯庆施所在的歙县竹溪村,在这个大山深处,柯家也加入新式办学的洪流之中。柯庆施的祖父和父亲都是当地新式教育的大力倡导者,1910年,柯庆施的祖父创办"竹溪柯氏私立继述小学校",自任校长,广聘外地名师。柯办学开明,要求族中女孩也要上

柯庆施

学,小学校还开设有篮球课、风琴课等。柯庆施本人,就是从这所小学毕业后,就读安徽省立第二师范学校(校址在休宁万安)的,后又于1919年下半年离开徽州,走上了革命道路。由于办学有方,虽然地理位置偏僻、交通不便,但竹溪村柯氏私立继述小学非常有名,成为当时山区小学的教育榜样。当时歙县的督学前来巡

青年柯庆施

视,留下诗句称赞柯校长:"路入桃源里,行行别有天。山高悬怪石,溪小咽清泉。崖树老仍直,畦花淡自妍。安知学舍内,谈论得英贤!"

辛亥革命后,创办绩溪私立思诚小学的胡晋接被委任为安徽省教育厅学务特派员,负责视察督导徽州学区的教育。1913年1月,胡晋接又被委任为安徽省立第五师范学校(一年后改称"省立二师")校长,负责建校工作。他和教务主任方新、程敷锴等人一起,依靠全校教职工的支持,克服重重困难,尽管两年三易校址,却把学校办得生机勃勃。1914年,著名教育家、已卸任江苏省教育司司长的黄炎培自费到浙、赣、皖考察教育,视察了"省立二师",在视察日记中对胡晋接和第二师范学校作了高度评价,回去后将省立第二师范学校的办学情况刊于全国教育学报。一时,"省立二师"名扬全省、全国,被誉为"安徽学府",受到安徽都督传令嘉奖。胡晋接的省立第二师范学校,为徽州现代基础教育从教育思想、师资培养等方面奠定了良好基础。

与胡晋接一同创办省立第二师范学校的方新,也是徽州近代教育史上可以留名的一个人。方新是婺源人,年轻时接受维新图强的思想。其时,张謇辞官回到家乡南通,主张"实业兴国",办实业,兴学校,方新慕名求学,考进了南通师范。后来,方新又去日

歙县县立中学第四届毕业典礼来宾及教职员工、毕业生合影

本留学。回国后,安徽省教育厅在歙县创办省立第五师范学校（后改为省立第二师范学校）,方新又与胡晋接一起,参加筹办,并任该校教务主任。1917年,方新因病离开二师,病愈后去南京高等师范学校任秘书,与教育家陶行知、黄炎培等交往密切。1919年以后,在陶行知等人的推荐下,方新又回到歙县,任省立三中校长。方新有自己一整套的教育理念,侧重培养学生的"情感、意志和智力",着重学生"自治、待人、用物(经济)、治事"的修养,注重"知技并进",大力开拓徽州教育界的新思想、新风气。而此时的省立第二师范学校已改变教育宗旨,回归传统文化,以程朱理学和佛教来"挽救世道人心"。两校恰成鲜明的对比。

几年后,方新由于多种原因离校,又去了南京,到了陶行知主政的晓庄师范任教。不久,出于对家乡教育的关注,陶行知又推荐方新回婺源任教育局长。方新上任之后,把陶行知的教育理念带到了婺源,把普及平民教育当作头等大事,大力推行《平民千字课本》,开设了很多平民学校。与此同时,婺源人詹剑峰从法国巴黎大学毕业后,也回到家乡,创办培元小学并任校长,后在徽州中学任教员兼总务主任。从胡晋接、方新等人热忱地投身教育事业就可看出,当时在徽州致力于教育的人,素质

巴金、桂丹华与詹剑峰摄于1928年

何等之高!他们不仅自身素质高,而且无私地为自己的目标毕生奋斗,徽州何止出了一个陶行知啊,这些热心于教育的人,人人都

1948年歙中女篮合影

是陶行知。比如方新,到了 60 岁以后,还竭力奔走,大力推广徽州的职业教育,接连创办了农林实验中学以及徽职附属茶科职业班等。这些,都是后来徽州几所职业学校的雏形。方新也可谓是徽州职业教育的第一人。

抗日战争爆发后,曾有很多著名中学迁往徽州,比如说南京的安徽中学(皖中)、现代中学、钟英中学,芜湖芜关中学、右任中学等,都在徽州临时设置了学校。连复旦大学的附中,也在黟县成立了分部。这些外地名校的进入,也带动了徽州自身的教育,一些私办、公办的学校也纷纷兴起。当时歙县就先后办了中学和小学附设的初中班 10 所,比如说在王村的私立战时学校、在大梅口办的私立南山中学等。歙县中学,也是在 1943 年创办的,这所学校创办后,很快以浓郁的学风和严格的校风成为徽州的著名中学。

民主歙中第一届毕业典礼 1949 年 7 月

陶 行 知

小的时候我的外婆家在歙县斗山街,每次我由斗山街到县城中心时,总要穿过文化馆附近的大北街,那一带,有几幢看起来非常别致的洋房。后来我知道,这就是当年陶行知在歙县就读的崇一学堂,一个教会学校。到了20世纪80年代后,这里进行了改建,变成了陶行知纪念馆。

陶行知

陶行知在徽州是一个家喻户晓的人物:他于1891年10月18日出生在歙县黄潭源一个破落家庭里。与黄潭源毗连的杨村,是幼时陶行知与他的小伙伴们经常去游玩的地方,每次去杨村,陶行知总喜欢驻足于蒙童馆的门外,听老秀才方庶咸为弟子授课。

一段时间之后,老秀才觉察到这个眉清目秀的小孩特别聪慧,便亲自去黄源村找到陶行知的父亲,表示愿意收陶行知为弟子。但此时的陶家已经穷得几乎揭不开锅了,连拜师酒都请不起,哪里还有送子念书的想法呢?方老先生求徒心切,一看这种情形,决定免费让陶行知听讲。就这样,6岁的陶行知在开智之时就遇上了第一个好人,在最初的人生中踏上了幸运之路。

万安老街

1900年,陶行知在3年蒙学之后,跟随父亲来到休宁万安镇,在一座私塾里继续着学业。但好景不长,不到两年,父亲失去了公职,陶行知只好离开万安,重新回到黄潭源,辍学在家,整天里种菜、卖菜,与父亲一道砍柴、卖柴。13岁那年,经亲友介绍,陶行知开始了"半工半读"的生活,他的新老师是徽州镇上路街的程郎斋。每天,陶行知都要清晨起床,砍一担柴后,挑到城里去卖,卖完柴后,再赶到程先生那里去上学。

不久,陶行知的命运得到了转机,当时,陶行知的母亲在歙县天主教堂附设的中学——崇一学堂打短工。陶行知上完课之后经常赶来帮母亲干杂活,一有空暇,就站到学堂的窗下旁听。英国牧师兼堂长唐进贤注意到了这个孩子,决定免费招这个孩子进

新中国成立前的休宁县万安镇

学堂念书,不久又免了他的伙食费。在崇一学堂,陶行知接受了西方的新科学和新思想,从小小的洞眼中看到了崭新的世界。两年后,陶行知以学业第一名的优异成绩毕业,赴杭州广济学堂学习,然后又转至金陵大学读书。

23年后,陶行知在一首现代白话诗中,怀念起当年父亲送他去读书的情景,依然是历历在目,这是另一层意义上的"下新安":

古城岩下,水蓝桥边,三竿白日,一个怀了无穷希望的伤心人,眼里放出悲壮的光芒,向船尾直射在他儿子的面上,望着水、山、天合成一张大嘴,隐隐约约地把个影儿都吞没了,才慢慢地转回家去。我要问芳草上的露水,何处能寻得当年的泪珠。

在金陵大学待了一段时间之后,陶行知赴美留学伊利若斯大学,1915年,陶行知又转入哥伦比亚大学,师从著名的哲学教授杜威,成为他的老乡胡适之的同学。

在美国取得硕士学位后,陶行知回国了。童年的求学经历,让陶行知深知教育对一个人命运改变的重要性,他最基本的想法就是,要让中国许多跟他一样的穷人孩子能得到最基本的教育,让教育来改变一个人的命运。从此,陶行知视线集中到中国的农村,集中到中国的最底层——他举办学堂,让穷苦人家的子弟接受教育;宣传自己的教育思想,推动中国的教育进步;到处募捐,让民众接受他的思想……每到一个地方,陶行知总是积极地阐述着看似最简单的思想,不厌其烦。他就像一个乡村传道士一样,喋喋不休,不畏艰苦,甚至可以说是以一种近乎天真的热情创作了很多浅显无比的童谣,来宣传他的教育思想,比如说"人人都说小孩小,谁知小孩人小心不小。你若小看小孩子,便比小孩还要小"。还有:"第一阶段,三餐喂得饱,个个喊宝宝(6岁以前);第二阶段,小事认真干,零用自己赚(10岁左右);第三阶段,全部衣食住,不靠别人助(17岁左右);第四阶段,自活有余力,帮助人自立。"以陶行知的博学和深刻,竟然埋头专注于这样的幼稚顺口溜,现在读起来让人忍俊不禁。

现在,位于歙县古城内的陶行知纪念馆幽静而典雅,我好几次路过这里的时候,都几乎是门可罗雀。在徽州的一切都大热的情况下,这个徽州人的价值并没有真正得到承认,虽然有很多人知道他,但却很少有人真正地去效仿他。

徽州师范

近现代史上徽州众多的学校当中,如果说影响力最大,名气也最大的,那无疑是坐落于歙县城里的徽州师范了。现在的徽州师范在几经变更地址之后,最后坐落在斗山街边上,这同样也是我在孩提时代经常玩耍的一个地方。我的母亲,就是因为家里穷,没敢上高中、考大学,初中毕业直接去考徽州师范的,因为徽州师范不用交学费,还有伙食补助。母亲毕业后,成了一名小学教师,她一辈子的遗憾,就是没有上大学。不过上了徽州师范,

民国时的课本

也是她骄傲的一件事,毕竟,在徽州人眼里,这是本地最好的学校。徽州师范最大的特色,就是校园里种满了桂花,除了一般的银桂之外,还有很贵重的金桂。银桂花是黄白色的,而金桂花蕊金黄,非常漂亮。每到初秋,整个校园都弥漫着浓郁的桂花香,甚至连歙县北门一带的城里城外都能闻得到。当然,这些桂花,已不是许承尧时代栽的了,不过这种香气馥郁的传统,与许承尧当年所倡导的内在精神,却是一脉相承的。

徽州师范的正式创办时间是1934年,不过如果把徽州师范的前身徽州府紫阳师范学堂算在内的话,它的创办时间,应该是1905年,是由歙县大儒许承尧创办的,许承尧亲任监督。学院开设修身、经文、国文、英文、历史、算术、植物、图画、体操、理化、法制和理财等10多门课程。当年许承尧响应清末新政,创办这一所新式学堂时,可能是受书院传统的启发,在学校里种植了很多金桂和银桂。初秋里,不管是金色的花还是银色的花,都芳香沁人,那样的香气,仿佛可以一直渗入人的记忆中和思绪里。这也难怪,与这一座学校结缘的人,每当回忆起旧日的时光,总能从记忆中嗅到一股岁月的芳菲。

徽州师范的师资队伍,现在说起来,同样让人崇敬不止。因为许承尧的号召力,当年的黄宾虹、陈去病、陈钝等,都曾在早期的紫阳师范学堂任过教。与此同时,还有一个大名鼎鼎的人物曾在紫阳师范学堂任过短期的监学,那就是当时名震遐迩的陈独秀。关于这一段鲜为人知的历史,安徽省文史资料研究委员会出版的《安徽文史资料选辑》第十三辑上,曾刊登了一篇石原皋老先生于1982年11月写的文章,这篇文章叫《汪孟邹与辛亥革命》,文中写道:"1904年李光炯将其在湖南长沙创办的旅汀公学迁至芜湖,改名安徽公学。当时提倡革命的人士集于该校,如柏文蔚(烈武,寿县人)、陶成章(焕卿,浙江人)、刘光汉(申叔,江苏人)、苏子谷(曼殊,广东人)、周震麟(湘人)、谢无量(川人)、

胡适和陈独秀在上海

邓艺荪(绳侯,怀宁人)等先后任该校教员。陈独秀一方面办报,一方面又在安徽公学教书。后又在公立徽州师范学堂(创立于1906年3月)担任监学。因此,汪孟邹与柏文蔚、苏曼殊、邓绳侯等也成了朋友,从此科学图书社也成为革命的场所了。"石原皋老先生时任省政协委员、省文史资料研究委员会委员,是徽州绩溪人,生于19世纪末。石老先生所述之事,尤其是陈独秀曾任职徽州紫阳师范学堂一事,是比较可信的。据史料记载,陈独秀曾于1904年与汪孟邹、房秩五、吴守一在芜湖创办《安徽俗话报》,1905年秋,该报因触怒英国侵略者,被勒令停办。此后,安徽公学中的岳王会成员开始各奔东西,柏文蔚去了南京,常恒芒到了安

庆,陶成章东渡日本,黄宾虹也回到了家乡徽州。陈独秀作为岳王会总会的会长,继续留在芜湖,恐怕要冒着很大的风险。尤其是孙毓筠行刺两江总督端方未遂被捕,陈独秀的挚友柏文蔚等人因受牵连,逃到了东三省,陈独秀处境更为险恶。在这种情况下,陈独秀极可能接受好朋友绩溪人汪孟邹的建议,为避风头来到了徽州担任监学。

陈独秀究竟何时来到徽州?他在公立徽州师范学堂(即紫阳师范学堂)担任监学的时间有多长?因为这方面资料极其缺乏,只能以此做个推测。从史料上看,1906年夏,岳王会总部决定全体加入同盟会,远在日本的同盟会总部却把陈独秀晾在一旁,先后指派吴阳春、高荫藻、权道涵和孙毓筠等人为安徽分会的主盟。徐锡麟行刺安徽巡抚恩铭后,陈独秀渡海去了日本攻读英文。因此,陈独秀来徽州担任学堂监学的时间,只能定格在1906年夏到1907年春之间。依陈独秀的性格和其活动能量而言,他在徽州待的时间也不会太长。毕竟,徽州所处的位置过于偏僻,个性刚强的陈独秀哪里是一个能甘于寂寞的人呢,很可能是他来到徽州师范学堂之后,没干多久,就选择离开了。抗日战争爆发之后,徽州师范辗转一段时间,又回到了歙县,这时候徽州师范的校长已是江植棠先生了,教务主任是孙邦正先生,在他们周围,同样凝聚了一批对教育事业忠诚不贰的知识分子。那时候还常有国内名流来校参观,比如说黄宾虹、刘海粟等,他们将他们的作品在徽州师范展示,同时向徽州师范师生阐述他们的作画经验。

第六章　那些人物

现在,得说一说徽州人了。我一直觉得在那些老徽州人身上,有一种独特的气质,大都是貌不惊人,有着普通得不能再普通的身材、面容以及五官,他们很少剑拔弩张、英气逼人,总是貌似平和,貌似谦逊,甚至有点猥琐;不过他们是很懂得温、良、恭、谦、让,也懂得道德、敬畏以及距离的关系。他们通常是不善言谈的,他们做的永远比说的多,想的永远比做的多。但外表的谦逊并不能代表骨子里的提防和倨傲,徽州人总是在外部毫无抵抗的同时用内心偷偷地打量你,揣测如何与你相处。

应该说,地理环境对于性格的影响是巨大的。这一点,在徽州似乎特别明显。徽州的山地和丘陵占十分之九,因而徽州人在很大程度上具有山里人的很多特征,比如说在总体性格上比较质朴、内向、固执、精细、有主见、特立独行、执着、耐得住寂寞等。徽州人有着山里人的狭隘和小气的一面,具体表现为缺乏集体意

当时的徽州人家

识,倔强,不随和,难沟通,容易打个人的"小算盘";气量小,敏感,有时显得斤斤计较,目光短浅等,但同时,山水灵巧的熏陶,也使得徽州人身上,有一股一般山民罕见的灵气。徽州"三雕"闻名于世,不仅仅是技艺的过硬,同样,承载一个精细工艺的内心也是至关重要的,那就是安静、不浮躁,心若止水。与其他地方的人相比,徽州凡是需要在技艺和耐心上下功夫的东西总胜人一等,除了建筑上的"三雕"之外,还有"文房四宝"、工笔画、工整的书法、厨艺以及制茶、制药等等。凡是需要技艺、耐心以及聪敏的,徽州人总比别人做得更好。

商业文化对徽州人的影响也是很大的,那种在长期经营工作中培养出来对于金钱的敏感力和热衷程度,以及出外谋生的见识,不知不觉地渗透在徽州人的性格中,这使得徽州人在很多事情上显得比较理性,能够权衡得失。有人曾经说,在徽州人的身上,还有着与犹太人很相近的某种特征。比如不完全热衷于政治和权力,无血性和火性,聪明,理智,见机行事,很少冲动,此外还有比较悭吝的特点等。这也是对的。商业文化对这两者的影响都是根本的。徽州人与犹太人的起源以及发家过程中的很多相似之处在一定程度上锻造了他们的性格,也使得他们有着很多的类同点。

当然,徽州人毕竟是一个广大的群体,它的承载者又是如此复杂,而且时间跨度极大。因此,这样的标签不应体现为一个规定死了的群体,而是体现为一种无形的心理定式和秩序,他们是整体的,也是个人的;是静止的,也是运动的;是可以捉摸的,也是匪夷所思的;是约定俗成的,也是随机变化的。当然,在我看来,最能代表徽州人优秀品质的,是胡适和陶行知。在他们身上,一直体现着读书人的清明和智慧。除此之外,在徽州近现代史上,

叶以群夫妇与潘汉年(左一)、夏衍(后排)

还出现了一些杰出的徽州人,比如说文艺界的张曙(歙县人)、舒绣文(黟县人),诗人章依萍、汪静之(绩溪人),以及著名文艺评论家叶以群(歙县人)、作家周而复(旌德人)等。近现代很多绩溪籍的文人,大都是跟随胡适出去的,温文尔雅的胡适,对于后辈和老乡往往提携有加,非常照顾。章依萍追随胡适在北大读书时,少年狂傲,因为得到胡适的关爱,一时不能自持,以"我的朋友胡适之"为口头禅,在当时的京城一时成为笑谈。值得一提的是汪静之,他当年是杭州"湖畔诗社"的代表人物,在当时新文化运动中,有相当的影响。他们都可以说是新式徽州人的杰出代表。

吕 碧 城

我小时候生活在旌德县,旌德县有一个庙首镇,在该县十几个乡镇中,可谓首屈一指。庙首镇有一个吕家大屋,我小时候曾经去过一次。这一个大屋,竟有上百间厢房、数十个天井。我后来看过很多徽州古民居,但在我看来,吕家大屋是我见到的最恢宏的一个。它甚至比我在歙县郑村看到的汪家大屋,以及泾县黄

吕碧城

村的船屋更大更气派,虽然它当时已破败不堪。我后来知道,在吕家大屋里,曾诞生过被称为"近三百年来最后一位女词人"的吕碧城。

吕碧城1883年出生,父亲吕凤岐乃光绪三年(1877年)丁丑科进士及第,曾任国史馆协修、山西学政等。在山西时,曾与张之洞共事。家有藏书三万卷,诗书自可育人。书香之家的熏陶,使吕碧城聪颖而早慧:"自幼即有才藻名,工诗文,善丹青,能治印,并娴音律,词尤著称于世,每有词作问世,远近争相传诵。"少年时,吕碧城曾经回到旌德生活过一段时间,这一段经历,给她留下了很深的记忆。后来,她在诗文中,也时常回忆起在皖南的时光。吕碧城12岁那一年,父亲去世,族人觊觎她家的财产,竟唆使匪徒把其母亲严氏幽禁。小小年纪的吕碧城勇敢地站了出来,亲笔给父亲的同年、时任江苏布政使的樊樊山写信求援,才将母亲解救出来。不过吕碧城的这些举动,让本家亲戚瞠目结舌,她早年定亲的夫家汪氏也提出退婚。此后,吕碧城母女离开了老家,投奔在塘沽任盐运使的舅父严凤笙。这一场人生经历,也让吕碧城充分领略到世态炎凉。

一个偶然的机会,吕碧城认识了《大公报》的创办人英敛之,才一见面,英敛之便对才貌双全的吕碧城一见钟情,当即聘任吕碧城为《大公报》编辑。才华出众的吕碧城到了《大公报》后如鱼得水,她的诗词与文章频繁见报,其表露出的刚直率真的性情以及横刀立马的气概使得她声名鹊起。1904年至1908年,吕碧城成为《大公报》的主笔,锦绣文章更是轰动朝野。不仅如此,她的两个姐姐吕惠如、吕美荪也频发诗文,一时间,"淮南三吕,天下知名"。《大公报》专门编辑出版了《吕氏姊妹诗词集》,发表评论称她们是"硕果辰星"式的人物。现在看起来,吕碧城借《大公报》的成名,背后的"推手"实际上是英敛之,一切也有些"炒作"的嫌疑。当然,吕碧城本人的才华和素质也非常重要。1904年5月,"鉴湖女侠"秋瑾特意从北京来到天津,慕名拜访吕碧城,两人相谈甚欢,惺惺相惜。1907年7月15日,秋瑾在绍兴遇难,吕碧城还用英文写了《革命女侠秋瑾传》表示悼念,发表在美国纽约、芝加哥等地的报纸上。

英敛之

就这样,以吕碧城的才华、年轻和美貌,她很快成为津京一带明星似的人物。从时人赠她的"天然眉目含英气,到处湖山养性灵"以及"冰雪聪明芙蓉色"等诗句里,我们也可看出她的美貌来。在英敛之的引荐下,吕碧城也进入了京津一带上流社交圈,当时各界名流纷纷追捧吕碧城。吕碧城很快与当时的名士樊增祥、易实甫,袁世凯之子袁寒云、李鸿章之子李经羲等成为好友。当时的内廷秘史缪珊如对吕碧城也称赞有加,有诗云:"飞将词坛冠众英,天生宿慧启文明。绛帷独拥人争羡,到处咸推吕碧城。"对于这一段生活,吕碧城自己描述说:"由是京津闻名来访者趾踵相接,与督署诸幕僚诗词唱和无虚日。"严复对吕碧城也十分赏识,不仅收她为女弟子,还向直隶总督袁世凯鼎力推荐吕碧城,说她是兴办女学的最佳人选。袁世凯欣然让她协助戊戌科进士、直隶提学使傅增湘筹办女学。1904年11月17日,北洋女子公学正式成立并开学,吕碧城出任总教习(教务长);两年后吕碧城升任监督(校长),当时只有23岁。吕碧城既负责行政又亲自任课,把中国的传统美德与西方的民主、自由思想结合起来,将中国国学与西方的自然科学结合起来,使北洋女子学府成为中国现代女性文明的发源地之一。许多在此学习的女生后来都成为中国杰出的革命家、教育家、艺术家,如邓颖超、刘清扬、许广平、郭隆真、周道如(曾是袁世凯的家庭教师)等,都曾亲聆过吕碧城授课。

由于忙不过来,吕碧城将自己的姐妹也拉进了教育圈,大姐吕惠如担任南京两江女子师范学校校长,二姐吕美荪担任奉天女子师范学校校长,妹妹吕坤秀在厦门女子师范学校任教员,亦成为著名诗人和教育家。"旌德一门四才女"一时成为传奇。吕碧城的同乡,旌德县邻县太平县的苏雪林,曾经写过一篇《女词人

苏雪林

吕碧城与我》,从这篇文章中,似乎可以感受到这两个同为才女的同乡的性格和才华,试录如下:

> 碧城女士不但才调高绝,容貌亦极秀丽,樊樊山赠她的诗所谓"天然眉目含英气,到处湖山养性灵"。又说"十三娘与无双女,知是诗仙是剑仙"。又赠她的词"冰雪聪明芙蓉色,不栉明经进士,算兼有韦经曹史"。都批评得极其确切。我记得曾从某杂志剪下她一幅玉照,着黑色发薄纱的舞衫,胸前及腰以下绣孔雀翎,头上插翠羽数支,美艳有如仙子。此像曾供养多年,抗战发生,入蜀始失,可见我对这位女词人如何钦慕了。

不过在个人生活上,吕碧城似乎并不美满,她与英敛之之间的情感也因各种各样的原因而断绝,其中原委,坊间曾有很多推测,不过这样的情景,"如人饮水,冷暖自知",只有当事人才能知晓其中的恩怨了。史学家梁元生先生曾在英氏日记中发现了英敛之写给吕碧城的词:"稽首慈云,洗心法水,乞发慈悲一声。秋水伊人,春风香草,悱恻风情惯写,但无限悃款意,总托诗篇泻。"字里行间流露出一片缠绵悱恻。有一段时间,传吕碧城曾与清朝驻日大使胡惟德在恋爱,不过似乎也没有结果。吕碧城曾经半真半假地说:"生平可称许之男子不多,梁任公早有妻室,汪季新(精卫)年岁较轻,汪荣宝(汪东之兄,国会议员)尚不错,亦已有偶。"

樊樊山在她后来手辑的《吕碧城集》中,题有七绝四首,其三曰:

香茗风流鲍令晖,百年人事称心稀,
君看孔雀多文采,赢得东南独自飞。

辛亥革命后,吕碧城有一段时间曾入新华宫担任袁世凯大总统的机要秘书。袁世凯帝制失败后,吕碧城携母移居上海,与外商合办贸易。以她的社交和聪慧,在生意场也是如鱼得水,仅两三年就积聚起可观财富。在此之后,国内形势动荡,吕碧城前往美国就读于哥伦比亚大学,攻读文学与美术;学成回国待了一段时间后,再度只身出国漫游欧美,在欧美逗留7年之久。她将自己的见闻写成《欧美漫游录》(又名《鸿雪因缘》),先后连载于北京《顺天时报》和上海《半月》杂志。

一个聪慧的人是最容易怀疑人生根本的。在欧洲期间,吕碧城开始接触宗教,很快深陷其中。她成为一个严格意义上的佛教徒,守五戒,吃斋念佛,不杀生。1930年,吕碧城正式皈依佛门,成为在家居士,法号宝莲。1926年起,吕碧城定居瑞士。二战爆发后,吕碧城返回香港,后迁九龙,闭门念佛,不问世事。1943年1月24日,吕碧城在香港病逝,享年61岁。按照吕碧城的遗嘱,她的尸骨火化后和面为丸,投入海中。用一句龚自珍的词来形容吕碧城再好不过了,那就是"十年千里,风痕雨点阑斑里,莫怪怜他,身世依然是落花"。

胡　适

在徽州,当地人最引以为豪的,就是胡适。在胡适身上,既有徽州人严谨勤勉、恪守传统的一面,同时又具备徽州人比较缺乏的自由主义的思想,通达、智慧的性情以及非常好的大局观。当然,优秀的人格总是超越地域概念的,在他们的身上,很难看到地域的限制。胡适性格的形成源于他开阔的经历和视野、深厚的学问以及深邃的思考。但仍然可以肯定的是,在他身上,还是体现了徽州人两极的东西,一种明处的顺从和遵循,以及一种暗处的叛逆和反抗。

早年的胡适

胡适1891年12月17日出生在上海,他的母亲是父亲的第三任妻子，双方年龄相差30多岁。胡适出生两个月后，他父亲（胡珊，又名胡铁花）赴台湾省上任，胡适随母亲迁居到台湾。几年后，清朝在甲午战争中失败，签订的《马关条约》将台湾割让给日本。胡适的父亲只好返回大陆，在福建病故。3岁多的胡适跟随才23岁的母亲辗转回到老家绩溪上庄。当年胡适母亲自己做主嫁给胡珊做续弦，在上庄曾引起一番议论。当她回到上庄后，处境非常艰难，家庭矛盾也比较复杂。胡适的母亲只好隐忍着，把全部的希望都寄托在聪明懂事的胡适身上。小小的胡适也很懂事，学习很认真，对母亲也很孝顺。自7岁起，胡适就系统地习诵了《孝经》《小学》《四书》《五经》，阅读了《三国》《水浒》《七剑十三侠》《红楼梦》《儒林外史》《聊斋》《夜雨秋灯录》等古代传奇话本；稍大一些，还阅读了《资治通鉴》这样的书籍。后来，胡适这样写道："所以我到14岁来上海开始作古文时，就能做出很像样的文字了。"

在上庄村的后面，有一座很高的山，叫金鳌山，翻过那座山，就是旌德县江村。当年，胡适就是从这里步行了近20里，去江村迎娶了小脚女子江冬秀。胡适与江冬秀的结合是典型的包办婚姻。胡适13岁随其母到姑婆家与江母不期而遇。江母见胡适眉清目秀、聪明伶俐，当即主动提出结为亲家。胡母起先并没答应，原因是江冬秀长胡适一岁（1890年生），又属虎；自己的家境不好，与江家不门当户对。但胡适的本家叔叔也即江冬秀的老师多次游说，又进行了八字测算，发现二人很合。于是在1904年，胡适、江冬秀由双方母亲做主缔结了婚约。

胡适离开上庄后,一直没有见过江冬秀。去了美国留学后,胡适有一段时间想悔婚,又怕母亲伤感,同时也觉得母亲该有人照顾,因此一直不敢提悔婚的事。1917年,胡适接到母亲生病的消息,从美国赶回绩溪上庄,在那间简陋的屋子里,与江村女子江冬秀完婚。婚后,江冬秀留在上庄照顾婆婆,胡适则收到了北大的聘书,去了北京。直到1918年,江冬秀才离开乡村,来到胡适身边。到了北京后,有一段时间,胡适与江冬秀经常发生争吵,江冬秀毕竟是乡下女子,没有什么文化,生活习惯和爱好与胡适也很不一样,有一段时间,胡适也很苦恼。在这个过程当中,胡适曾与自己的小老乡曹诚英有过一段深深的情缘,在杭州西湖边上的烟霞洞,与曹诚英共度了一段良辰美景。这段婚外恋情很快让江冬秀知晓,在一场大闹之后,"知书达理"的胡适最终还是选择了

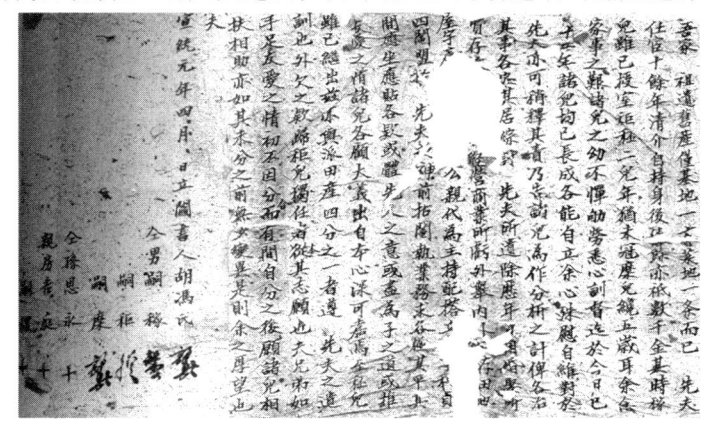

胡适母亲立的分家书

隐忍的人生,不能说这是胡适的退让,更不能说胡适是一个"伪君子",因为人生总有一些无可奈何的成分,并且人性当中,的确有一些矛盾,的确让人自身无法解决。

现在的上庄,仍是清雅安谧的。当年胡适曾经写过一首小诗《回家》,描写了他对上庄的美好感受:"疏疏落落的几声雁鸣,在耳的九曲弯道中,扰乱了我做梦的次序。或者,是月先坠入小溪,然后小溪流出故乡。或者,是小溪先流出故乡,然后月才坠入小溪。"如今,在上庄,这条小溪仍旧潺潺流淌着,人去矣,景尚在。每次到上庄,我都要坐下来,呷着"金山时雨",想一想胡适的思想和爱情。一个人,能让人如此追忆和解读,也算是一件庆幸的事情吧,尽管在很多时候是误读。与其他的绿茶相比,"金山时雨"的味道不是太酽,不是那种很深的浓,但很清新,有着飘然的馨香。胡适生前一直爱喝的,就是产于上庄的"金山时雨"。这也难怪,谁让这样的感觉让他感到亲切呢! 也许,他能够从茶中嗅到家乡独特的味道吧,也能从茶中品味到人生的三昧。

胡适的气质,散发着"金山时雨"的芳菲。

汪孟邹

说到胡适,说到陈独秀,说到新文化运动和《新青年》,就不能不提另外一个徽州人,也就是他们共同的老朋友、胡适的绩溪同乡汪孟邹。汪孟邹是1878年生,20岁中秀才,23岁进南京江南陆师学堂。毕业后在维新思想影响下,先是在芜湖创立科学图书社,任经理,销售上海出版的新书新刊,兼营文具仪器。在这期间,一直支持陈独秀出版的《安徽俗话报》半月刊,出了23期。1913年汪孟邹到了上海后,独资创立亚东图书馆,任经理,10年后设立编辑所。

汪孟邹

1915年,陈独秀从日本回到上海后,找到了自己的老朋友、当年在芜湖一同办《安徽俗话报》的汪孟邹,提出还是要办杂志,让汪孟邹负责资金运营。汪孟邹实在地说自己经济实力不足以支持陈独秀。考虑到陈独秀刚回国,需要养家糊口,汪孟邹便向陈独秀推荐了他的两位同行陈子沛、陈子寿。陈氏兄弟在上海开了一家群益书社,汪孟邹介绍双方见面后,陈氏兄弟表示同意合作,开出的条件是,新杂志为月刊,不管销路如何,群益书社每期支付稿费、编辑费共200元。1915年9月,16开本的《青年》杂志在上海问世,发行量1000余册。《青年》杂志创刊号出版后,汪孟邹看陈独秀一人写稿编稿太辛苦,便向陈独秀推荐了胡适,说:"我有位在美国纽约哥伦比亚大学学哲学的老乡,此翁聪明好学,小说文论俱佳。"在得到陈独秀的同意后,汪孟邹给胡适去信说:"今日邮呈群益出版青年杂志一册,乃炼友人皖城陈独秀君主撰,与秋桐亦是深交,曾为文载于甲寅者也;拟请吾兄于梭课之暇担任青年撰述,或论文,或小说戏曲均所欢迎……"信中所说"炼",即汪孟邹自称,"秋桐"指章士钊。

  杂志和信寄出后,胡适几个月一直没有回信,不过汪孟邹仍坚持给胡适寄杂志。每期新杂志出来,陈独秀都要问汪孟邹:"你的美国老乡有消息吗?"汪孟邹于是又给胡适写信说:"陈君望吾兄来文甚于望岁,见面时即问吾兄有文来否,故不得不为再三转达。每期不过一篇,且短篇亦无不可,务求拨冗为之,以增该杂志光宠,至祷,至祷。否则,陈君见面必问,炼穷于应付也。"

  1916年2月3日,胡适第一次给陈独秀写了一封信,说绩溪同乡汪孟邹几次来信约稿,现在看了杂志,觉得这位安徽老乡在文学革命上有不少和自己相通之处,可谓神交。在这封信中,胡适指出《新青年》刊登的一首文言长诗质量很差,他不明白陈独秀为何在按语中对这首文言长诗评价很高。在信中,胡适还提出了他关于白话文著名的"八不主义"。虽然这首文言长诗的作者是陈独秀的老朋友,但是,陈独秀立即将胡适批评的信件原信刊登。

这封批评《新青年》杂志的书信文章引起了社会的反响,陈独秀意识到,有社会争议才能提高刊物的发行量。此后,制造话题、制造争论的手法被陈独秀经常采用。当然,胡适的这封信也让陈独秀开始关注"文学革命"的话题,引发了后来的白话文运动。

1916年底,陈独秀和汪孟邹一起来到北京,为亚东和群益两家书店的合并募集资金。由此发生了《新青年》和陈独秀个人命运的重大转折。不久前,原北洋政府教育部长蔡元培被内定为北大校长,蔡元培还没有上任便开始招兵买马。其中,文科学长(类似今天的文学院院长)的人选难以定夺。在留法同学汤而和的家中,蔡元培看到了沈尹默转来的《新青年》杂志,这也是蔡元培第一次见到《新青年》。蔡元培原先组织暗杀团的时候就认识陈独秀。担任北大文科教授的沈尹默也大力推荐陈独秀。正巧陈独秀此刻正好来北京募集资金,蔡元培、沈尹默等人便登门拜访,邀请陈独秀到北京大学任职。

陈独秀一开始并不愿放弃《新青年》,对于来北京也很犹豫,他推荐了胡适来担任文科学长,以求自己解脱。蔡元培对胡适一无所知,没有答应。不过蔡元培提出,陈独秀可以把《新青年》杂志带到北京,然后找一批有新思想的教授学者,为《新青年》写稿;

同时,蔡元培给陈独秀每月 300 元的高薪,比群益书社每月给陈独秀的办刊费用高很多。在这种情况下,陈独秀终于答应先试干 3 个月。

陈独秀北上,汪孟邹只好悻悻地回到了上海,继续做他的出版。在此之后,汪孟邹和亚东图书馆为胡适、陈独秀等人出了很多书,如反映新文化运动成果的《独秀文存》《胡适文存》初集以及《吴虞文录》等,还出版了有影响力的新诗集,成为五四时期传播新文化的一个重要阵地。

五四运动后,陈独秀回到上海,也是居住在汪孟邹的亚东图书馆。在这里,陈独秀开始跟俄国人接触,创建中国共产党。汪孟邹是个精明人,十分清楚陈独秀在干什么,出于对老友的信赖和理解,他也乐于为陈独秀的活动提供方便。汪孟邹对陈独秀说:"仲甫,我是实在害怕,我不能做一个共产党员。我怕,我真怕。"陈独秀深知老友的秉性,便对他说:"好吧,你就不要做党员,只管站在外面,做一个同情者好了。"

在此之后,陈独秀卷入了革命的洪流之中,命运多舛,汪孟邹一直在默默地支持着陈独秀。陈独秀数次被捕,汪孟邹都鼎力相救。1932 年陈独秀被捕后,汪孟邹也时常挂念狱中的陈独秀,他曾介绍上海名医黄钟到南京监狱为陈治病,所需药物等用品,均由汪家经办,还托人带去了《马克思传》《达尔文传》等共 11 本书,并提出希望陈独秀写本自传。在此期间,陈独秀的家庭生活也都是汪孟邹一手料理的。

陈独秀出狱后辗转江津,身体每况愈下行走艰难时,还寄语汪孟邹,"虽身在巴蜀,却还神往芜湖图书社的岁月;真想东下芜湖,重开科学图书社……"只可惜,陈独秀永远也看不到那一天了,1942 年 5 月,陈独秀在四川江津鹤山坪溘然长逝。10 年后,亚东图书馆由于"出版托派书籍"而被上海市军管会勒令停业,陈独秀及托派所有书籍一律被没收销毁。稍后,忠厚老实的汪孟邹也在上海寂寞谢世。

现在,已很少有人知道汪孟邹了,不知道在陈独秀、胡适和《新青年》的背后,还有一个徽州人,要是没有这个徽州人,还真不知道有没有陈独秀和胡适的命运。

最后的翰林许承尧

胡适是外出徽州人的一个杰出代表,而在徽州当地,有一个堪称大儒,并且对徽州近代史有着全方位影响的人,这就是许承尧。在前面的文字中,已零星介绍了许承尧的很多事迹,但在介绍徽州杰出人物代表时,还是绕不过许承尧,有必要再系统地介绍一下。

许承尧生于清朝末年,歙县唐模人,光绪三十年(1904年),许承尧中进士,被钦点为翰林院庶吉士,1905年,清政府废除科举。从这个意义上说,许承尧算是中国最后一代翰林。按照清朝的制度,庶吉士虽是一个做学问的差事,但只要在京"混"上一阵,即可外派下地方做官。不过这时候的许承尧看出清廷气数已尽,于是他离开京城,决心回徽州兴办新学。

1905年,回到徽州的许承尧首先在徽州府城创办了徽州府立新安中学堂,成为全省最早创办的中学堂之一。第二年,许承尧又多方奔走，创办了徽州府紫阳师范学堂，这是安徽省第一所中等师范学校，也是今日徽州师范的前身。1914年，新安中学堂更名为安徽省立第三中学；1928年，省立三中与省立二师合并，易名为省立二中，校址在现在的休宁万安。这就是后来的江南名校徽州中学，也是现在休宁中学的前身。在创办新安中学和紫阳师范学堂的同时，许承尧还协助他的祖父许品三在唐模先后创办了敬宗小学堂和端则女子小学堂。端则女子小学堂是本省最早创办的两所女子小学堂之一。许承尧一面办学，一面还与新安中学堂和紫阳师范学堂的陈去病、陈纯等人组织了一个"黄社"。

没多久，辛亥革命爆发了。许承尧暂时离开了徽州，他应安徽总督柏文蔚的聘任，负责芜湖到屯溪铁路的筹建。修铁路，一直是许承尧的理想，如果能在自己的任上，让徽州父老乡亲乘上火车，那肯定是一件令人欣慰的事情。不久，柏文蔚因为讨袁失败下台，芜屯铁路之事成为泡影，许承尧也选择了离开。而这时候，甘肃督军张广建向许承尧发出邀请，许承尧辗转来到甘肃，先后出任甘肃省府秘书长、甘凉道尹、兰州道尹、省政府厅长等职。在甘肃，政务之余，许承尧还是喜欢从事与文化有关的事情，他的才干在甘肃得到了充分施展。乱世之中，许承尧意识到敦煌经书和绘画的弥足珍贵，倾其所有去收购这些文物。这一段时间，他的诗始终透露着一股幽愤，一种青衫书剑似的使命感，比如说他的《剑》："剑光照胆不照心，潸然抱剑空哀吟。欲沁泪痕作新锈，比较血痕谁浅深？"

1924年,许承尧回到徽州,出于对家乡文化事业的热爱,许承尧将自己的全部精力放在了教育和文化事业上。许承尧开始着手做的第一件事情就是给自己的家乡歙县修志——他亲自担任了《歙县志》的总编撰,还与江彤侯共同发起修复歙城西干的渐江上人墓,组织重建披云亭,修葺经藏寺,造漱芳楼,修长庆寺塔,疏浚五明寺泉。这一切竣工之后,西干山很快成为歙县城边上优美的风景点。对于唐模村的檀干园,许承尧归故里后,也曾多次组织修理挖塘清淤、种植林木,让其成为乡人游憩的地方。

1937年,许承尧编撰的《歙县志》共16卷成功推出,甫一出,就在省内外引起震动,似乎很少有县志如此搜采广泛,考订精赅,且具有相当的文采。《歙县志》很快被誉为"中国四大名县志"之

1934年,黄宾虹(前排中)、许承尧(右一)等在上海,左边坐者为严公上,我国早期电影人

一。在此之后,许承尧花了 7 年时间,将县志的剩余材料编撰为《歙事闲谭》31 卷。这本厚厚的书同样极富才华,也富有史料和文献价值。

除了写作之外,许承尧还做了大量收藏和挽救文物的工作。他曾收藏了大量的文物古玩、敦煌魏晋隋唐经书 40 多卷、图书万卷,以及石涛、扬州八怪、郑板桥、张大千等名人字画。1944 年,许承尧曾筹组黄山图书馆,拟将自己的收藏全部捐赠馆中。但后来看到国民党政府日益窳败,怕捐赠被权贵侵吞私占,就没有实行原计划,而改为自建"檀干书藏",将全部书画古玩集中保管,并订立遗嘱,教谕子孙在其身后不得分散。20 世纪 50 年代初,安徽省博物馆正是在许承尧捐赠的遗物的基础上建立的。

在唐模乃至歙县,人们至今牢记的一件事就是:抗战初期,唐式遵率领的川军驻防皖南,屯兵歙县岩寺,为阻遏日军入侵,当时曾考虑炸毁歙城河西大桥,又准备拆除岩寺、潜口等处古塔,因为这些显著的标志极容易让日军飞机辨识。消息传出后,许承尧很焦急,觉得此种古代巨大工程,一旦毁去,很难恢复。许承尧立即面见唐式遵,与之商量请其等敌寇十分迫近万不得已时再执行。由于日本军队后来没有继续南下,因此境内几处古建筑得以保全……可以想象的是,晚年的许承尧就这样殚精竭虑地奔波在徽州的大小道路上,足迹遍至山山水水。对于徽州,许承尧是如此热爱,也是如此钟情。而在他身边,是越来越渺茫的教育背景,是变幻莫测的环境,是摇摇欲坠的古老文化。行将末路的许承尧就像一团将要熄灭的灵火一样,在这块土地上发出最后的荧荧之光。

1946年7月,许承尧逝于唐模家中,终年73岁。许承尧去世之后,儿孙们遵嘱将他葬于"眠琴别圃"故居园里的花丛中,与妻胡宜人、女素闻合墓。据说,当年的许承尧墓掩映在一片姹紫嫣红之中,漂亮异常。新中国成立后,有一段时间许承尧的故居变为公社茶场的食堂。"文革"中,许承尧墓也毁于一旦。1984年,歙县人民政府曾拨专款重修,坟迁至唐模前山,坐东北,朝西南,依山势环抱而筑,举目可以看到绵亘的茶山,视野开阔,满目之下,是一片生机盎然的土地。

第七章 那些志异

很多年前,我曾在《羊城晚报》副刊——《花地》发过一组文章,提及了一些徽州旧事。其中,写到了歙县斗山街的宝爷什么的,这是一个养鸟的人,他将他所养的很多只画眉——以《红楼梦》中的人物命名:有的叫作宝玉,有的叫作黛玉,还有宝钗、妙玉、晴雯什么的,仿佛自己就是大观园的主人似的。这是一组有意思的故事,不过具体到宝爷等人身上,却是我的虚构。在老徽州,这样有意思的人并不在少数,从某种程度上来说,相对于腐朽呆板的徽州,这些有意思的人让我更为感兴趣,更愿意花些笔墨来提及他们,提及一些野史中的传奇和故事。在我看来,这些生动活泼的人和事,才是一个地方不朽的灵魂。

关于徽州,值得一写的"传奇"也的确不少。徽州的医学、文房四宝、围棋等等方面,伴随着故事,就有一些传奇。就新安医学来说,比较有名的有:黄氏妇科、吴氏内科、江氏小儿科、蜀口外科、西园喉科、南园喉科、吴山铺山科等,这些中药名医在旧时的徽州,都是有相当名望的,也留有很多传说。不过我对中医一直持有某种看法,在我看来,中医的医理缺乏,科技基础先天不足,更多的是靠经验、靠直觉,在很大程度上,只是传奇而已。我个人的出生即是一例,20世纪60年代中期我母亲怀孕之时,徽州一个极有名望的老中医接诊,因为我母亲瘦弱气色不好,这个老中医竟然断定我母亲不是怀孕,而是肝血痨,害得我没出世就在娘胎里喝了好几个月的中药。

徽州的文房四宝和罗盘等,是另外的传奇,文房四宝的故事就不说了,有关胡开文的故事,已经是尽人皆知了。至于休宁万安的罗盘,因为获得过巴拿马国际博览会的金奖,也变得很有名,也有一些神话般的传说。徽州的手工艺,本身就是属于那个时代的,因此从整体上夹杂着那个时代的属性,也夹杂着那个时代的传奇。我们这一代人的成长,身边也是有着手工艺和传奇的。小的时候,我就经常去县徽墨厂玩耍。说是县徽墨厂,其实只有不到10个员工。在徽墨厂,有一对来自绩溪的父子员工,当时父亲40多岁,儿子近20岁,整天挥着大锤击打墨泥。在我的印象里,每次我去墨厂,都看到这一对父子,赤着上身,挥汗如雨。我熟悉徽墨厂里飘出的那种冰片的气味,异常好闻。后来,也不知什么原因,徽墨厂就消失了,这一对父子也从我的视线里消失了。直到我写到这里时,才想起这两个人,想起这段几乎忘却的历史。

徽州围棋界也出了不少人,当年岩寺的围棋高手洪韵兰老先生,以及金雨时、方观我等人,他们的围棋技艺,在当时的省内外,都是出类拔萃的。喜爱围棋的陈毅当年在岩寺的时候,就经常跟他们切磋技艺,有时候一下就是半天。当然,徽州最有名的,是后来成为围棋国手的歙县兄弟过旭初、过惕生。他们的故事,本身就是传奇——过氏兄弟的先祖是明末清初著名国手过百龄,父亲过明轩为前清监生,在徽州府老街的许国牌坊边上开设一爿古玩字画店兼教私塾。过旭初出生于1903年,过惕生出生于1907年,过氏兄弟少年的时候,黄宾虹还在歙县,无事时即来店中走走,把自己的画送到店里来代售。黄宾虹与过明轩既是画友,也是棋友。过氏兄弟自小聪明伶俐,父亲过明轩下棋的时候,他们便在一边有心观看,揣摩局势,有时也询问一下父亲。父亲也有意识地加以指点,兄弟俩时有受益。这样,到了过氏兄弟七八岁时,在歙县城里,因为围棋下得极好,一般成人都不是对手,过氏兄弟也享有"神童"的美誉。过明轩一看这两兄弟棋下得不错,便有意识地加以培养,把他们送到北京和上海去拜师。在这个过程当中,酷爱围棋、慧眼识才的段祺瑞非常赏识这一对兄弟,像对待吴清源一样,有意出资培养他们。1927年,过惕生在北京拜访老棋手顾水如,当时吴清源正师从顾水如学棋,棋力与顾水如不相上下。为了试探过惕生的棋艺,顾水如在家中安排吴清源与之对局。过被吴让两先,过惕生经过激战,竟以半子险胜。当时吴清源14岁,过惕生20岁。就这样,这对徽州的兄弟很快如鲲鹏展翅,飞腾于江海之上了。到了新中国成立后,过氏兄弟一直致力于培养人才,著名棋手陈祖德、王汝南、华以刚、罗建文、沈果荪等均受过他们的指导,聂卫平则算是他们的入室弟子。

赛 金 花

提及徽州近现代史上的人物,有一个人是回避不了的,那就是籍贯徽州的赛金花。对于赛金花的籍贯,刘半农在《赛金花本事》中记述了赛金花的自述:"我本姓赵,生长在姑苏,原籍是徽

赛金花像

州。"但赛金花当时没有说明自己的籍贯是徽州哪个县。在曾繁的《赛金花外传》中,谈及自己的身世,赛金花是这样说的:"我的祖籍是徽州休宁县,但我却出生在苏州虎门附近的萧家巷。"这样的回答跟赛金花在1903年回到黟县时见到当地名士程梦余时所说的不一样。那一次,赛金花的回答是出生在二都上轴郑村,她原姓郑,傅是从鸨母的姓(最初化名"傅彩云")。不过在《赛金花本事》的第二节《家世》中,刘半农又在注释中写道:"或谓伊之姓赵,也是冒出,实乃姓曹,为清代某显宦之后。"后来徽州也有一种说法是赛金花其实来自歙县雄村,本姓曹。赛金花因为"虐婢"事件被发配回徽州,不好意思回自己的老家,只好投奔黟县的亲戚。

1903年,赛金花来到黟县时是31岁。当时是因官司缠身,被发配至原籍。虽然赛金花自称是徽州人,但对于黟县,显得并不熟悉。跟她随行的小吏带着她以及相关文书,来到了县衙。在衙门里,县令简单地看了一下她的文书,在文书上,没有写明具体的罪名,只说该女子犯案,因原籍是黟县,所以遣返回原籍待察。县令看过之后,也没有多说什么,只是让赛金花隔三岔五来县衙备个案。赛金花道了一个万福,然后便选择了县城中的王吉祥饭店住下来。

一个偶然的机会,赛金花认识了黟县的名士程梦余以及富商余履庄。虽是萍水相逢,但他们几个经常在一起喝酒聊天,有时候喝得多了,赛金花告诉他们自己出生于黟县二都上轴郑村,她原姓郑,傅是从鸨母的姓。至于为什么被发配回原籍,赛金花诉

说了自己的委屈,然后便将自己的身世半真半假地告诉了程梦余与余履庄。在谈起"庚子公案"时,赛金花是这样说的:

八国联军入京时,她住在北京韩家潭,当时,联军军人到处横行。有一天,几个德国人闯入她的住处,她先用英语与之交谈,他们不懂。当她得知他们是德国兵之后,她就用德语向他们说她与瓦德西相识,德国兵才不敢放肆。他们回去后,报告了瓦德西,瓦就派车来接她进宫。她一见到瓦,就提出两项要求:一是要保护文物,不能重演圆明园的悲剧;二是要保护良善,由瓦德西规定一项标志,发给善良的居民,只要门上贴有那种标志,联军军人就不得入内骚扰。瓦德西听从了她的意见。当时,满洲贵族子弟,纷纷投向她的门下,拜她做干娘。李鸿章亦曾令其子李经才与她联系,要她在瓦德西面前斡旋。赛金花在徽州黟县跟程梦余所说的这一切,只不过是她的老调重弹。在此之前,赛金花就将她与瓦德西的故事眉飞色舞地说得满大街都知道了。清末曾朴的市井小说《孽海花》中首先出现了赛金花,不过在书中是叫傅彩云。在小说中,曾朴对于彩云颇多美化,在赴德就任"公使夫人"期间,彩云不但很快学会了欧语,其美貌和聪明也引起了普遍轰动,《孽海花》上说,甚至德国皇后也与她合影留念。程梦余是知道这个故事的,不过在他看来,这一切就像是小说情节一样。现在听到赛金花亲口说这些,他还是觉得她说得有点夸张,有点不太相信。程梦余并没有相信赛金花的话,但对于赛金花,程梦余还是竭尽自己的力量来斡旋。他上上下下地帮助赛金花打点,很快,赛金花在黟县就获得自由了。半个月后,赛金花便离开了徽州,结束了她与故乡的短暂照面,重去上海再操旧业。

从徽州离开后,赛金花经历了一系列个人生活的磨难:1912年,赛金花回到上海认识了曾任江西省民政厅长、参议员的魏斯灵;1918年6月20日,45岁的赛金花与魏在上海结婚,证婚人是护国军第二军总司令李烈钧。但不久,魏病死,魏家人认为赛金花是红颜祸水,对她无端奚落,赛金花只好又去了北京。在此之后的很长一段时间,赛金花杳无音信,后来人们才知道,她一直在北京的旧胡同里过着普通百姓的生活,坊间与报刊上没有再出现"赛金花"这个名字,人们正在把她遗忘。一直到20世纪30年代,由于抗战爆发,这个话题重现,又使得整个社会喧哗起来。

起因是因为刘半农,当时,这个在五四运动时期冲锋陷阵的留洋的语言学博士已经离开了北大,有一日忽发奇想,突然地想去采访一下很多年前"公案"的主人翁赛金花。于是刘博士便带着他的学生商鸿逵到了北京的老胡同,登门造访跟她畅谈"天宝遗事"。刘半农将赛金花从北京旧胡同深处请出来,甘愿自己掏着饭菜钱请赛金花翔实述说当年的旧事。赛金花又把她当年的"创举"大大地渲染了一番。在采访过程中,刘半农提问题,赛金花回答,他的学生商鸿逵记录。1934年刘半农外出考察感染上回归热病突然去世,在此之后,他的《赛金花本事》出版,封面竟是赛金花亲自题写。这本书的出版,一下子又使赛金花大热起来,连以文坛开风气之先的胡适也惊异:"大学教授为妓女写传,还史无前例。"

《赛金花本事》无疑掀起了新一轮的"赛金花热"。1935年,上海"四十年代"剧社率先上演名叫《赛金花》的话剧,由夏衍编写,王莹饰主角赛金花,夏霞饰女仆顾妈。该剧连演了22场,观众达3万人次,轰动一时。

1936年12月4日凌晨,赛金花于她北京胡同的破屋里去世,当天下午,北京的《大晚报》在刊登这一消息时是这样写的:"艳闻洋溢时代角色(眉题)赛金花晨病故(主标)享年六十二岁,症为衰老气喘,身后殓葬费用一切皆无所用。"关于她逝世时的情景,陈谷的《赛金花故居迁吊记》写得很详细:"时天已甚冷,无法加煤,炉火不温,赛拥败絮,呼冷不已……赛氏将死前一日,不食不言,进以鸦片烟,亦摇首弗欲,后乃示意欲食藕粉,仅哺一勺,而哇而出之。后此不发一言,气绝时为子夜,尚能以无光之眼瞪视两仆。"一代名伶,就这般凄惨地告别了人世。

《赛金花本事》一书的原封面,书名系赛金花亲题

晚年赛金花

李苹香

除了赛金花之外,清末民初还有一个有名的徽州籍妓女李苹香,似乎也值得提一下。

赛金花的出名,是因为刘半农;李苹香的出名,则是因为李叔同和章士钊。每一个出名的女人背后,都会有几个成功的男人,这样的结论,已然成为普遍真理了。由于包办婚姻和男尊女卑的缘故,中国的传统文人,一向喜欢在风月场中解决性和情的问题,并且喜欢借女人来抨击时政,一抒性情和志向。当时年轻的世家弟子章士钊与李叔同,正是在风月场上发现了李苹香的不同凡响,觉得有必要为这个女

李苹香

子写一本传记。于是,章士钊捉刀,李叔同作序。章士钊在为李苹香作传时署的是一个日本式的名字:铄镂十一郎;李叔同署的笔名为"惜霜"。不过这个笔名后面的真实身份,很多人都知道。

李苹香的具体生平,章士钊在《李苹香》一书的第二章《李苹香之幼年略历》里交代得很清楚。李苹香籍贯徽州,本姓黄。黄姓是徽州望族之一,主要集中在休宁县。到李苹香父辈时,家道已中落。"橐笔四方,遂举家迁于浙之嘉兴。光绪庚辰(1880年),苹香生于嘉兴。"书中详细记述了李苹香不幸为妓的前后经过:李苹香真名叫黄碧漪,入行后曾先后化名李金莲、李苹香、谢文漪等。1897年,李苹香18岁时,上海的洋商举行赛马会,李苹香与母亲以及异母兄弟,一行去上海看赛马会。母子三人进入花花世界后,一下子用光了盘缠。等到发现囊空如洗时,已经连住旅馆的钱也付不起了。这时候正好隔壁住有一位潘姓客人,三十来岁,长相丑陋,自称老乡,愿意替他们垫付。潘某替李家付了钱之后,殷勤地带着李家母女到处游玩。李家母女也不拒绝,玩得很开心。几天一过,潘某一看时机差不多了,提出要娶李

苹香为妻。李母看潘某比较有钱，人又勤快，也就答应了。李苹香也没了主意，只好听从母兄之命，糊里糊涂地嫁给潘某。

婚后不久，潘某的真面目暴露了，此人是个十足的无赖，对李苹香不是打就是骂。不久，潘某带着李苹香来到苏州，要李苹香去做妓女，他当皮条客，专门拉生意。李苹香羊入虎口，一个弱女子哪有能力反抗呢？只好任潘某摆布。不久，潘某又带李苹香来到上海，将她卖给了一家妓院。由于李苹香长相漂亮，才艺出众，很快成为妓院的头牌。加上李苹香本来就擅写诗词，出口成句，被文人们称为"诗妓"，名气也一天天大起来。

1901年夏，李叔同与母亲、妻子由天津迁往上海。那段时间，正好是李叔同人生的低谷和消沉期，也是思想的蜕变期。李叔同整日同一班公子哥们，出入声色场所，与上海滩的名伶名妓们打

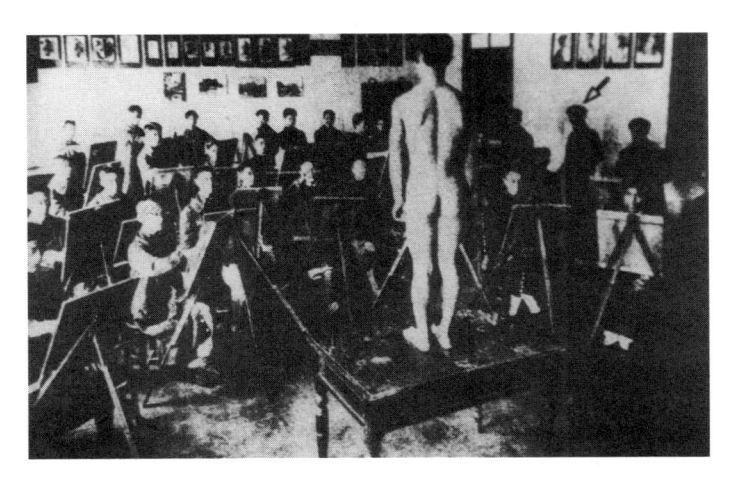

李叔同（后排右二）在教授人体模特课

得火热,与沪上名妓朱慧百、李苹香和谢秋云等整日厮混在一起。其中,李叔同与李苹香的感情尤深,在色艺俱佳的李苹香身上,李叔同找到了一些安慰。第一次来到李苹香的天韵阁,李叔同就以"惜霜仙史"之名赠李苹香七绝三首:

> 沧海狂澜聒地流,新声怕听四弦秋。
> 如何十里章台路,只有花枝不解愁。

> 最高楼上月初斜,惨绿愁红掩映遮。
> 我欲当筵拼一哭,那堪重听《后庭花》。

> 残山剩水说南朝,黄浦东风夜卷潮。
> 《河满》一声惊掩面,可怜肠断玉人箫。

这几首诗,可以说,集中抒发了李叔同的忧愁哀怨。诗从表面上看是写给李苹香的,但在实际上,李叔同是借诗以表明当时的心迹。这也是中国传统文人惯用的方式,国破山河在,手无缚鸡之力的文人们,不能战死沙场,只好沉湎于温柔乡里醉生梦死,寻找慰藉。因为李苹香知书达理,颇有诗情才气,李叔同自然也视其为红颜知己。在南洋公学学习期间,李叔同几乎整天都与李苹香待在一起。才子佳人,诗酒唱和,风花雪月,情深意长。然而,天下没有不散的筵席。数年之后,李叔同由于母亲病故,深受

刺激,决意告别诗酒风流的上海洋场,远赴日本留学。告别之时,李叔同又写下《和补园居士韵,又赠苹香》七绝四首:

> 漫将别恨怨离居,一幅新愁和泪书。
> 梦醒扬州狂杜牧,风尘辜负女相如。

> 马缨一树个侬家,窗外珠帘映碧纱。
> 解道伤心有司马,不将幽怨诉琵琶。

> 伊谁情种说神仙,恨海茫茫本孽缘。
> 笑我风怀半消却,年来参透断肠禅。

> 闲愁检点付新诗,岁月惊心鬓已丝。
> 取次花丛懒回顾,休将薄幸怨微之。

"梦醒扬州狂杜牧,风尘辜负女相如",李叔同看似在说杜牧,实际上是在借杜说自己,此去东渡,不得不辜负红粉佳人。从"一幅新愁和泪书"这一句中,可以看出李叔同是付出了真感情的。对李叔同的赠诗,李苹香也写了几首诗回赠:

> 潮落江村客棹稀,红桃吹满钓鱼矶。
> 不知青帝心何忍,任尔飘零到处飞!

春归花落渺难寻,万树阴浓对月吟。
堪叹浮生如一梦,典衣沽酒卧深林!

凌波微步绿杨堤,浅碧沙明路欲迷。
吟遍美人芳草句,归来采取伴香闺。

这三首绝句,足以看出李苹香的诗才。诗的内容尽管不脱闺怨一路,但写得如落花流水般凄凉无奈,自己人生的种种不幸隐迹其中:命若落花,四处飘零,浮生如梦,只求一醉。一个浮沉于乱世的弱女子,怎一个"悲"字了得。

李叔同为《李苹香》一书所作的序言并不长,不足千字,在序言中,李叔同并没有说及自己与李苹香的关系,而是顾左右而言他,阐述了自己对娱乐业的看法,认为乐籍(娱乐业)不但是近代文明发达的表现,而且是其动因之一:"乐籍之进步与文明之发达,关系綦切,故考其文明之程度,观于乐籍可知也。"又说乐籍之功用:"游其间者,精神豁爽,体务活泼,开思想之灵窍,辟脑丝之智府。"又说到巴黎乐籍之盛等等。作为一介文人,李叔同落拓不羁,风流倜傥,有这样的观点,实属正常。

无论怎么说,因为李叔同和章士钊的缘故,李苹香这么一个徽州籍的才情女子在历史上留下名来,这也算是一件值得庆幸的事吧。毕竟,她能给徽州近代史增添一抹别样的色彩。

第一长人詹世钗

除了赛金花和李苹香这一对风尘女子,在徽州的近代史上,还有一个很有意思的异人,这就是《婺源县志》曾经记载的徽州长人詹世钗。

《婺源县志》曾有记载:"清道光年间,虹关人詹真重,字衡钧,出生未满月,俨然6岁童,体重30斤,成年后身高有8尺。其子詹世钟,同父一样高大,臂力甚大,游经河南时,军门特招之效用,并保举六品衔。其四子詹世钗,身高亦有丈余。"

从县志中可以看出,徽州婺源县虹关村有一个高个子世家,父亲叫詹真重,是一个高个子;第二个老婆给

詹世钗

他生了四个小孩,其中老二詹世钟、老四詹世钗和父亲一样,都是身长丈余,其中最高的老四詹世钗身高超3米。

这几张当年的照片,拍的就是"长人"詹世钗和他兄弟詹世钟,时间是1880年左右,地点是在香港。从照片上看,詹世钗的确高大无双,他身着清代官服,看起来比一般人要高一倍多。詹氏兄弟的身高,在当时,曾引起轰动。清人宣鼎在《夜雨秋灯录》卷四长人一节中写道:长人詹世钗和其三哥詹世钿在上海一家徽州玉映堂墨号为制墨工人,两个都是巨人身材。一天,有个洋人看到了詹氏兄弟如此身高,惊为天人,立即以重金把他们请去,给他穿上官服拍照,并且到处巡回展出,也因此,詹世钗得以留下很多照片。照片上詹世钗的身份比较明确,而另一个具体身份不大确定,很可能是詹世钗的兄弟詹

詹世钗兄弟

世钟。后来,詹世钟、詹世钗又随洋人到了英国,去了一家马戏团,在欧洲进行巡回表演;再后来,詹世钗又去了美国。1868 和

1869年间,王韬侨居英国苏格兰时,曾两次见到其中的一个:第一次是在"阿罗威"(Alloa);第二次是在苏格兰东海岸港口城市押巴颠(Aberdeen)。"适安徽长人詹五在其地,因往观焉",王韬写道,与詹五共同表演的有其妻金福,两人"俱服英国衣履"。詹五看到王韬后,非常高兴,两人互赠礼品,詹五还告诉王韬,将于两月后航海至美国,在纽约小住一段时间,然后取道日本再回上海。王韬还在笔记中提及,当他在苏格兰旅行时,当地人见到类似于中国女性者,竟呼其为"詹五威孚(WIFE)",即"詹五的妻子"。可见"詹五"在当地影响之广。更有趣的是,十多年后的1879年,清廷驻外使节张德彝在俄国京城时,有"徽州伟人詹世钗"登门拜谒,此人"年二十九岁……高逾八尺",据这个人自我介绍:"早来英法,以巨体居奇敛钱,带贩华货。现拟来此少住,仍回英国。能英、法语,已娶英女为妻,生有二子一女。"婺源当地的《鸿溪詹氏宗谱》也这样记载:"世钗乳名五九,字玉轩,1841年12月20日申时生,娶大英人氏,子泽纯,1876年9月17日卯时生。"

据说,詹世钗的儿子詹泽纯后来曾在英国驻沪领事馆工作,不过他没有遗传到他父亲的身高,与一般人没有什么显著差别。詹世钗告诉詹泽纯,自己的老家在江西婺源县浙源乡虹关村。詹泽纯也回来寻过亲。当时,詹泽纯有一个叔伯是做徽墨生意的,颇有身家,怕詹泽纯回来的目的是分割财产,便否认自己是他的亲人。詹泽纯吃了个闭门羹后,只好离开了婺源,此后再也没有回来寻过亲。婺源再也没有詹世钗的消息了。

第八章 那些徽菜

法国作家普鲁斯特在他的成名作《追忆逝水年华》的开篇中，曾经有一段著名的关于"小玛德兰蛋糕"的描写，普鲁斯特在成年时吃到了"小玛德兰蛋糕"，一下子就打开了记忆的闸门，让他情不自禁地回忆起往昔的时光，他写道：

  当那带着点心渣的那一勺碰到我的上颚，顿时使我浑身一震，我感到超凡脱俗，却不知出自何因。我只觉得人生一世，荣辱得失都清淡如水，背时遭劫亦无甚大碍，所谓人生短促，不过是一时幻觉；那情形好比恋爱发生的作用，它以一种可贵的精神充实了我。也许，这感觉并非来自外界，它本来就是我自己……

普鲁斯特的回忆绵长而形而上，他是由味觉不自觉地延伸到生死,延伸到世界的本来。而对于我来说,有关徽州的一些老的记忆,却踏踏实实地与生活有关。这些曾经实实在在发生的事情,与那些味道,紧密地联系在一起。

  我们吃进了某些东西的同时,也让那种情境通过我们的味觉在我们的身体内安下了家,当我们重新接触到某种熟悉的味道时,那些记忆就会陈渣泛起,往昔的时光就会扑面而来。这样的情况已出现了多次,我只要一接触到那些老徽菜的味道,比如说歙县虾米豆干、玉米糊以及煮了很久的五香蛋的味道,或者用筷子夹起臭鳜鱼、红烧问政山笋尖什么的,一些刻骨铭心的记忆就会浮现,某种场景也会情不自禁地浮现。有关徽州的很多东西,就如傍晚的山风一样,无声地潜过来,也如正午老房子由窗棂处射来的阳光,有着无数微尘在那里舞蹈。

我的徽菜

我外公在去世前的很长一段时间,生活得很简朴,牙口也不太好,他总是喜欢呆呆地坐在八仙椅上,一边嚼着馒头喝着稀饭,一边极慢地呷着劣质酒,沉默不语,像一头缅怀岁月的老牛。这个时候的外公,已拿不动锅铲烧菜烧饭了。在此之前,外公的菜却一直烧得很好。徽州人的烧菜似乎是无师自通的,不仅仅是外公,还有我的外婆,我的几个舅舅,包括我母亲在内,似乎都能烧得一手好菜。

印象当中外公的菜烧得真好,徽州的男人虽然一家之主的意识很强,但很多都是能里能外的。外公自从金华回来后,只要有空,就会承担起家里的烧菜任务,也变换着口味,认真调理着大家庭的生活,将自己在外用不上的烹饪手艺悉数发挥,小日子也算过得和和美美。但到了20世纪50年代中期,由于家里不断地添丁增口,家境不断滑落。也不知从什么时候开始,外公似乎再也没有机会展示他的徽菜技艺了,绝大多数的时间里,如何简单而有效地喂饱那些胃口越来越大、长得越来越精壮的舅舅,成了每天最大的难题。

外公的徽菜手艺就这样荒废了几十年。在这几十年中,外婆的脾气变得越来越乖戾,而外公的言语则越来越少,微笑越来越多,脾气也变得越来越好,以至20世纪70年代末的时候,竟然当上了县政协委员。到了后来,不知不觉地,每天讪讪笑着的外公有了一个公认的绰号:汪老好。不中用的人才老好啊!——外婆经常一针见血地抨击着外公。

一直到勉强将舅舅们喂大并离家之后,生活才变得有了点阳光。这时候,外公也年过花甲了,步履蹒跚,动作也迟缓了不少。到了20世纪90年代之后,外公曾经在我们团圆的时候试图重试着烹饪些老徽菜让我们尝尝,也炫耀一下自己的技艺,但每一次他的动手都让我们深深失望,不是盐分过重,就是火候过头。菜的材料与味道之间,总有一种无法调理的焦灼。我们童年时代的记忆彻底地破碎了,这个时候,我们会想,这到底是因为我们童年时代的过于饥饿,还是因为外公垂垂老矣?可能,两者都是重要原因吧。

但外公仍不放弃他的理想,无事的时候,他总是喃喃自语。他说,徽菜极有名的当数"沙里马蹄鳖""雪天牛尾狸",那鳖是从清水河畔的沙滩里捕来的,"水清见沙白,腹白无淤泥",对品质的要求很高;牛尾狸也要求是冬天的,因为这个季节的动物肉质嫩,脂肪多,红烧之后有嚼头,有胶质。他还说,臭鳜鱼其实并不简单呢,要求最好是新安江里的鳜鱼,因为水清,没有泥腥气;在做之前,要先腌制一下,放一放,有的还要放在卤水里卤一下,这样的鱼肉出来成块,口感好,筷子一夹,一张嘴,就滑入腹中了。

外公还喃喃地说,老徽菜重油、重色、重火功,那是由徽州的地情和人情决定的,比如"金银蹄鸡",那是要用木炭小火久炖,炖到汤浓似乳、蹄(骨)玉白(银色)、鸡色奶黄(金色),才算是火候到家了。那是因为什么呢?是因为徽州人长期生活在山里,肚子里油水不足,饮水碱分大,所以喜爱油荤,而且油荤重的东西也好吃,所以老徽菜对油的要求很高。至于重色,倒不一定是多放酱油,而是重烹调之本色,徽州菜之本料如火腿、木耳、黄花菜等,都是颜色很重的山货,所以徽菜之色重,也就不足为奇了。外公在说这些话的时候,我感到他不仅仅会烧菜,而且,还是一个哲学家,一个会烧菜的哲学家。

外公的手艺还是有后来人的。我的几个舅舅都能烧得一手活色生香的徽州菜。平时在家里,烹饪的事都是由他们动手,我的几个舅母都乐得清闲。按照我的评价,我母亲菜肴烧得也不算差了,可舅舅们每次到我家,都会瞅着母亲做的菜肴不屑地哼哼几句:清水煮白肉,切!那是对母亲的盐笋排骨汤不屑一顾。而每次到徽州,我总乐得大快朵颐,那可是地道的老徽州菜——干笋烧五花肉、干马齿苋烧甲鱼、一品锅……当然,我也能烧一手说得过去的徽菜,我能把鳜鱼烧得活色生香,让路人嗅着我家窗口飘出的火腿煨冬笋的香味驻足不前。对于现在大城市里的徽菜馆,我的舅舅们往往不屑一顾:那是什么徽菜呀?瞎叫!能在饭店里吃到正宗的徽菜吗?他们的反诘似乎有点清高,但我认为他们清高得相当有道理。大隐隐于市,居家方男儿;不怕不识货,就怕货比货。

外公曾经略带矫情、语重心长地说,徽菜是一种血脉呀,千万不要忘记!

徽　菜

徽菜的好,首先在于原料。徽州森林茂盛,自然条件优越,盛产珍稀名物,有着得天独厚的资源,比如山核桃、香榧、竹笋、桂花、香菇、石耳,以及梅花鹿、黑麂、穿山甲等,以此为菜肴,自然味美无双的,因此徽菜好吃,就一点也不奇怪了。徽菜除主料独特外,配料也是稀有的,如冬笋、香菇、石耳、毛豆腐等,都具有地方性又不可多得。其中的冬笋,在《安徽通志》中有记载:"笋出徽州六邑,以问政山者味尤佳,择红肉白,堕地能碎。"香菇以黟县的最为驰名。石耳是一种附在岩石上的地衣类植物,富含多种维生素,营养价值很高。

徽商有钱,在吃上面也讲究,所以出现"沙地马蹄鳖""雪天牛尾狸""黄山炖鸽""清蒸石鸡""火烤鳜鱼""双爆串飞"之类有点传奇意味的菜肴,也就不奇怪了。徽菜以重油、重色、重火功而著称于世。徽菜的重油,因徽州地处山区,饮用溪水含矿物质多,当地居民生活在茶区,喜常年饮茶,肠胃需补充油脂之故。在烹饪方法上,徽菜以烧、炖、蒸为主,辅之以炒、煮、炸等多种。不论哪种方法,都十分讲究运用火候,注意火功。其中以红烧最为见长,尤其是烧鱼和烧肉别具一格。徽式烧鱼仅用少许油滑锅后,直接加调味品以旺火急烧五六分钟即成,既不失鱼肉水分,又保持着鲜嫩,是久负盛名的佳肴。重色是徽菜的一大特点。徽州有着悠久的制酱历史,品质极佳,如屯溪程德馨酱园,以"三伏酱油"闻名。所谓"三伏",是指制作酱油要经过三个伏天,头年做酱,第二年出酱油,第三年将半成品在伏天烈日下暴晒,并经过夜露滋润,这样制成的酱油,色泽深红,无须像别家那样加入糖稀做色。徽菜中放入此种酱油,遂变得色重好看,味道鲜美。徽菜还喜欢"炖",以文火慢炖为主,比如"青螺炖笋鞭""石耳炖鸡"等,都是用陶器放在木炭微火上,炖两小时以上,汤汁清炖,味道醇厚。徽菜蒸制的菜肴也颇多,其特点是厚汁不耗、原味不失、香气不走,原锅上桌时,开盖香气扑鼻,观之形色未变,豁然盘中,食之透烂无渣,回味无穷。

徽菜经徽商带出本埠后,徽菜大师在吸收了各大菜系的特点后,徽菜馆就地取材,用传统的徽菜烹饪法创作新名目的徽菜,如武昌的鳊鱼很有名,开在武昌的大中华酒楼用鳊鱼清蒸制成的一味"武昌鱼"名噪长江南北。毛泽东主席畅游长江,吃的"武昌鱼"就是徽厨制作的佳肴。

徽菜走天下

都知道徽菜即徽州菜肴的简称,也是我国八大菜系之一(八大菜系指:鲁菜、淮扬菜、川菜、粤菜、湘菜、闽菜、徽菜、浙菜)。徽菜之所以成为八大菜系之一,与徽商的影响力有着十分密切的关系,在外的徽商富裕了,自然会想起家乡菜来,不仅自己喜欢吃徽

胡适用徽菜招待社会名流

州菜,而且请客也摆徽州菜,别人请他吃饭也主随客意去徽菜馆——这样不知不觉地,徽州菜就慢慢时兴起来了。随着徽州人越走越远,各地也应运而生了很多徽菜馆。徽州六邑的菜基本上都做得很好吃,不过做得最好的,在外形成口碑的,是绩溪县的厨师,而绩溪又以伏岭村的厨师最为有名。绩溪于是又有"徽厨"之称。起初,徽菜馆较为集中的地方是苏州,绩溪邵村人邵之曜、邵寿根、邵之望、邵灶家等人相继来苏州开设了丹凤楼、六宜楼、怡和园、畅乐园、添新楼等数家徽菜馆,生意很是兴隆。

上海徽菜馆的始祖是小东门的大铺楼。此馆是1885年绩溪上庄村的胡善增领头所办,采取集资入股的办法,每股收银100元开设而成,据说胡适的父亲胡铁花也参与入股。大铺楼开张后一举取得了成功,菜馆以红烧见长,其名菜有方块肉、仔鸡、蹄膀、鳜鱼、火龙锅等。由于食客很多,大铺楼很快增开了"东大铺楼"和"南大铺楼"两家分店。在上海的其他徽州人一看开饭馆很赚钱,也纷纷开起了餐馆,一时上海的徽菜馆最多时达130家。上海名记者曹聚仁在其《上海春秋》中说:"本来独霸上海吃食业的,既不是北方馆,也不是苏锡馆子,更不是四川馆子,而是徽菜馆子,人们且看近百年笔记小说,就会明白长江流域的市场,包括苏、杭、扬、宁、汉、赣在内,茶叶、漆、典当都是徽州人天下,所谓徽州人识宝,因此,饮食买卖,也是徽馆独霸天下。"

1901年,在苏州开徽馆的邵家烈、邵之望等人也来到上海,在大东门外和城隍庙口分别开设了新开福园和九华园,并在盆汤弄

老富贵酒楼

合股开办了鼎丰园。到了1912年,又有绩溪伏岭人邵运家的丹凤楼、邵家烈的鼎兴楼、邵金生的复兴园、邵在渊的聚乐园、如华瑞的聚和园、如仲义的同义园、邵在湖的鸿运楼、邵在雄的民乐园等十几家徽馆先后开业。在这当中,以位于老西门的丹凤楼较为出名。该店共3层,有6间店面、7个筵席厅。据《徽馆琐忆》一文载,此楼:"千余只座席常常爆满,每天烹制徽面用的面粉十五六袋,作菜肴的猪三四头,羊二三头,火腿六七只,鱼百余斤。夜间厨师为次日生意所做的准备工作,从打烊起要忙到东方发白,店伙晚上只睡二三个钟头。为此,灶间里不得不常备一大壶西洋参供店伙饮用。"从这一番情景中,可以想象得出丹凤楼当时的生意火爆程度。当时"最小的徽馆是邵华榴开设于万航渡路的一家春。该店两层楼房,两间门面,十几只餐桌。最大的是伏岭一个罗姓人氏于1920年从宁波人手里盘下的开设于四马路(今福州路)的第一春菜馆,有16间门面,百余只餐桌,全套红木家具,清一色太湖石台面。夜市筵席常有十几把胡琴唱堂会,每夜清理店堂时,仅电车票就能扫起一畚箕。为上海徽馆之冠"。

1920年至抗战前,是徽菜馆在上海的鼎盛时期,最多时上海有徽菜馆500余家,其中绩溪人开的占一半,从业人员逾3000人,较著名的有恺自迩路(今金陵中路)上的八仙楼、胜乐春,公馆马路(今金陵东路)上的华庆园,北四川路上的沪江春、申江楼,河南路上的聚华楼,南市的老醉白园、大富贵,闸北的永乐天、宴宾楼等。这当中最有名的,属大富贵酒楼,该店位于南市区老西门,前身为开设于清末的老徽馆丹凤楼(原址小东门),1920年始迁现址,并改此名。此馆规模宏大,建筑气派雅致,有三个营业大厅。大富贵酒楼以传统徽帮名菜如"全家福""凤还巢""沙地鲫鱼"

老武汉街景,这里的酒楼,有不少是安徽菜馆

"红烧划水"等为著名,色香味形俱佳。

　　武汉也是徽菜馆众多的一个城市。比较有名的,有伏岭下村人邵盛木的新兴楼、邵在寿的大中华酒店以及醉月楼等。当然,最具盛名的,当属胡桂森,他是绩溪胡家村人,少年时离家四处学做面食手艺,20岁时来到汉口大中华酒店当伙计,因为武功惊人,吓退了前来捣乱的地痞,保全了酒店,得到了老板邵在寿的大力资助,后来在汉口五街开设了胡庆园菜馆,单立门户。由于菜肴优良,服务优良,胡桂森扩张得很快,不久又在武汉开了6家酒楼,其中有胡庆和菜馆、大和酒楼、望江酒楼、徽州同庆楼、大中酒楼等。在胡桂森所经营的徽菜馆中,同庆楼名气最大。从清末至20世纪30年代,在武昌流传着这样一句话:"登黄鹤楼,不到同庆楼,等于'黄鹤'没有游。"同庆楼位于武昌斗极营,楼系3层,古色古香,临江面对黄鹤楼。登楼凭栏远眺,楚天空阔,烟波千里,晴川阁历历在目,鹦鹉洲隐约可见。楼厅里挂有名人字画,楹联条幅。同乡人胡适书赠的对联"种豆得豆,种瓜得瓜;跟好学好,跟差学差",尤其风趣。同庆楼的菜肴,以特有的徽菜风味著称。其

上海徽馆创始人张仲芳

武汉徽馆业创始人胡桂森

中"红烧鲜鲤"最为脍炙人口。它专取两三斤重的江中活鲤,用尾部活肉及部分鱼块,加佐料精心烹调,使之味鲜而肉嫩,卤汁烧融,鱼身晶亮,置于盘中,鱼尾似在戏水。因此,凡来黄鹤楼的游客,无不以登临同庆楼,一尝徽菜风味为乐事。同庆楼名噪武汉三镇,胡桂森也因而成为当地的商界巨子。抗战前,同庆楼开有子店、分号十多家,胡氏曾担任武汉商会会长。胡桂森除了开徽菜馆之外,还兼营茶庄,生意火爆,有"胡桂森武汉半边红"的说法,曾任武汉总商会会长长达20年之久。当年宋子文来武汉,也专门慕名拜访;胡适之也与他结拜兄弟。胡桂森的同庆楼不仅在武汉有名,在全国各地也有名,在芜湖,胡桂森有一个徒弟叫程裕有,原先开了一个酒店叫"同鑫楼",在征得师傅的同意下,把"同鑫楼"改为"徽州同庆楼"。芜湖"徽州同庆楼"菜馆门面虽不大,但酒楼分前楼、后厅,气派不凡。前楼供应蟹黄汤包、长鱼面、肴肉大面等各色小吃,后厅设有黄山厅,请来名厨高手专门开办高档筵席。由于菜烧得好,同时店址临陶塘(今镜湖)风景区,十里长街上的巨商大贾、名人雅士,纷

程裕有(芜湖同庆楼创始人)

西南徽馆业创始人邵天明

纷前来聚合就餐。芜湖同庆楼的名声便随之传开,生意越发兴旺。这样,同庆楼的品牌一直保存了下来,至今仍是徽菜馆的著名品牌。

抗日战争爆发后,上海大部分徽馆被迫停业,小部分经营者西撤至武汉三镇,只有极少数仍坚持开业。在日军占领上海后,徽馆处境十分艰难,如大嘉福酒菜馆开业不到半年,就遭日军炮火,8间店房被炸毁3间,剩下的5间被日本海军陆战队强占,办成了养鸡场。武汉的徽馆也继续做生意。如伏岭下村人邵华泽、邵之琪、邵培柱等先后在汉口、武昌创办了新上海、大上海、中央大酒楼。但好景不长,1938年秋,日军逼近武汉,徽馆业主们又被迫内迁,一路西去重庆、宜昌,南下衡阳、柳州、桂林,先后在这些地方开设了乐露春、松鹤楼、大都会、鸿运楼、新苏、大中华、大上海等徽菜馆。其中邵天民在衡阳、柳州、桂林、宜山、独山等地创办或合办徽馆20余家,亲任13家徽馆的总经理,成为享誉西南的徽馆大王。

抗日时期的临时首都重庆也成了徽菜馆集中之地,共有三四十家,其中以乐露春名气最大。此店为1941年重庆大轰炸之后,绩溪人许桓甫、高广荫所开,恰好与陶行知所创办的育才学校相邻。陶行知常常在闲暇之时来馆中小坐,会晤同乡。一天,店里的老板请他为家乡菜馆留一墨宝,陶行知略一思忖,写下了他的名作《自立》诗:"滴自己的汗,吃自己的馆,自己的事自己干,靠人靠天靠祖上,不算是好汉!"陶行知的诗真是质朴,一点花架子都没有,就像是一个农民写的一样。这样的诗实在是不宜留在饭店之中。

值得一提的是武汉的大中酒楼,新中国成立后,该店更名为"武昌酒楼",成为武汉最大的酒菜馆,仍保留了同庆楼的徽菜特色,尤以"清蒸鳊鱼(武昌鱼)"出名,鱼肉肥腴细嫩,色香味形俱佳。20世纪50年代,毛泽东视察武汉,该店厨师邵在维、邵观茂精心制作了包括"清蒸鳊鱼"在内的10道菜肴。毛泽东尝后,大加赞赏,吟咏出"才饮长沙水,又食武昌鱼"的诗句,一时使得武昌鱼名声大噪。

不过很少有人知道,烹饪这一盘菜的两位厨师,都是绩溪人。是徽州人,让武昌鱼名声大噪。

为毛主席做武昌鱼的两厨师

后　记

　　这本书的诞生应该是一种因缘吧,按佛教所语,就是相由心生——很多年前,我就有意无意地收集一些有关徽州的老照片,从我的家族,从我的熟人处,从书中,从网上。起先,并不是为了写书,而是觉得有意思,然后留存下来。后来心念一转,觉得还是写本书吧,于是,就有了这本由照片生发的书。照片能使书活起来,书能使历史活起来。一段有血有肉的历史,总是风姿绰约的。

　　这本书中照片的截止时间是1949年。也就是说,这本书描述的是徽州从晚清到解放前的事儿。因为照片是主打,我在书中提及的事件和人物,大都跟照片有关系。书中的文字,是图片的说明和延伸。又因为收集老照片极难的缘故,在这本书中,更多提及的是歙县、屯溪、绩溪和旌德等,对于休宁、祁门、黟县等涉及较少。这也是没办法的事,我其实很想写这一些地方的人和事,但苦于照片的匮乏,只好无奈地略去了。

照例还得感谢,感谢众多照片的提供者,如果没有他们的支持,就不可能有这本关于徽州老影像的书。这些照片就像抢救下来的拼图,拼起了一个支离破碎的老徽州。人们能通过这些只鳞片爪,一管而窥过去的时光,已足以让我自慰了。可以这样说,只要照片入书,这里展示的,就不单单是个人和家族的事情,而是整个徽州的事情了。因为这些照片,已经逝去的老徽州会显得不再遥远,因而令人追忆和铭怀。

　　让人遗憾的是,因为老照片还不全面,那个逝去的徽州在我的书中依旧显得背影模糊。在这里,只有乞愿有心的读者不断向我提供照片,以使老徽州呈现的面孔能更完整。如果能尽量地将老徽州恢复出某种原貌,会是一件有意义的事情。徽州毕竟不是我的徽州,而是徽州人的徽州,是所有人的徽州。

　　最后想说的是,在这样一个物质高度发达,人们都在拼命赚钱或者胡说八道的年代,一个人只能在两方面作出选择:要么成为残酷社会的跟随者,要么坠入岁月的古井以寻找宁静;要么成为吃饱喝足的狼,要么成为悲伤的羊。庆幸的是,经过一番心理的历练,我可以相对以一种自由的状态航行在时间轨迹中,我无法过于准确地评价自己,但我宁愿快乐地成为一个历史和现实的虚无主义者。

　　云腾雾绕,一直在我的身前左右。我不知是一种庆幸,还是一种忧伤。